失忆人

SHIYIREN

刘晋寿　著

敦煌文艺出版社

图书在版编目（CIP）数据

失忆人 / 刘晋寿著. -- 兰州 ： 敦煌文艺出版社，
2018.11（2022.1 重印）
　　ISBN 978-7-5468-1652-4

　　Ⅰ．①失… Ⅱ．①刘… Ⅲ．①长篇小说－中国－当代
Ⅳ．①I247.5

中国版本图书馆CIP数据核字(2018)第247808号

失忆人

刘晋寿　著

责任编辑：王　倩
封面设计：陈　珂

敦煌文艺出版社出版、发行
地址：（730030）兰州市城关区曹家巷1号新闻出版大厦
邮箱：dunhuangwenyi1958@163.com
0931-8159371（编辑部）
0931-8120135（发行部）

北京一鑫印务有限责任公司印刷
开本 880 毫米 ×1230 毫米　1/32　印张 8.125　插页 2　字数 185 千
2018 年 12 月第 1 版　2022 年 1 月第 2 次印刷
印数　1 001~3 000 册

ISBN 978-7-5468-1652-4
定价：32.00 元

目录

○失忆人

○失忆人

一

骨 折

八十四岁的母亲骨折了。

2016年1月6日,下午四点十五分,母亲被推往手术室。躺在平车上的母亲向右侧了一下头,疑惑地问:

"你们要把我推到哪里去?"

"给你去检查病。"走在身边的五女儿白采萍回答说。她小名从弟,意思是要听从"弟弟"的。可是她在姊妹中排行最小,没有弟弟,母亲有时也昵称她为幺女。白采萍五十岁,头发扎成一把刷子,戴着眼镜,看上去面颊憔悴,两腮凹陷,下巴拉得长,嘴角翘起来。她曾是一个美丽的姑娘,圆脸,鼻梁高高的,个头也高,身材端正,但自几年前得了卵巢囊肿之后,特别是自母亲得脑梗以来,因操劳过度,不到两年时间就像被人在脸上挠了一耙子,整张脸有了细碎的褶子。白采萍在渭源县一所职业学校当老师,正值寒假,母亲做手术,她来定西服侍母亲。

经过护办区的时候,这里的光线充足,强烈的光亮使母亲的眼睛有些不适。母亲躺在平车上,身上盖着白布被子,枕着荞皮枕头,满头的白发有些散乱。她把两只胳膊伸出来,做出要摸一下什么的动作。

"这是啥地方?"母亲很担心,又一次问白采萍。刚才白采萍说过要去检查病,母亲应该知道这里就是医院,可是她想不起来了。母亲的大脑严重受损,脑梗给她留下了后遗症,眼前发生的事情一眨眼她就忘记了。

母亲那双有块云翳的眼睛充满疑虑和惊奇。眼睛里的那块翼状胬肉已徘徊在眼球边缘多年了,它虽发展缓慢,但多少影响着她的视力。虽然母亲的神志远不如脑梗以前清醒了,但经过反复治疗,记忆力和判断力也有所恢复,她时而清醒,时而糊涂,像一个迷途的孩子。母亲一直喊胯骨那里疼痛,孩子们要给她治疗。她仔细辨认着,忆想着,但还是没有想起来自己身处何地。两年前,母亲因脑梗两次住进渭源县人民医院,这次骨折后的头三天也住在那里,前天才把她接到定西市人民医院来,所以她又犯糊涂了。

母亲是前天坐救护车来的,但她想不起来了,无论别人如何解释也没有用,她不相信自己的胯骨会摔断。她只知道自己的大腿在疼,疼急了就喊叫说:"你们看看我的大腿怎么了? 疼得很。"听见她喊,跟前的人就捏捏她的腿,轻轻按摩一下,母亲就觉得不那么疼痛了,好受一点了她就安静一会儿。母亲不喊叫的时候,已经被忧虑、紧张、瞌睡和劳累搞得头昏脑胀的儿女们一个个垂下来头来,赶紧小憩几分钟。他们倦怠的面容比母亲苍白的脸色还要难看,仿佛陷入情感的漩涡沉沉欲坠却又奋力自拔。

母亲叫张碧兰,生于1932年,今年八十四岁,安照农村人的算法，已是八十五岁。母亲共生了七个孩子，活了六个，五女一男。除了远在珠海的二女儿白采琴外，其余的五个孩子今天都在场。此刻推着车的是她的三女婿杜兰溪，他中等身材，鬓角有了白发。他在市政府某机关工作，请了假来医院服侍丈母娘。杜兰溪的妻子叫白采莲，小名叫改名，母亲很希望生完三女儿采莲后再生个儿子，因此以改名呼她。白采莲就走在车旁，挺着胸部，指挥着丈夫如何推车。白采莲身体丰硕，短发，有唇须，毛茸茸的。另一边走着的白采萍低头抓着车子，不时地把被子往好拉一下。白采萍身后是四女儿白采红，小名叫顺弟，弟弟没有顺来，倒是头顶有个哥哥，叫白采峰，也是他们家唯一的儿子。白采红身材比白采莲还要高大丰硕，她的手里提着一个包，装着急用的东西。跟在车子最后面的是母亲唯一的儿子白采峰，小名叫平顺。白采峰身材高大魁梧，由于当过兵，至今走路保持着军人的风姿，腰板笔直，胳臂甩动，看起来器宇轩昂，步伐稳健。白采峰转业后在省交通部门工作。

　　留在病房里看守东西的是大女儿白采梅，乳名换名。白采梅已经退休十年了，她的丈夫叫魏学义，是省地矿局的工人，也早已退休在家。刚退休的时候，魏学义在渭源县城里开一家粮油小卖铺，生意还不错。可是后来他的一个搞建筑工程的同学，从魏学义的铺子里赊了许多东西，工程亏了就失踪了，搞得魏学义的小卖铺也破产了。此后，魏学义就什么都不干，下棋度日。他做得一手好菜，可是平常懒得动手，家里的饭还是白采梅做。丈母娘到定西住院之后，魏学义留在家里给外孙女夏洁做饭，照看她写作业。

　　此刻，留在病房里的白采梅，坐在母亲的病床上痴痴地发呆。她手里捏着母亲的衣服，眼泪簌簌地往下流。

母亲要做手术，儿女们的心情是十分紧张的，她们已经进行了几次激烈的争论。在渭源县人民医院的时候，意见就出现了分歧。究竟做不做这个手术？儿女们心里没有底，谁都不敢拍板。渭源医院的大夫们也没给个准话，毕竟母亲已经八十四岁了，她能承受如此大的疼痛吗？特别是母亲得过脑梗，要是因为手术引发怎么办呢？可是如果不做手术，日日看着母亲撕心裂肺地喊痛，谁忍心呢？大伙儿疑虑重重，仿佛商讨的不是手术与否，而是关于母亲生死之大事，谁也不敢轻易决断。

白采莲在定西市劳动部门工作多年，和定西市人民医院的外科大夫岳正一相熟，邀请其到渭源县人民医院，对母亲的身体状况全面做了检查，经过反复研究，岳正一说：

"老人的精神状态良好，手术后可能还要活几年，即使活三个月也应该做。不能让老人睡在床上熬日子，等死。"岳大夫四十多岁，中等身材，人很精干。他检查病人的时候一言不发，在心里盘算很久，一旦做出决定，语气格外坚定。他的诊断也给家属们几天的争论画上了句号。儿女们的意见虽然不统一，但都尊重大夫的意见。最后白采莲拍板定案，她说：

"反正妈妈已经八十四岁了，就是手术万一不成功，下不了手术台，又有什么关系呢！要是手术成功了，还能多活几年。活就活得像个样子，睡在炕上就要受许多罪。"

第二天，母亲被转移到定西市人民医院。因为在渭源已经做了各种检查，定西市人民医院没有再拖延时间，做了必要的检查后即刻决定手术。

可是要不要做手术，这个在渭源已经决定了事情，到定西后又被提出来了。白采莲一再坚持做手术,她的话大家是赞同的。但这并不能解除大家对母亲手术的担忧。尤其是白采梅,这些天由于担心母亲手术失败,她的情绪处于半崩溃的状态,寝食不安,常常暗自垂泪。白采红主张能保守治疗尽量不要开刀,认为老年人手术后伤口很难愈合,也很难康复。

岳大夫又一次走进住院部八楼十二号病房,给家属解释手术的风险及病人的情况。随后,家属们的情绪才平静下来,头脑变得冷静多了。但当护士通知手术时,大伙的心又紧绷起来,手忙脚乱地准备东西。母亲躺在平车上被推出病房的时候,白采梅已经泪流满面,白采萍也开始悄悄流泪。这不是一般的手术,可能将年事已高的母亲推向鬼门关。"她要是从手术台上下不来……"白采梅心里五味杂陈,她虽然极力控制自己的情绪,但内心的浪涛已经在翻腾,眼泪哗哗地往下流,她一把一把地摸着眼泪。但为了不影响到大家的情绪,她低着头,把身子背过去。见她这样,白采莲决定把她留在病房里看守东西,其余的人都送母亲去做手术,在手术室外面等待消息。要是有什么意外,大伙在第一时间就能做出应急措施。

二

送 医

　　大家的心从前天,也就是母亲从渭源县医院转到定西市人民医院的那天就不安起来。虽然给母亲做手术是大家反复酝酿后决定的,但到真正要实施这个计划的时候,那种矛盾的心理又开始挫磨人了。仿佛母亲身处绝崖,无论往前还是往后,都会将她与儿女们分离。

　　2016年1月16日上午,当医院通知家属去医办室时,儿女们就慌乱起来。越接近手术日期越紧张,动荡的情绪就越来越高涨,谁也控制不住自己。而且这种紧张的情绪彼此感染,病房里的空气就像凝固了一样,让人窒息。

　　白采峰跟着护士去医办室签字。临走时,他用目光征询了一下大家的意见,见姐妹们没有人说什么,才转身离去。他转身的那一刻,姐妹们却紧盯着他的背影,目送他出门。那集中在他身上的目光是疑惑的,担忧的,也是恐惧和悲哀的。儿女们个个百感交集,语言已无法表达他们内心的不安,所以都沉默着。

"我要小便。"母亲嚷道。她从大家的脸上似乎看到了什么，心里也陡然紧张起来。其实她一直注视着进来的几位护士，她们说了些什么，她没有完全听明白，但从表情上看出是要做什么事情，是一件严肃且与她有关的事情。儿女们瞒着她，她很想弄明白，可是他们有意不告诉她。这让她生气，更让她害怕，不知道接下来要发生什么。她心里急，这一急膀胱就跟她杠上了似的，几分钟让她去一趟厕所，可去了厕所又无尿意，她又羞又恼。

护士进来收拾东西。这两个护士和平常的护士不一样，她们穿绿色衣服，鞋上套着塑料袋，戴着大口罩，只露出两只乌黑明亮的眼睛。两个护士一起动手，有条不紊地收拾母亲的东西之后，非常麻利地折叠好被褥。她们的举动使家属们的情绪骤然紧张起来，好像护士的眼神、语气、动作中包含着一种预言：一个庄严的非常时刻到了。白采梅最先哭起来，她把这种整理看成对母亲生命的清理和舍弃。

"把所有的片子都拿来，装在一个袋子里。"一位护士果断地命令道。白采莲赶紧寻找片子，它们装在一个大牛皮纸信封里，她将它们找出来，递到护士面前，护士示意她先拿着。"专家提前来了，手术在下午四点多钟做。"护士又补充说。

可是，岳正一大夫去兰州参加研讨会还没有回来，之前，一直是他负责母亲的医治工作，手术也由他做。但为了手术成功率，临时换了主帅，改由兰州大学第二附属医院的王宜胜大夫做。

"不要做手术了，过一个星期就会好的，你看骨头只是开了一条小缝，没有断裂。"白采红手里举着片子，仔细看了一阵突然冒出这么一句惊人的话。看片子她本来就是外行，没有这方面的知识和经验，拍出来的片子一直搁在床头柜上，这会儿要去做手术了,她却仔细观看起来。她不是看懂了片子,而是有那么一点希望,她真地希望母亲的股骨头没有断裂,只是开了一个缝。真是这一线希望促使她看了一遍片子,也得出没有断裂的结论。这完全是一种良好愿望与焦虑心理相结合而产生的结论,毫无科学性。她知道若做手术,母亲就要承担不可预测的风险。这风险像一条细蛇咬噬着她脆弱的心,几乎让她晕眩,恐惧之下,这才突然冒出这样一句话。两个护士停下手中的活计,用异样的目光看了看白采红,转身出了病房。

白采莲疑惑地看了白采红一眼,那几张片子是渭源县人民医院和定西市人民医院的大夫们反复研究过的,一个外行看了几眼怎么就能将专家们的决定轻易推翻呢?她是相信大夫的,一直坚持和支持专家们的决定,自己不主张做什么或不做什么。在这一点上,白采莲是坚定的。但妹妹这一说,其他人也不吭声,她也动摇起来了。她没有说什么,一声不吭地拿着片子去找医生。她知道这时候说出没有依据的话就会产生难以预料的后果,会动摇摇大伙的决心。几分钟后,白采莲回来了,她对白采红说:"骨头真的断了,不做手术骨头就会坏死,周围的组织也会受到感染,整条腿就废了。"她侧身向眼巴巴望着她的人重复了一遍大夫的话。这兄弟姐妹六个有一个共同的特点:从不互相指责,从不在背后说彼此的缺点,做错了事从不怪罪别人,意见不统一时就尽量放弃自己的观点,服从和尊重别人的意见。

几个人犹豫起来,满脸愁苦,好像每个人背上都压着一块巨大的石头,谁能没有气力应付这糟糕的现实。白采红刚才的那句话像是一块投进水里的石头,溅起了浪花,发出了响声,让他们死寂的心湖也荡起微微的涟漪,母亲的生命似在这涟漪中有了延散,有了续演存在。白采莲的话又使他们回到严酷的现实中:母亲的股骨头折断了,这是铁一般的事实。他们重新陷入以前的痛苦和焦虑之中。

这时,上台护士推着平车进来,后面跟着两个男医生和两个女护士。护士挽起母亲衬衣的袖子量血压。

"我要上厕所。"母亲说。见这么多人围着她,显然,母亲有点害怕了,不知道这些人要干什么。她的眼睛不停地望着周围的人,目光中闪烁着疑惑惊恐与警惕。她想大声质问:"你们要干什么?"但她没有喊出来。

"把身上所有的东西都取下来。"上台护士见母亲衬衣的口袋鼓鼓的提示道。

"没有东西了。"母亲看一眼上台护士紧张地说。

"这是什么? 掏出来!"上台护士指着母亲的衬衣口袋说。母亲脸色铁青,用右手死死地摁住口袋,生怕护士掏她的口袋。上台护士见母亲这样固执,用目光示意旁边的白采萍。

"是八百块钱,她坚决不让掏。"白彩萍看出了护士的用意,有点难为情地解释说。

"不行,身上不能带东西。"上台护士口气十分强硬,她的目光也严厉而坚定。

"姐姐,要给你做手术,你把钱掏出来,我给你保管好。"白彩萍俯身对母亲小声说,口气像大人对待一个顽皮不听话的孩子。白采萍自幼把亲生的母亲叫姐姐,不管别人怎么教导她、责罚她,她就是不肯叫妈妈。渐渐地,家人习惯了,庄上的人也习惯了,她这一个"姐姐"称到自己如今也白丝覆额了。为此,她自己也恨自己,哭泣过、发过誓,强迫自己叫声妈妈,可就是叫不出口。白采萍一边对护士说,一边伸手去掏钱。母亲用手死死压住,号叫起来,愤怒地说:"你要干啥呢!"

白采萍无奈,回头对护士微笑一下,希望能得到她们的谅解,无奈地说:"她坚决不让取,我用针封住,你看行吗?"

上台护士见老人这样胆小固执,只好点点头表示同意。还能怎么样呢?时间不能再拖延了,专家约定的时间不能耽误。

见护士点了头,白采萍找来针线,吸了一下鼻子,用右手往上撑了一下眼镜,弯下腰身,用针线缝住母亲的衬衣口袋。在慌乱中,针扎伤了左手食指,血流了出来,她忙把受伤的食指放到嘴边吸了一下,继续缝口袋,缝好后,回头对护士说:"好了。"

"把人抬到这个车上。"护士见已封好了口袋,催促家属立马准备手术。

杜兰溪和白采峰分别从床的两边抓住褥子,将母亲抬起来,慢慢地挪到要去做手术的平车上。

"把我的腿抱一下,疼得很!"这么一移动,母亲的腿子被扭疼了。她这么一说,白采萍赶紧把母亲的腿子往好里放一下,母亲觉得舒服了一些,不吭声了。母亲神情紧张地望着抬她的人们,她头下的枕头被拿掉了,脖子缺了支撑,像一只被浪拍上岸的鱼儿,惊恐地望着这茫茫世界。看母亲挣扎着把头略仰起来,白采萍马上拿来枕头垫在母亲的脖子下面,护士看见了,大概觉得无妨,也没有再阻拦。

上台护士推着平车往外走,其他人扶着车子走在两边,围着车子往前走。杜兰溪上来接替护士推着平车进了电梯。一进电梯,恐惧的心情似乎控制了每一个人的心,他们额头渗出细密的汗珠,视力也模糊起来。

平车出了电梯,拐弯,向楼中间走去。通往手术室的过道里铺着白色的地板砖,有十二把铝合金的椅子分为两排,布置在进门的两侧。左边没有人,椅子上放着一床折叠起来的红花被子。右边的椅子前后坐着一男一女,各自埋头苦思。见来了一阵人,女人的脸稍微抬起来一些,那是一张憔悴且苍白的脸,除了那双空洞无神眼睛偶尔转动一下,再看不出半点生气。男人穿着一双红色拖鞋,旁边是一床折叠起来但很松散的蓝花被子。女人光脚穿着蓝色拖鞋,上身裹着棉衣,黄色的线衣露出来,包裹着浑圆的屁股。不知谁在重症监护室里,一定是他们的亲人,母亲或者父亲,他们陷入绝望和痛苦之中。但这种痛苦还没有结果,他们在等待中备受煎熬,等待着不幸的消息,或许也有意外的惊喜。已经开始西沉的落日把一束光照进来,在玻璃的折射下,一抹淡淡的微弱的红光照在他们旁边的椅子上,也照在雪白的墙壁上。窗户的影子和椅子的影子落在他们身边的地板上。这里所有的物体都像是透明的,连阴影也是光滑明亮的。门顶上用绿色黑体字写着"麻醉手术室"。两扇玻璃门关着,白采红抢先一步跑到前面去,将玻璃门打开,平车被推上天桥。

天桥两边是高大的玻璃窗,闪闪发光。玻璃上映照着太阳的红光。玻璃窗前装有金属栏杆,平车行驶在大桥上发出隆隆的空声。大家的心更加紧张。前面的门是乳白色的金属门,由四扇门组成两道大门。门扇中间装有长方形蓝色玻璃,一扇门开着,一扇关闭着。平车从敞开的那扇门里走进去,不知谁的衣服和纽扣擦在铁门上发出沙拉的响声。

手术室门前是一个长方形的过厅,里面没有摆放东西,是一片干净的空地。白色的地板和墙壁看上去非常舒服。墙壁上有一行写在蓝底上提示性的白字:"最高境界静悄悄""保持安静,营造温馨"。每个字都透着肃穆和凝重,既有对生命的珍惜和敬畏,也有对医生及其工作的尊重。家属们一看这样的提示,本来没有说话的嘴巴闭得更紧了,脚步更轻了,恨不得将所有的声都吸进肚子里,化成一丝悠悠的气吐出来。白家姐妹个个双手抱胸,一是将各自的紧张捂在怀里,二是这样似乎更能留住母亲曾给予他们的那些绵长的温暖。手术室因他们的沉思和忧虑变得更加沉闷了。

母亲的平车来到手术室门前,一个护士从杜兰溪手中接过,另一个护士按了一下电钮,"患者入口"的那扇门自动打开了,护士推着车子走进去。在车子就要被推进去的时候,母亲突然大声喊道:"你们要把我怎么样?"声音充满恐惧、愤怒,既像是哀求,又像是抗议。护士们不动声色,坚定地推着车子往前走,丝毫没有停下来的意思。她们也不再跟家属打招呼,一切都在计划和程序中进行。

大家眼巴巴地看着母亲被推进去,谁也没有说一句话,甚至连咳嗽一声也不曾有。但是母亲最后那一句从门缝里挤出的质问声,像一把锐利的刀子剜着儿女们的心。虽然没有人回应母亲,不,来不及回应母亲,但他们心中酝酿的悲哀和恐惧,早已将每个人击溃,无声的泪在他们心中流淌。母亲此去吉凶难卜,这最后可能是诀别的一声凄喊,彻底将每个人的心抽紧捆绑,让他们似在火海里焚煎,手术室那扇冰冷的门,将母亲置于命运的天秤上,随时有可能把她的灵魂和肉体置换。不管留下那一个,都是不完整的母亲。白家姐妹本来不信仰任何宗教,但这一刻他们竟期望来个上帝或如来之类的人物帮他们留住母亲。白采莲是第一个打破惯例的人,昨天她去了西岩寺,买了一把香,恭恭敬敬地跪在菩萨面前,为母亲祈祷。今天她又把祷词在心中反复念叨。

　　杜兰溪见众人沉默不语,甚至呆若木鸡,他为了打破这可怕的沉默,从衣兜里掏出手机看了一下时间,手机屏幕内出的时间是下午四点二十分。

三

手　术

　　手术室门外的休息区里安放着九张三人座铝合金黑白两色的长椅，但这里没有一个人，空荡荡的。天色已晚，朝东的窗户是落地式的，采光好，里面还不黑。两个区域之间是一个正方形小房子，门开着，它是医务人员的专用电梯房。

　　白采莲他们几个人都没有坐下来，静静地站着，开始漫长而焦急地等待。他们心里极度不安，似乎站着舒服一些，就能减轻内心的负荷和压力。而走进手术室的母亲面临的是一场生与死较量的考验，对母亲来说这是前所未有的。她的身体，她的心理和意志力都得经历一次前所未有的冲击。如果能坚持持下来，能抵抗住疼痛和恐惧的侵袭，她就能战胜死亡；如果她坚持不下来，那么大夫和儿女们的判断就是错误的。母亲的生与死不再属于她个人，而是生命的一次科学验证，它属于大家，属于定西市人民医院的医疗水准和与她有密切关联的人们。各种推断和梦想都集中在她身上，母亲有可能把大家的希望愉快地变为现实，也有可能会把它撕得粉碎。

谈话室的门敞开着,里面的光线已经暗下来,这间小房子今天没有派上用场,谈话环节在住院部里已经进行过了。整个手术过程家属是看不见的,也不能看,这样很好,看见了他们会心痛,会难过,会失控。

短暂的骚动过后,过厅里又安静下来,没有人说话,也没有人走动,就连咳嗽的声音也没有。白采峰像一根柱子,站在那里一动不动,脸上的肌肉僵成了块,脸色一阵阵地发红,又一阵阵地变黑。他两眼无神,眼皮重重地耷拉着。右手插在裤兜里,左手随意垂着,好像那只手不是自己的,不知道干什么。白采莲望着那扇紧闭的手术室门,好像目光能穿过绿色的门扇,看到里面的母亲,看到里面正在发生的事情。她染过的头发已经长长了,头顶上露出新长出来的白发。白采萍脸贴着手术室的门缝,聚精会神地往里瞅,好像那扇门是透明的,能看到里面的人和正在进行的手术。镜片后面的眼睛不停地眨巴着,好像眼睛里钻进去了尘埃,她难受地摘下眼镜,掏出手绢擦拭一下,又戴上。她抬起头,深吸一口气,在门前徘徊起来。杜兰溪则转到过厅的里面去,想看看另外两扇门,但上面没有任何标志,不知道这两扇门通向何处,是干什么用的。他轻轻走动着,生怕弄出一点响声影响到里面正在进行的手术,也影响到等候在外面的人。他不由自主地瞅着这个洁净而凝重的过厅,像是要把里面的一切都牢记下来。南边的墙上有壁暖,暖气片上面还是它的上方是麻醉手术科团队风采的挂图,共有五十二位医护人员,九个男人,其余的都是女的。头像中的男人都是短发,女人都戴着各自喜爱的彩色护士帽,微笑着看着杜兰溪。杜兰溪一个一个地看下去,并读着他们的格言——

赵　华：诚实、低调、务实、守信。

陈　良：医者仁心，德术并举。

侯桂芳：以善为人，以诚待人。

杨　莹：奉献无止境，给予比接受更幸福。

路晓霞：只要在路上就没有到不了的地方。

梁菊萍：用心做好细节，以诚赢得信赖。

牛惠娟：你的健康，我的追求。

张录玲：健康所系，性命相托，做好每个细节。

张　静：用微笑缩短距离，以服务延伸真情。

金淑琴：平等、善良、真诚，不忘初心，方得始终。

温翔宇：人生至善，就是对生活乐观，对工作愉快，对事业兴奋。

于　佳：守护你的生命，是我最大的责任。

刘永红：用真诚的心善待生命，只要有一丝一毫的希望，我都要尽最大的努力。

宋心宇：工作就是人生价值，人生的欢乐也是幸福所在。

陈亚亚：踏实每一步，积累每一秒，创造每一天。

张　旺：用真善美的心拥抱生命，即使点滴的收获也能创造奇迹。

郑永宝：做人是做事的开始，做事是做人的结果。

冯菲菲：像蜡烛一样燃烧自己，照亮别人，用汗水和智慧书写人生。

王柏文：细节决定成败，态度决定一切。

刘 鹏：真正的危险是追求真理时，不认真的态度。

张 昕：不管是怎样的夜晚，黎明也一定会到来的。

陈 凤：越努力越幸运，简单就是真实。

看完他们每个人的格言，杜兰溪又往前看，麻醉手术室那扇门的中间装有一块竹子图案的玻璃。这些竹子使他的心情突然松弛下来，或者说改变了他的注意力。他欣赏了好一会儿，觉得心里轻松多了。杜兰溪继续往前看，看到"家属谈话室"旁边挂着一面红色锦旗，上面写着：

"敬赠兰大二院定西医院手术麻醉科团队 愁眉苦脸送进去，笑逐颜开迎出来。 诚祝定西一流甘肃一流全国一流，感恩定西医院的患者及家属，2016.9.9"。

字是金黄色的。

白采萍还站在"患者入口"，头抵在门中间饰有花瓣的玻璃上，肩膀耸动着。她不停地抹眼泪，抽泣着。门的左边是"麻醉手术科简介"，旁边的墙上还挂有一台电视机，不知道是做什么用的。

等在手术门外的人，个个心事重重，愁云满面，就是平常爱说话的白采莲也一声不吭。其实他们脑子里一片空白，除了焦虑不安之外，什么也没有，只是在等待和暗自祈福。等待一种难以预料的结果，这样的等待无疑是一种前所未有的煎熬，人必须有所承受，那是生命必须承受的。

白采梅在病房里，手里拿着母亲的一件碎花衬衣，抚摸了好一阵，折叠起来放在自己的腿子上，想像着母亲大概在手术台上晕过去了,呼吸已经十分微弱,奄奄一息。"妈妈很快就会停止呼吸,大夫还没有做完手术,她就闭上眼睛了。"这么一想,她的眼泪又簌簌往下流,流到下巴上也不去揩。鼻涕使她的呼吸发出咝咝的声音,她哽咽着。白采梅生来胆小,如果听到一些拐卖妇女儿童的恐怖案件,一些杀人放火的事件,或者恐怖分子施暴的传闻,她都忧心如焚,寝食难忘,仿佛她自己就是事件中的受害者。她的外孙夏洁就读的清源二小就在她住的楼对面,只隔着一条马路,可是她不放心,每天上下学的时候就去学校门口接,再拉着孩子的手回家。小学六年,天天如此,风雨无阻。如今碰上母亲做手术,她的心怦怦地乱跳,好像要从嗓子眼里蹦出来。她不时地把手放在胸口上,长长地吸气和出气,泪水也随着呼吸喷涌出来,滴到母亲的衬衣上。她的眼睛不好,一流泪两只眼睛都红肿了,所以她尽量克制自己。可当她想到母亲就离世时,眼泪突然不淌了。她吸一下鼻涕,用手背抹去眼泪,计划起母亲的后事来。父亲白忠良去世的时候,念了三天经,因为父亲曾当过阴阳。母亲却一再强调"我死了,你们不要念经,也不要买好棺材,放倒两棵白杨树,做口简易的棺材就行"。那么究竟买口松木棺材呢,还是用白杨树做口棺材呢?白采梅没有主意了,这事她一个人说了不算,得征求姊妹们的意见,特别是弟弟白采峰的意见。老家有个习惯,说去世的人如果用的是白杨木做的棺材,那么逝者的肉身很快就会腐烂,后代就旺盛;要是用了好木头做的棺材,逝者之肉身很久才腐烂,后人就一时发不起来。母亲想用白杨木的棺材,是希望她的儿女们兴旺起来。但孩子们是不同意的,母亲辛苦了一辈子,怎么说也得买口松木棺材。特别是白采莲,她不仅要给母亲买口松木棺材,还要将棺材彩绘。父亲白忠良去世的时候,是杜兰溪的妹夫张银生从临洮县新添铺买了一口松木棺材,那口棺材就是彩绘的。不过,彩绘的成本不高,就一百多块钱。彩绘原料是画广告的,图案简单清爽:前面是一条龙,后面是一只仙鹤,两边是白云蓝天和大海的波涛。棺材的盖子是红色的,代表太阳:两边的裙带上还绘有梅兰竹菊等。白忠良退休后因病半身不遂,那时白采梅就从县物资公司买了一方二寸的东北油松木板,准备给父亲和母亲做棺材。可是白忠良去世后,为了方便,白采莲主张买口现成的棺材。她的公公,即杜兰溪父亲去世时,用了一口彩绘过的松木棺材,非常好看。因此,她给白忠良也买了一口临洮人经常使用的棺材,彩绘后非常美观。娘家庆坪一带是不彩绘棺材的,所以父亲那口棺材吸引了许多观众,三邻四舍的乡亲赞口不绝。这次母亲的棺材肯定是要彩绘的。白采梅这样想时就不哭了。她又一想母亲也许没有事,手术很快就完了,母亲会好好地回到病房里来。她擦干了眼泪,把房间里收拾整齐,准备迎接母亲回来。

白采红本来因腰疼心情就不好,母亲进了手术室? 她心里莫名恓惶起来,含泪回到病房,把包放在折叠起来的被子上,侧身斜靠在上面嘤嘤地哭起来。

四

垂　危

　　母亲被推进手术室后，即刻上了手术台，护士给她放了一个枕头圈，身上苦上一块绿布的剖腹单，把她和做手术的大夫们隔开，母亲看不见他们了，但能感觉到他们的存在。大夫和护士在母亲身边围成一圈，其中一个麻醉大夫，一个上台护士，一个巡回护士，一个主刀，两个助手。岳大夫是最后一个走进手术室的人，他从兰州急匆匆赶回来，参加了这例手术。

　　这么多人围在母亲身边，使她更加紧张。腰麻后母亲头脑依然清醒着，虽然看不清，但仍用眼睛望着正在忙碌的大夫和护士。她那双已经混浊的眼球转来转去，悲哀地猜想着这些穿白大褂、戴口罩的人的行为。她突然喊叫起来，岳大夫走过来，俯下身，握住她的手，说了几句安慰的话，这才安静下来。她虽然没有完全认出眼前的这个人，但她朦胧地感觉到这个人她见过。母亲与岳大夫接触的时间还不长，但母亲对他有了模糊的印象。母亲从岳大夫的眼神中得到了安慰，就再没有问什么，她想这一定是孩子们的安排。可是等岳大夫一离开，她又害怕起来，面部肌肉在抽搐，嘴唇在哆嗦，牙齿咬出声来。母亲的内心并不喜欢这样，她试着把牙关咬紧，不让牙齿磕碰发出难听的声音，以免被这些穿白大褂的人认为她害怕了，退缩了，从而看不起她这个乡下来的老太太。她坚持着，可嘴唇还是发抖；她的手捏成了拳头，指甲都戳进肉里去了，但全身因为她刻意的努力抖得更厉害了。她有些难为情，不好意思地看看身边的事物。她望了一眼岳大夫影影绰绰的侧影，虽然没有看清他的脸，但放心了。她深吸了一口气，慢慢地吐出来。他们在干什么呢？她很想问一句："你们要干什么？我的娃娃们同意吗？他们到哪里去了？"可是，她说不出来，嗓子发干，那里像是有一团火，声音被封锁了。她想喝口水，可是怎么能向他们要水喝呢？她不能向他们要水喝，他们会耻笑她，责备她一个乡下老太怎这么多事。母亲只在嗓子眼里咕哝了一下，喉头动了动。她的眼前只有一片绿色，和麦苗的颜色一样绿，这让她感到兴奋和喜悦，所以一直看着它，听着周边的动静。这里没有别的东西，看得时间久了觉得心神疲惫，不愿再多看一眼，她闭上了眼睛。她希望岳大夫出现在她身边，可是他没有过来。母亲觉得自己的眼皮很重，她没有力量撑开，于是闭上眼睛。她想休息一会儿，他们想做什么就去做吧，她不管，有孩子们呢。但她的神经歇息不下来，保持高度的警惕，无法睡去，疲倦的眼睛又挣扎着睁开。母亲做事从来都是大大样样，明明白白，可是这一次她什么都不知道，这对她来说是多么难受。她希望有人给她解释清楚，希望她的娃娃们能在身边。对了，白采莲好像说过要给她治病，那么大夫们现在就是给她治病。这么一想，她稍稍放心了一些。她的一个亲家公就是大夫，可从来不这样看病。这个亲家公是四女婿沈振华的父亲,比她小三岁,今年八十一岁了。他是老中医,看病先要号脉,还要病人把舌头伸出来看看,然后才开药方子。抓了药,拿回家在砂罐里熬,熬上半个小时,晾温了喝。那药可苦了,不咬牙是喝不下去的。想到这里,母亲摇了摇头,嘴里有了唾液,嗓子眼不那么发烫了。可是这些大夫不号脉,也不看舌头,用口罩蒙着半个脸,一句话也不说。人都说城里人和乡里人不一样,大概城里的大夫和乡里的大夫也不一样。母亲这样想的时候觉得身子有些不舒服,想往上挪动一下,便用手撑住床,用力挪了挪身子。其实只是动了一下意念,身子并没有挪动。岳大夫走过来看了她一眼,又将目光移开。"他又走了。"母亲看了一下周围的情景,觉得这个世界似乎要遗弃她,莫名的恐惧促使她大喊一声:"你们把我的娃娃们叫来!"可是这句话同样没有说出来,只在嗓子眼里咕隆了一下。她的嗓子又开始干了,她想喝口水,可是围着她的人似乎都没有人回应她。"我的娃娃们呢?"她模糊地记起他们离她并不远,好像就在跟前,可就是看不见。"隔壁吧。"她想欠起身来,但胳膊和手都不听她的使唤。她想伸伸腿,可是感觉不到腿子的存在。"你们把我的腿子放到哪儿去了?把我的腿子给我拿来!"她生气地说,那声音过于微弱,围在她周围的人没有听清楚,没有一点反应。母亲又重复了很多遍,但仍然没有一点效果。她绝望地"哎——"了一声,然后闭上眼睛,两颗泪珠涌出来,在眼窝里颤动着,片刻才滚下脸颊。迷迷糊糊中她觉得自己的裤子好像被人脱掉了,这让她异常羞愧和愤怒,她吼叫起来:"你们把我的裤子弄到哪里去了?我要穿裤子,听见没有!"

手术室里鸦雀无声,只有手术刀切割肌肤的声音。大夫护士们习惯了这种让外人一想就发憷的声音。母亲隐隐约约地听到了，她不知道它来自何处，却觉得自己的骨头在微微战栗。岳大夫又过来看了她一眼，母亲觉得那目光格外亲切，赶紧说："我要穿裤子。""你穿着裤子。"岳大夫俯下身轻声说道。主治大夫身经百战，做过很多类似的手术，碰到过各种各样的病人，但没有见过像母亲这样特殊的病人。母亲没有睡去，不停地叫喊，那些声音虽然微弱，有些甚至是从心里发出的，可身经百战的岳大夫聚精会神，但还是从母亲哀求的目光中读懂了这一句，或从母亲细微的动作中看出了她羞愤的心理，说了这句话后，他的心跳加快了，额头上冒出汗珠，他长出了一口气才平静下来了。助手们也有点紧张和忙乱，但手术在顺利进行。母亲觉得自己没有一点力气了，眼前一阵阵发黑，呼叫的声音越来越微弱。过去像海浪一样向她卷来，她看见死去多年的丈夫还是十七岁的模样，正跟着师傅学习阴阳，给人念经，这一念好几天都不回家来，只有十三岁的她和婆婆守着那个吃了早顿没有晚饭的家。婆婆胆小至极，穿着一条膝盖露在外面的破裤子，缩在炕上，只等她做的一碗饭。公公被抓去当兵，死在平凉。抚恤金被他的堂兄弟们私分了，给他们连一个大洋也没有留。后来婆婆改嫁了，嫁给一个做点心的。这人的手艺很好，在全渭源县很有名，可是他把卖点心的钱全都吸成大烟了。他做的点心婆婆连一个也没有尝过。后来白家屲的人不让他们居住，他们搬到猫刺沟。那里荒无人烟，挖了几眼窑洞，开垦了几亩荒地，居住下来……此刻丈夫要干什么呢？她没有弄明白。她想跟他说说话，可是他转身就走，怎么喊他也不回头。

　　母亲又看见自己的父亲，那个瘸子，正一瘸一拐地向她走来。母亲迎上去,可是他没有停下脚步,一直走到村外的田野上去。天下起暴雨来,他似乎很饿,要去挖野菜。他被大雨击倒,翻下高高的地埂,抽搐了好一阵,再没有站起来。母亲看见一个年老的圆脸女人正向自己微笑着走来,她尜脚,怕风进去,扎着裤脚。她头上戴着一顶蓝帽子,还苫上一块绛色头巾。母亲认出来了,她不是别人,就是自己的妈妈。妈妈一生喜爱干净,今天也是如此,身上没有一点尘垢。她来干什么呢?母亲不明白。妈妈已经去世很久很久了,可是今天怎么在这里?她手里还拿着旱烟锅,咕嘟咕嘟吸着旱烟。她不同意自己的小女儿张碧桂自己找的对象,但他们双方愿意。男方去当兵,个子高高的,一表人才,复员后又读了陇西师范,毕业后当上了小学教师。老人不让女儿嫁给他的原因是女儿高中毕业了,但尚未参加工作。那时有规定,结婚后就不招工了。但他们偷偷住在一块了,而且女儿有了身孕,生米做成了熟饭。事情到这种地步还能怎么样呢?当娘的不同意也得同意了。可是,老人咽不下这口气,就在他们举行婚礼的那天晚上,她服毒自杀了。母亲看见自己的妈妈好像躺在炕上不动了,就使劲摇着她的身子,大声喊:"妈妈!妈妈!"

大夫们被母亲的呼喊惊动了一下,抬头看看处于昏迷状态中的母亲,又埋头做手术。岳大夫走过来在她的头上抚摸了一下,又握住她的手,她才安静下来。她的额头上出汗了,闪着光。

可是,徘徊在她脑海里的那些人并不离去,看似走远了,却一直在眼前。"既然你们都走了,留下我一个人干什么?不如咱们一块儿走!"母亲想。于是,母亲不再哭泣,不再为她的父亲的死悲伤,不再为她的母亲的死疼痛,沿着那条模糊的小路往前追赶而去。她越往前走越觉得轻松,脚步越快。她觉得这条路熟悉而陌生,是条从来没有走过的路,可又像是在哪里见过,似乎再拐一个弯就到家了。她感到从未有过的轻松,没有悲伤,没有痛苦,甚至没有了牵挂。"多好,最好的解脱就是放弃。"她觉得一切都与她无关了。如果再回过头去,她还要经受那么多的痛苦,还要见那么多人,经历那么多事,她的脸上终于露出了一丝微笑。那微笑不属于现存的这个世界,而是属于另一个境界。此刻,岳大夫发现病人先是异常烦恼,呼吸急促,语无伦次,浑身抽搐,有些发烧;接着浑身松弛下来,眼睛也闭上了,脸色越来越苍白,呼吸微弱。

　　手术停止了。王大夫直起腰来,深深吸了一口气,把手套往好抹了一下。岳大夫他们组织抢救,护士把治疗车推到他身边。氧气管、吸痰器、电除颤、输液管等,样样齐全。他眼睛瞅着监控仪上的各项数据,正在做出判断。站在他身旁的那个瘦瘦的年轻护士,手开始发抖,额上渗出了汗珠。大夫们敛声屏息,眼睛盯着监控仪。王大夫又深吸了几口气,他并不惊慌,站在原地不动,喝了一口护士端来的矿泉水。现在,在不同的两个方向上各有一股力量拉着母亲,当两种截然不同的力量将她从两个方向拉扯时,她自己没有选择,而是平等地遵从它们,任其自然。可是当她感觉到下沉速度越来越快,越来越离开生命本源的时候,她仿佛看到那是一个无底的深渊,她害怕极了,奋力挣扎了一下,这使她已经偏离轨迹的生命又回来了。岳大夫与一旁的王大夫不时地交换一下眼神,偶然用手比划一下。一分五十六秒了,母亲的手指动了一下,接着她的右手抬起来,又轻轻放下。岳大夫抓住她的手,母亲睁了一下眼睛,又闭上了。母亲觉得有人在拽她,要她回头,可她要是停下来,前面的那些人就离她更远了,她就追不上了。她想甩开拽她的人,可对方捏得很紧,她甩不开。她拼命反抗,想挣脱对方,就在这时,她听见改名在叫她"妈妈——",顺弟在叫她"妈妈——",她的儿子在叫她"妈妈——",换名在叫她"妈妈——",招弟哭泣着,从弟却叫她"姐姐——",从弟这孩子从来没有叫过她"妈妈",每当她听见她叫她"姐姐"时就有气,可是打也打了,骂也骂了,她就是不改口,真拿她没有一点办法。母亲听见孩子们的叫声,不由自主地转过身来,朝他们看了一眼。"我的孩子们原来在这里。"她自言自语地说。

"妈妈!"不知是她听见孩子们叫她,还是她叫自己的母亲,总之,母亲张碧兰醒了。

大夫们被她的呼喊惊动了一下,脸上露出了喜悦的神色,还没有采取急救措施,母亲就自己清醒过来了。在场的医护人员长长地出了一口气。

手术继续进行。

此刻,躺在手术台上的母亲已经极度疲倦,处于半昏迷状态,但她还在呼喊,可是声音沙哑,发不出来。她的舌头僵硬,每喊叫一声,只是嘴唇动弹一下。她的身子在下沉,而魂魄却在徐徐上升。这个一辈子没有屈服过任何困难、任何人的女人,此刻觉得身不由己。她急促地呼吸着,胸部一起一伏。她的胸部是丰满的,虽然是个八十多岁的老人,但她身上的肌肤白嫩、柔软、有弹性。这在同龄人中是少有的,是年轻人看了都会羡慕的。就连蚊子都喜爱这样的皮肤和血,每到夏天,无论怎样防范,母亲的身上总要留下几个蚊子叮咬的包。

母亲的脸色看上去苍白至极,但没有过于痛苦的表情。这副本来慈祥的脸庞此刻却显得过于淡漠。单从皱纹看,母亲并不十分衰老,脸上并不枯槁,也没有密密麻麻的皱纹,只是肌肉松弛了。母亲没有几颗牙齿了，腮帮子陷进去了，银白色的头发从蓝帽子地下漏出来几绺，这使大夫们开始还有几分怜悯，可是随着手术的进行，这样的怜惜很快就消失了。外科大夫的心肠是铁石心肠，坚硬无比。王宜胜大夫全神贯注地投入到手术当中去了，不再顾及什么。他只有一个目标：把手术做好。他用锋利的刀子表达着对生命的虔诚和热爱，用疼痛抚慰着病人。这是多么特殊的一个职业。如果说教师是灵魂的庇护神，那么大夫就是身体的庇护神——用短暂的痛苦解除长久的痛苦。教师和医生是世上最神圣的两种职业，尊重教师和医生就是衡度人类良心的一把标尺。只有失掉良心的人才对他们施暴、歪曲和丑化。而每个意识到这种责任和骄傲的教师和大夫，也应该格外珍视自己的职业，百倍地加以爱惜。

母亲清醒过来后却产生了另一种情绪：对大夫和护士们的恐惧和仇恨，她想告诉他们："尽快让我出去，离开你们，回到我的孩子那里去。"可是她看不到孩子们，暗示和警告都没有作用。母亲不知道自己在生死线上挣扎，而是觉得自己很孤单、很寂寞，也很害怕，她想和孩子们在一起，可是这些穿白大褂的人却把她禁锢在这里，而且用一块绿色的布单把她的视线挡住，她什么也看不清楚，听不见他们说话的声音。这使她想起了那些被大雪封锁的羔羊，它们在耀眼的白色中踟蹰却看不到生命的光亮。她没有意识到死亡，只是随着某种力量在前行。就像那些漫无目标的羔羊待在黑暗一样，她在被动前行中，开始渴盼孩子们叫她一声"妈妈"，她就能循声走出这个无底洞。现在她的灵魂似一缕清风，摇摆不定，毫无重量，她自己没有力量稳住它，也无别的力量可以借助，只有那么一丝微弱的，几乎是看不见的意志力在帮助她。

她不害怕死亡，因为她没有力量去想这个问题，她意识不到死亡对自己的威胁，更不明白它的意义。"我的娃娃们"，这是她唯一的，也是她牢记在心的，没有任何力量将这种牵挂改变方向。

她微弱的一度下降的呼吸又变得均匀了，神志也清醒了些。她回想起来了，孩子们要给她治病，是什么病呢？大概是她的腿子。膝关节已经疼了很多年，两条本来端端正正的腿子已经变成罗圈腿了，走起路来歪歪斜斜，一步步地挪，艰辛而丑陋。然而现在她感觉不到自己腿子的疼痛，也感觉不到它的存在。她想伸手摸一摸，可是手似乎也没了知觉不听她的使唤。她看了一眼走过来的那个瘦瘦的护士，她根本没有注意到母亲这些细微的变化，站了一阵又离开了。母亲知道这里的人正在做一件要紧的事情，这件事和她关联甚紧，所以她忍耐着，眼巴巴地看着，只是用眼睛本能地表示一下怀疑和抗议。失去反抗能力，对于母亲这样一个刚烈的女人来讲已经是悲哀。然而对她来讲重要的不是这些，而是生命，在生死攸关的时刻，一切都显得无足轻重，只要拥有鲜活的生命便是对这个复杂多变的世界最大的反抗，想到这里，翻滚在母亲心中的羞愧、无助和绝望，顿时化作某种力量，它们像翻滚的麦浪，让母亲心情舒畅。母亲在不理解真相的情况下接受手术，在生与死的缝隙里寻找力量，嗅闻生命的气息，这对一个八十多岁的老人来说，那些繁重岁月馈赠她的顽强，在关键时刻派上了用场。而那些附带的苦难和辛酸，此刻她也一笔勾销了。这次手术，对于母亲来说，不仅是骨头的愈合，更是她对一些东西有分寸地取舍，这取舍让她明白了生的意义。

五

再　生

母亲奇迹般地坚持了下来。

五点四十七分，那扇标有"工作人员入口处"的门自动打开，等候在休息厅里的家属们站起身来。主治大夫出来了，没有人送他。他就是那个从兰医二院请来的专家王宜胜，正迈着快步走出来。他看上去年龄在四十岁至五十岁之间，头发不多，戴着眼镜，面容白净。他的左肩上挎着一个棕色的小包，上身是夹克，下身是浅灰色牛仔裤，穿一双深蓝色的胶鞋，看起来很干练。家属们没有见过这位大夫，只能凭直觉猜测他就是给母亲做手术的大夫。因为他是第一个从手术室走出来的人，而且马上就要走的样子。都走到了电梯门口，他忽然放慢了脚步，有意看了一眼家属们。大伙明白过来，赶紧围上去，白采莲冲在最前面。王大夫扫视一眼这些等候在过厅里的家属们，知道他们心里很着急，不等他们询问，就先开口了。

"手术很成功，不要担心。"

就这么一句,他说着话,又迈开脚往前走,走到电梯门口,伸手按了电钮。白采莲追上去,用目光向他询问,希望他多说两句。王大夫看了一眼她焦急的样子,说:"你们不用担心,手术是成功的,老人真棒,坚持下来了,你们好好伺候,过几天就好了。"总算有了结果,而且是很好的结果,白采莲点点头,表示谢意。电梯的门已经打开了,王宜胜大夫跨进去,在电梯门关上的瞬间,向家属们挥挥手。从他谨慎而自信的态度就可以看出母亲还活着,而且手术成功了。"母亲还活着!"大家彼此用眼神迅速传递着这个喜讯。白采峰和白采莲想送送王宜胜大夫,但被他挡在电梯门外。电梯的门颤抖着关上了,嗡嗡的声音响起来,王大夫下去了。等他俩回过神来,那扇"工作人员入口处"的门又关上了,这里又安静下来。大家反而比先前更着急了,因为母亲还活着,那就意味着还能见到她。可是手术室的门紧关着,不见其他人出来,难道母亲又有了其他情况……"只有见到母亲才证明她还活着。"孩子们都这样想着,也这样期盼着。

白采莲掐着指头计算,然后说:"真正的手术时间只用了四十多分钟。"

听她这么说,白采峰点点头。白采萍打开手机看时间,她做事非常细心,凡是要有根据和着落。白采莲说四十多分钟,她就计算起来。可是,她也不知道是从几点几分开始手术的,那时她慌了神,哪里还顾得上看时间。

十多分钟后,手术室里传出说话的声音、脚步声和别的什么声音。随后那扇蓝色的神秘之门打开了,那辆躺着母亲的平车被推出来了。白采莲抢先一步围上去,叫道:"妈妈! 妈妈!"

"姐姐!"白采萍流着泪轻声叫道。

其他人也一起围上去了。母亲疑惑地问：

"你们到哪里去了？"

儿女们不知如何回答母亲，悲喜交加，万分激动。母亲神志清醒，好像和进去时没有什么变化。大家的心顿时安下来。

护士和两个年轻大夫推着车，他们往前走，没有停下来让家属看看的意思，但也放缓了脚步。孩子们都想仔细地看看母亲，被推进手术室的这短短的一个小时，像是过去了几十年，各种猜测把他们快逼疯了。孩子们个个都想详详细细地看看母亲，想拉住她的手，摸摸她的脸。母亲并不清楚自己做了什么，但儿女们清楚母亲受尽了磨难，她经受住了最严峻的考验。白采莲把自己的脸贴在母亲的脸上，泪水簌簌地往下流。白采萍握住母亲的手，俯下身去，泪珠滚落到母亲的手上。白采峰拉住母亲的另一只手，捏了捏，才放进被子里去。杜兰溪帮助护士推车，他的眼圈湿润了。

儿女们的举动已经迫使平车停下来。为了感谢医务人员，让他们得到片刻休息，家属们从护士手中接过平车，自己推上。护士也就顺势松开了手，让他们把平车向重症监护室推去。白采莲在前面拉，杜兰溪从后面推。经过天桥的时候，平车的轱辘在地板上滚动，发出悦耳的响声，像一连串打击乐在响。

车子穿过天桥，被推进住那个摆放着椅子的过厅。在昏暗的光线下，杜兰溪看了一眼那个躺在铁椅上的病人家属，他用被子裹着头，在那里睡觉，被子的一角掉下来也没有发现。"他肯定一夜未睡，现在疲惫不堪，困倦至极。"杜兰溪想，"不知是他的什么人也做了手术，正在重症监护室里。看起来已经度过了一个夜晚，但病人还没有被送往自己的病房，说明手术后仍是一个难以预料的危险期。"这样想着,新的忧愁又泛上杜兰溪的心头。

平车被推倒重病监护室门前,护士自己把车接过去,推进去了,家属被挡在门外。这里不允许家属进去。大家又不知所措,刚刚抓到手里的一点希望和慰藉又不翼而飞,他们又陷入等待的煎熬中,失望的情绪很快蔓延开来。

杜兰溪对白采莲说:"把取下的骨头要来,等将来母亲去世的时候,得把那块取下来的骨头装进棺材,与她的身体埋在一起。"

白采莲点头赞同。杜兰溪快步来到手术室门前,正好出来一个年轻大夫。他把一个小塑料盒子递到杜兰溪手上,里面正是取下来的那块骨头。

杜兰溪走到窗子跟前,打开盒子一看,泪水顿时哗哗地流下来。那块骨头上还带着残留的肉丝和血迹,白净的骨头还那么鲜活。看着这块骨头,他的心痛如刀割,也不知哪来的眼泪,奔涌而出,怎么也止不住。他的视线模糊了,什么也看不清了,牙齿开始上下磕碰,嘴唇发颤,浑身都是麻木的感觉。他觉得不能再看了,要是再多看一眼,他的五脏六腑就要破碎,神经就会崩溃。他赶紧把骨头装进盒子,盖好盖子,塞进自己的手提包里,怀着深沉的悲哀向病房走去。他没有坐电梯,而是一步步迈着沉重的——从未有过的沉重的脚步,艰难地从一级一级楼梯上挪步,从三楼爬到八楼的他满头大汗,颓然落座。

"你取上来了吗?"白采莲见杜兰溪脸色有些难看,以为他没有取上,发生了什么不愉快的事情。

"取上来了。"

"拿来我看看。"

"别看了。"杜兰溪有点紧张地说。白采莲正要问个明白,白

采梅的手机响了,是远在珠海的白采琴打来的。白采莲转过身去,看着正要接电话的白采梅,听电话里说什么,只听白采梅回答说:

"刚做完手术,现在妈妈在重症监护室里,正处于危险期,不让家属看护,护士们自己看护。"

"正处于危险期",这句话使刚刚轻松了一下的家属们又紧张起来。手术是成功了,病人也转移到重症监护室,但母亲没有脱离危险,也就是说母亲能不能渡过这一难关还是未知数。白采莲心里不安起来,忘记了骨头的事情,她没有跟任何人打招呼,悄然去了三楼重症监护室。其他人也个个心如火燎,坐卧不安。他们出出进进,来来去去,上上下下地奔跑着,好像在做什么,其实什么也没有做,只是为自己想起的一件小事忙乎,觉得它很重要,可是去做的时候又忘记了,站在那里愣神,像丢了魂似的。

大家不约而同地去了三楼。杜兰溪一个人独自坐在病房里,一把鼻涕一把泪地流着。他心里难过极了,头也痛得厉害,要爆炸了。他没有这样痛苦和悲伤过,自己的亲生母亲和父亲去世的时候,那是一种霹雳般的痛苦,一场暴风骤雨般的倾泻,雨一下过,天就晴了。可是这一回却迥然不同,好像这不仅仅是悲痛,还有一种更加难受得说不清的感觉,它对他的刺激和损伤到了无以复加的程度,远远超过一个人对悲伤和痛苦的承受能力。

"你的脸色怎么了?"从三楼回来的白采红见杜兰溪低头哭泣,不安地问。

"你别问了。"他说。

晚上九点多,母亲仍处于神志不清的状态。护士既怕母亲睡去,又怕她不停地叫喊,不知如何是好。如果她睡去,就有永远醒不来的危险。母亲刚睡去,就被护士叫醒。可是,一旦醒来,母亲就不停地叫喊起来,"换名、招弟、改名、平顺、顺弟、从弟……你们把我管不管?"喊声悲哀而凄厉,直往人的心里钻。在寂静的重症监护室里,母亲的叫喊声格外刺耳和揪心,针一般扎着护士儿的心。母亲陷入孤寂、恐惧、虚弱和痛苦的境地,而且神志恍惚不安。护士是个二十四岁的圆脸姑娘,她护理过许多重症监护室的病人,做事细致而耐心。可是,她没有遇到过像母亲这样的老人。大多数生病的老人都是疲乏至极,奄奄一息,在死亡线上苦苦挣扎,处于昏迷状态,而唯独母亲身体却是这样结实,意志是这样顽强,丝毫没有手术后的疲倦,只有恐惧、羞耻和对孩子们的牵挂。她的叫喊声间隔时间很短,护士刚刚松了一口气,她又叫起来。

护士怎么安慰也不顶事,只好叫白采梅进去看望了一次。母亲拉着白采梅的手在战栗,越捏越紧,生怕一松手这个人就会离去。可是,母亲并没有清楚地认出眼前的这个人就是她的大女儿,只是感觉到这就是她的孩子。她大口喘息着,呼吸极度困难,心跳很快,身上热气腾腾,不停地出汗。母亲惊恐地盯着白采梅的脸,眼皮也不眨一下,生怕她离去,但目光是惶惑的,好像是从生命的最深处发出来的,穿过一层层的云雾,勉强抵达混浊的眼球。她害怕极了,即使自己的女儿在身边,即使拉着她的手,她还是不放心。护士本来是以为母亲见了她的女儿就会安静下来,就不再那么叫喊了。可是这种安抚并没有多大疗效,母亲又被新的恐惧和不安攫住了。按照规定,家属是不能长时间待在重症监护室里的,白采梅待了不长时间就离开了。等白采梅一走,母亲又慌乱起来。她听不进去护士的安慰,又喊叫起来。母亲已经脆弱到了极点,她没有勇气独自待在重症监护室里,一刻也不敢待。她只觉得自己在不断地下沉,坠向一个不可知的绝望的深渊,自己没有力量阻止它。但这种坠落使她非常恐惧,她不能不喊叫自己的孩子。她知道只有自己的孩子能够来拯救她,别的什么都不行。

在重症监护室的外面,家属们在商量如何度过这样一个夜晚。大家都守候在这里也无济于事,几天了,姊妹们个个疲惫不堪,需要适当的休息。他们决定让白采红、白采萍和白采峰留在医院里,白采萍在母亲的病床上休息,白采红睡在那张空床上,白采峰睡在行军床上,其余的人到友谊广场白采莲的家里去休息。他们安排停当,就分头去安歇。

杜兰溪和白采莲睡在主卧,白采梅睡在对面的房间里。他们困极了,在医院里还感觉不到,可是一回到家就支撑不住了,倒头就睡。白采莲平素很少打呼噜,可是这会儿呼噜打得山响。杜兰溪刚刚睡去又被妻子的呼噜声吵醒了,他转一下身,才慢慢睡去了。

杜兰溪的家在五楼,零点的时候,六楼上的小孩从床上滚下来,只听"嗵"的一声,孩子"哇哇哇"地哭起来。在这夜深人静的时候,孩子的哭声是那么响亮,精疲力尽的人们被孩子的哭声吵醒了。杜兰溪刚睡去没有多久,正在做梦,被吓得遗精了,一骨碌爬起来赶紧往侧所里跑。

一点多,白采莲的手机突然响起来,铃声格外急促,刚从睡梦中惊醒的人感觉到它异常刺耳,他们吓得浑身发抖,心怦怦地乱跳。虽然不知道医院里发生了什么,但都知道这个时候打来电话,肯定与母亲有关,大概情况不妙。

　　几个人的手同时响了,这更增添了紧张和恐惧的气氛,更使这仨人如同惊弓之鸟一样惶惶不安。白采莲拿起手机,接通了电话。电话是重病监护室的护士打来的,对方在电话里说:

　　"白采莲,你们的电话怎么半天打不通?"那声音火药味很浓,带着严厉的责备口气,空气一下子紧张得像紧紧攥着的拳头,一松开,心就会爆炸。"你们赶快到医院里来!"护士命令说。

　　三人急急忙忙又回到卧室去穿衣服,白采莲却找不见自己的裤子。找来找去,她把一条裤子拿起来扔在床上,生气地说:

　　"这是你的裤子!"

　　杜兰溪发现自己把妻子的裤子穿上了,赶紧脱下来,给了白采莲,又抓过自己的裤子穿上。

　　几个人一边穿衣服,一边汇聚到客厅里。母亲肯定出事了,虽然他们嘴上不说,但彼此心里明白。最后的时刻终于来临了,每个人必须接受这个残酷无情的结果,必须接受一个难以更改的事实。他们在疾病和死亡面前显得无能为力,人过于渺小,死亡才是强大的,爱只能拯救灵魂,不能拯救生命。"妈妈这下没有希望了,完蛋了。这些日子白白忙乎了,钱白花了,疼也白挨了,夜更是白熬了,一切都完蛋了。"白采莲一口气说了一堆泄气话。

　　他们衣服还没有完全穿好,胡乱系上纽扣,带上东西惊慌失措地出了门,奔跑着下楼,一个顾不上另一个,楼道里发出一连串"嗵嗵嗵"的声音。杜兰溪跑在最前面,他打开单元的门,白采莲冲了出去,白采梅紧跟在后面。杜兰溪松开拉着门的手,气喘吁吁地跟在她们后面。白采梅边跑边哭,杜兰溪的眼泪也成串地往下流。白采莲却没有哭泣,她在想:母亲这下可能没有希望了,完蛋了。但是才几个小时,按照母亲的身体状况,还不至于已经去世,她是会坚持下去的。可是万一呢? 她的眼里也蓄满了泪水。她在心里说:"妈妈,等着我,坚持住,一定要坚持住。"

他们汇聚到院子里。大城小区前门通向友谊广场,由一条笔直的巷道与大城小学的前门相连;出后门就是延寿巷,与大城小学的后门相通。白采莲他们冲出小区后门,来到大城小学后门的延寿巷。这条巷子不深,巷口即是友谊北路。他们刚到巷口,一辆出租车闪着灯光开过来,没有招手车就停下来。司机明白这三个人深更半夜慌慌张张从小区跑出来,一定有急事,他便停下来等他们上车。

三个人钻进出租车,白采莲侧身对司机说:"市医院。"

车门还没有关好汽车就启动了。城里很少有车辆行驶,友谊广场上有一男一女彼此搀扶着,像是喝醉了,摇摇晃晃地往前走。灯光划破夜空,车子沿着中华路向前奔驰而去,在火车站那条街前的十字路口拐弯,向西飞奔到民主桥上,再拐向北,从天鹅湾那里飞驰而过,直奔市人民医院。出租车进了市医院大门,在住院部门前停下。白采莲付了车钱,开门向楼上跑去,来到三楼重症监护室门前,瞪大眼睛,茫然地望着那扇铁门。

八楼十二号病房里休息的姊妹们已经提前赶到了。他们等在重症监护室的门口。白采莲急切地问白采峰:"怎么样?"

白采峰:"母亲苏醒了,她一个个叫着咱们大家的名字,嚷着要见她的娃娃们,嚷着要拔掉身上的针头和管子,嚷着要尿尿,还要下床,护士劝不住,才叫家属。"

听到这个消息,刚奔上楼的三个人悬着的心落到实处。母亲还活着,她又一次战胜了死亡,她的命真牢。大家的脸上露出了一丝喜气,出了口长气。

白采莲问:"护士没有叫你们?"

"叫了,手机响我们没有听见。"白采峰挠挠头,有些不好意思地说。的确,他们太疲倦了,一旦睡去就如石沉大海,感觉不到外界微小的刺激了。

"可吓死我们了!"白采梅说。她的手还在发抖,按在胸口,眼里禽着盈盈的泪水。她把双手合上,闭了一下眼睛,对心中大慈大悲的观世音表示了感谢。

"只要她活着就是胜利。这里不需要这么多的人,人家也不允许,既然妈妈没有大问题,就只留一个人,大姐留下来。"白采莲说。她转过身去看了一眼白采梅,"你去吧,护士点名要你。其余的都睡觉吧。"

"谁还能睡得着!"杜兰溪说。

已经是凌晨两点多了,医院里静悄悄的,灯光也瞌睡了似的,没有一点精神。不知何故,今晚没有人睡在过厅里,那几个椅子上空空荡荡的。白采莲走在最前面,其他人跟着她向八楼的病房走去。

六

虚 惊

　　监控仪上的数据在荧屏上突然剧烈晃动,惊慌的护士要起身去叫大夫,又坐下。这样反复几次之后,胆怯的护士在犹豫之后还是叫来了守候在门外的白采梅。她的眼睛红肿,面容憔悴疲倦,精神因高度紧张而有些萎靡。得到允许后,白采梅来到重病监护室,她在鞋上套上塑料袋,轻轻推开门走进去,凝神屏息地来到母亲的床位跟前。

　　白采梅守护在重症监护室里,两眼盯着输液管里流动的液体,它们均匀地流淌着,一滴滴地流进母亲的身体。母亲迅速感应到了女儿传递来的信息,这信息让她安静下来了。

　　重病监护室是一个大房子,有十多个床位,床前安装了各种监控仪器和护理设备。病人都是从手术台上抬下来不久的人,处在危险状态下。母亲被安排在中间的一张床位上。这里昨天抬走了一位患者,他手术后只活了十八个小时就去世了。寂静,重病监护室里一片寂静,没有嘈杂的声音,病人们一个个脸色苍白地仰卧在床上,身上插着各种管子,护士的眼睛紧盯着监护器的荧光屏,那上面的曲线在迅速奔跑着,像波浪,一波未平一波又起。生命就这样不知疲倦地奔跑着,而它一旦停下来那就意味着死亡。

母亲长时间处于亢奋状态,心律极不稳定,忽高忽低,偶然出现间歇。护士的两只黑眼睛眨巴着,还不时地回头看看她的脸,不时地摇摇她的胳膊,把她叫醒。母亲仍在半昏迷状态,迷迷糊糊地喊着孩子们的名字:"从弟、顺弟、改名,平顺……我的儿子——"

她的记忆已经完全丧失了,想不起一件事了,也记不起任何一个人。这个世界上除了她的孩子们什么都不存在了,正是他们揪着母亲的心。每呼叫一声,她的心脏就连续跳动几下,只有生命运动到这个节点上的时候,才释放出一些坚韧的活力,才不至于丧失以往顽强的意识而沉溺到无可挽回的深渊。每叫到一个孩子的名字,那甜蜜的幸福的亲切的声音就对疲倦得几乎就要歇息的神经中枢猛刺一下,让它不至于瞬间麻木过去。母亲的心脏多么需要休息一会儿。八十四年了,自生命诞生之日起,它就一刻不停地跳动着,从未懈怠过,从未歇息过。就是现在它也顽强地跳动着,把有些黏稠的血液输送到身体的各个部位,它尽职尽责地维护着母亲脆弱的生命。这是一颗强大的心脏,也是一颗饱经风霜的心脏。不久前,它的心壁上一小块沉淀物掉下来了,随着血液流进了大脑,导致了一场脑梗,使母亲陷入旷日持久的灾难。脑梗引起的失忆,动作的不连贯,又使她从椅子上掉下来,导致股骨头骨折。她的某些神经功能因相关脑细胞的死亡而停止了工作,或者间断性地停止了工作。然而大脑还保留着最重要的一部分记忆。眼前发生的事情母亲时而清醒,时而糊涂,显出老迈昏聩的症状。但以往的事情却明明白白,清清楚楚。她能记起自己的母亲、父亲,以及遥远得需要从教课书上才能找到的问题。她的大脑里不仅储存着家族的一段历史、村庄的变迁,也储存着她所经历时代的许多人物,许多风雨如磐的画卷。她太聪明了,太要强了,也太自信了。她的六个孩子中,还没有一个完全具备她的优秀品格,每个人继承的或多或少,加起来才能体现出母亲所具有的完备美德。她没有怕过困难,没有屈服过权势,没有低三下四地祈求过他人,也没有把自己的意志强加于人。她挣扎过,但没有失败过。然而这一次却不同以往的任何一次遭遇,以往的困难都是她和周围环境的搏击,与命运的抗衡。这一次是她和生命自身的博弈与较量,而且她是被动地接受挑战,没有清晰的大脑为她提供必要的智力帮助,没有健康的身体为她的手术提供帮助,没有年龄的优势资源。她拥有的是衰朽和苍老,是力不从心。自身已经陷入糊涂的境地,而她并不知道这些,甚至不知道自己目前的状况和所处的危险境地,只是本能地与疾病、疼痛、恐惧、衰弱与孤独做着斗争。她眼睛所看到的已经不重要了,就是儿女们坐在她身边,她也说不上究竟是哪一个。母亲那双生有云翳的眼睛盯着人看上好一会儿,问她:"这是谁?"她说不上来,只是说:"这是我的娃娃。"在与环境的搏击中她凭借耐心、善意、宽厚和坚定赢得了胜利。在与生命自身的抗衡中,她又凭借什么呢?是流淌在身体里的血液,是生命的惯性,还是包含在她骨骼中的钙质、神经中那一丝坚韧游弋的意志。不,不是这些,它们只是生命最有力的象征,包含着母亲的品质和能量,它们建造起了母亲生命的大厦。支撑她生命的是各种仪器都无法检验到的游弋于她身体内而又游弋于身体外的不可捉摸的一种非物质的东西。它往往与人的灵魂融为一体，难舍难分地结伴而行。纯粹与高尚是它的基本组成，它的要素是血液与钙质的提炼物，在经过意志的淬火之后变得锐利。生命垂危的母亲流淌的血液已经无法挽救她的生命，生命中残存的钙也支撑不起生命的重量，她的意志在遭到重创后变得麻木不仁。这种隐含的意义可以用浅显的文字粗略地表述出来，那就是爱——对生活、对生命和对人生的爱，就是她的力量，是她渡过这次难关的主要元素。

"换名——"母亲突然叫大女儿的名字。白采梅以为母亲认出了自己，忙答应了一声："哎。"可她后来发现，母亲在昏迷状态中，苍白的脸庞在灯光的照耀下显得格外平静。麻醉药还在发挥作用，母亲还感觉不到伤口的疼痛，但这种生命的迷糊状态非常可怕，一旦停止呼叫，就有可能休克。护士怕自己睡着了，母亲也睡去，那就危险了。白采梅望着母亲那张熟悉的脸，听她不断呼叫他们几个的名字，眼泪就不由自主流下来。她兜里的餐巾纸用完了，就用衣袖揩。

"金娃——"母亲喃喃地叫道。白采梅一听这个名字吓了一跳，这是早已死去的弟弟的名字，在他们兄弟姐妹六个中，只有她记着这个名字，没有第二个人知道，几十年了，谁也没有人叫过。金娃和白采峰长得并不一样，金娃眼窝深，体型精瘦，皮肤黝黑，不爱哭泣，老是一个人默默地玩耍。他已经长到快要上小学了，可是得了小儿麻痹，一天一夜就死了。母亲哭得死去活来，抱着金娃不放。邻居大伯硬是从她怀里夺过来，将金娃扔到后沟的一个窟圈里了。可是，母亲连夜又抱回来，她不忍心就那么扔掉，他一定会被野兽吃掉，骨头和衣服被撕扯成碎块散在地上。那情景她见过,惨不忍睹,一想心里就发颤。母亲给金娃做了一双新鞋穿上,意思是让他在那边走好,不要再受苦、遭罪。她还用谷草捆好了金娃,才让丈夫和大伯抱去掩埋了。

白采梅想着这些往事,又害怕,又悲伤。她自己从来不想那个娃娃,今晚母亲却想到了,在最痛苦的时候想到了,在昏迷状态中想到了。这死人的名字,让白采梅的心抽得更紧,她担心母亲要走了。老人们常说:人到去世的时候,想到的、念叨的、看见的、跟自己说话的都是已经去世的人,是他们在勾引活人的魂魄。白采梅想着这些,抽泣得更加厉害了。

杜兰溪回到八楼后就在过厅里的铁椅子上躺了一会儿,发现自己难以入睡,又去三楼,不料白采萍已经在那里。不一时,白采莲、白采红来了,最后白采峰也来了。谁也睡不着,但他们彼此没有商量,一个个悄然下楼来,又汇聚在重症监护室外面。母亲的生死牵动着他们每个人的心。

杜兰溪在重症监护室外面徘徊了一阵,头痛得厉害,就开始看墙上的挂图,那是对重症监护室团队的介绍。重症医学科团队共有二十八名医护人员。除了照片和简介,也有各自的格言,这和麻醉科的挂图是相似的:

　　张鼎宏:生命无价,只要有一线希望,决不放弃。
　　马郑艳:让我的生命,成为别人的祝福。
　　苟陇伟:凡为医者,性情温雅,志必谦恭,动必礼节,举止柔和。
　　毛宏亮:对每个患者多点细心,多点耐心,再多点责任心。
　　安　勇:细心显真情,平凡塑人心。

孙娟琴：付出是满足，给予是快乐。

韩　霞：誓言记在心底，微笑挂在脸上。

薛小丽：服务患者，快乐自己。

后存芳：护士的微笑＋技术＝病人的满意＋健康。

王丽霞：将心比心，用我的诚心、细心换您的舒心、放心、宽心。

杨彩霞：用爱心做事，用感恩的心做人。

王晓霞：用我们的汗水与爱心编制您的健康与微笑。

范鸦鹅：待病人如亲人。

苏　凤：以心为灯，愿做生命的守护天使。

雷凤霞：凡事不求十分，只求尽心；万事不讲圆满，只求尽力。

　　杜兰溪把这些精美的格言细读了一遍，他们是医务人员的内心写照。有这样的医护人员，家属完全可以放心了。杜兰溪读毕深吸一口气，才慢慢转身离去。他的心理压力暂时缓解了，烦乱的心得到了一些安慰。

　　夜静得出奇，疲倦的灯光照着更加疲倦的人们，他们已经心神憔悴。

　　凌晨三点多，见母亲还是老样子，护士让白采梅离开重症监护室。见白采梅出来，几个人围了上去，想知道母亲目前的状况。白采梅怕大家担心，尽量克制着自己，不让泪水流下来。但她的表情已经告诉大家：情况不好。

　　"还在呼叫咱们的名字，人像睡着了，又像醒着，眼睛呆滞，一句话也不说，"她摸了一把眼泪说，"就这样了，咱们也休息吧。护士不让家属待在里面,只能这么看一眼。"

大伙回到八楼十二号病房,在两张病床上顺一个倒一个挤着睡下,连凳子都用来睡觉了。他们刚一躺下,眼皮就粘合在一起了,但是心里想着母亲,哪一个也睡不着。白采萍本来就神经衰弱,平常睡眠不好,今晚怎么睡得着呢?她在偷偷地哭泣,又怕影响别人,不敢出声,憋得很难受。白采梅的头脑在发胀,好像气球一样在膨胀。她觉得自己的头有背篓那么大,而且在嗡嗡作响,胃里一阵阵恶心,想呕吐却呕吐不出来。白采红胃疼,她心里一急就胃疼。她胖大的身材弯曲在一起,两只手抱着腹部。白采莲的眼睛针扎一般难受,但她还是紧闭着眼睛,让它们休息一会儿,心里想着母亲这会儿怎么样了,不知不觉昏昏睡去。白采峰不出声地叹息着,后悔没有解决好自己的家事,婚姻问题一团糟。前妻如此,后妻也难以融合到家族成员中,母亲住院,她也不觉得有义务。杜兰溪在外面的铁椅子上缩成一团,迷迷糊糊入睡了。这里还有几个看护病人的家属,也裹着被子或大衣蜷曲在一起。住院部里静悄悄的,忙碌了一天,此刻它安静下来了。不必要的灯都熄灭了,剩余的灯光也无精打采地照着被疼痛和悲伤充斥的走廊和过厅。病人和家属都疲惫不堪,进入短暂的休息期。只有少数护理人员坚持在自己的岗位上,一个护士趴在桌子上休息,白净的脸颊紧贴自己的胳膊,明亮的黑眼睛望着前面的墙壁。她什么也没看,只是静静地倾听着病房里的动静。

住院部里温暖如春,外面却是冰天雪地。前天下了一场薄雪,从病房的窗口望去,白茫茫的一片,寒风吹着光秃秃的树枝,发出细小的尖叫声。

定西这座建于1083年的古城如今变得欣欣向荣,像一个小孩儿迅速地成长起来了，越来越变得健壮可爱。它是2003年撤地设市的，过去的定西县城变成了今天的定西市，短短十二年时间，发生了翻天覆地的变化。一个贫穷落后的县城被波浪般的发展推动着，城市规模在迅速扩大。从旧城区到城北的十八里铺所在的范围内，被辟为新城区，宽阔的街道、葱郁的生态园、高层建筑和人工湖被建起来了。在不断地完善中，它显得美丽动人，活力像喷泉一样绽放着。原先的定西专区医院，改为定西市第一人民医院，从南山脚下搬迁到新城区。从2013年开始又与兰州大学第二附属医院合作，成为兰大二院的一个教学点，称为：兰州大学第二人民医院定西医院。住院部大楼八层，门诊部三层。住院部后面正在建设一座十四层新的儿科楼，它后面的北楼是后勤保障楼，下面一二楼是餐厅，上面依然是住院部，南面是感染楼。医院东西南北都有门，正门口摆放着一长排石球，只走人，不走车，车辆从南门走。南面一连两个大门，都能走车。门诊楼前面一片开阔地，医院的建筑物刷成了粉红色，门诊楼的前面还有白色的装饰。楼顶上耸立着一排大字："兰州大学第二医院定西医院"；门诊部的门口左边是"兰州大学第六教学医院"，右边是"定西市人民医院"。门诊部大门的两边贴着一副对联：

来者皆亲，
医者仁心。

这座新型的医院给定西人以及会宁等域外的百姓们带来福音。这所医院还出过一个有名的大夫孙燕，她不仅医好了诸多病人，而且在定西专医院工作期间还发明了"贞芪扶正冲剂"，创办了扶正制药厂,造福定西。"这个医院多好啊!"有位病人家属赞叹说。是的,一个地级市能有这么好的一所医院,群众看病就方便多了,加上与兰大二院的联系,即使是疑难重病也不必去兰州了。医院的正门前的安定大街,是新城区最主要的一条街道,9路车往返于这条新城区最主要的街道,它走的路程很长,西面到定西师专,北面到高铁站。南面是将台街,1路车从这里经过。出了后门就是关川路,3路车从这里经过。交通便利极了。乘坐2、6、8路公交车也可以抵达市医院,只要从距离医院不远的地方下车,往医院走不超过十分钟。定西医院旁边是生态园,花木成林。春暖花开的时候,它是市民的乐园,唱歌的,跳舞的,领着孩子散步的,人们喜欢来这里休憩。公园旁边还有一处古迹遗址,叫福台。这本是一个土筑的高台,为徐达当年点兵时所用。在建设新城的时候,某工程队把一台挖掘机开上去,一层层往下挖,被人发现后报告给市上一位重要领导,挖到一半的时候被制止下来。听说有人过问,这伙破坏者与建设者又用砖砌起来,还在上面塑了像,在台前置了车马铜像,就成了今天的样子。可悲吗? 可悲!可喜吗? 可喜! 是悲是喜难以说清。关川路东面是关川河,无水可流。关川河只是一条季节河,夏天发洪水,秋天有长流水。"不过,我们小时候河里还有小股流水。"有人说。小时候是指1970年以前。如今关川河两岸有绿化带,长满了花木,鲜花盛开,它们成为定西医院的景观带。医院北面的平襄街,两边是高楼林立的家属区,其中有正立集团正在建设中的福台景园。医院西面是悦心润园、怡心园、惠民小区和天庆嘉园。医院周边的旅社也发展起来了,大门对面就有个尚客优酒店。不远处就是定西城里最高档的宾馆——天庆大酒店。定西日报社和定西市城乡建设局也在附近。沿安定路直走就是定西湖、博物馆和图书馆,定西大剧院也在那里。杜兰溪的女儿杜楠的房子就在将台路中段的悦心润园,打开窗户就能看见生态园。

安定路上银行林立,陇西路上的几家牛肉面馆和一家临洮面馆也开张营业,生意兴隆。新城区的部分地区已经火起来了。母亲的运气真不错,赶上了好时代,要是在过去,也许她在得脑梗的那一年,甚至那一天就离开人世了,或者骨折后就只能躺在家里歇息,听天由命,等待死亡。现在医疗条件多好,儿女们又都有工作,经济上宽裕,医疗费大部分可以报销。定西市人民医院又具备了做手术的条件,大夫们医术不错,母亲的身体基础又好,白采莲和杜兰溪在定西工作,联系方便,唯一的麻烦就是母亲年事已高,做这么大的手术还是存在很大的风险。

此刻,一位做过胃癌切除手术的中年农民工的监控仪亮起了红灯,值班大夫被叫来,进行急救,护士大夫忙乱着,荧屏上的曲线消失了。家属被叫来,确定病人已经死亡后,推出去了,妻子紧紧捂着嘴,一出门就大声哭起来。等候在重病监护室外面的家属们都被惊醒,慌慌张张地站起来,有的翻披着大衣,有的被子掉到地上,有的光着脚丫,他们的目光都集中在这个被推出来的死者身上,他的脸已经用白布苫住了。几个族人一起拥上去,有的帮助推车,有的搀扶着逝者的妻子向电梯口走去,他们神色肃穆,脸色煞白。楼下停放着等候的车辆,逝者被抬上车,家属们也上了车,护送逝者回家,去老家料理后事。守候在重症监护室外面的家属们一个个看得胆战心惊,毛骨悚然,他们唯恐里面再传出一则不幸的消息,一则与自己有关的消息。

这位刚刚去世的病人病情十分蹊跷,他是某建筑队的技术员,作业的时候腹部被钢管碰了一下,当时觉得有些疼痛,就去西固一家医院检查,发现只有轻微的创伤,吃了几片药就不疼了。可是,那个创伤淤了血,它演变为一个肉瘤,不断生长着,最终在胃壁上形成一个肿瘤。他来定西治疗,做了切除手术。但创伤面太多,身体素质又差,在重症监护室里住了两天两夜就去世了。这一幕过去之后,重症监护室里外又恢复了平静,但家属们无论如何也合不上眼睛了。他们有的咳嗽,有的到厕所里去吸烟,有的披着衣服踱步,焦虑不安的情绪控制着他们。一个年轻的女人不知为什么在偷偷哭泣。

杜兰溪目睹了这凄惨的一幕,心有余悸地在过厅里走来走去。他不时地来到重症监护室的门口,侧着耳朵谛听里面的动静。可是什么也没有听到,里面还有一个套间,隔着两道门,根本听不见什么。

他原来以为死亡离自己很远,今天才发现它是这样近,就在自己的身边。杜兰溪仿佛触及到了死神的手指头,恐惧闪电般掠过全身,他不由自主地哆嗦着,牙齿磕咬得咯吱响。他深吸一口冷气,浑身打了一个寒战。死亡——这个人人忌讳的词语像一条盯着他的毒蛇紧紧缠绕着他的灵魂,让他感到窒息,于是他低头痛苦地呻吟了一声。如此痛苦的声音并没有引起人们的注意,他们的内心同样被痛苦折磨着,同样有一条紧咬的毒蛇。死神是多么凶恶而残忍,它没有怜悯心,没有同情,什么都没有。在夺取生命的时候,它绝不会手软,绝不会有丝毫的犹豫,不分时间、地点和场合。这引起杜兰溪的强烈震撼,它刀锋一样残酷无情,只要到了时机,它会毫不留情地夺走一个个鲜活的生命,所有的人都不例外。不分高低贵贱,贫穷与富有,年老年幼。人只有在死亡面前是平等的,这里没有一点等级差别。而面临死亡的恐惧和绝望是相同的,亲人所承受的撕心裂肺的痛苦也是一样的。而在这之前确是千差万别,相互妒忌、陷害、竞争、欺压、盘剥,所有的计谋都用上了,他们唯一的目的就是要让别人知道:我比你生活得好! 没有人朝着大家都生活得好这个方向去努力、去奋斗。即使在绝望的时候,他们也不会这样想;即使在得了重病,住进医院做手术的时候,人们也费劲了心思寻找差别。但死神不管这些,它选中了谁就是谁,僧面佛面都不看。死亡之神是没有人供奉的神灵,因而也是最崇高的神灵。它的伟大就在于平等和无私,就在于刻不容缓。

杜兰溪在为母亲担忧着、痛苦着,其他的人也在为自己的亲人祈祷和痛苦着。殊不知死亡是减轻痛苦的最有效的方式。当生命只剩下承受痛苦的权利时,死神会产生怜悯和同情的,那就是拿走生命,缩短痛苦的距离,减轻痛苦的负荷。因而死神又是慈悲之神。当死者把痛苦留给亲人的时候,也就斩断了痛苦的根。它会演变为悲伤和思念,逐渐消除死亡的恐惧,使他们投入到新的生活当中去。死亡给一个人画上了永久的句号,关上了一扇永远打不开的门,同时给活着的人和将要出生的人腾出了空间。就在死亡降临到一个人头上的时候,另一个新的生命又诞生了,生命就这样周而复始地延续着。死亡和诞生一刻也不停留地交替着。喜悦和痛苦构成人们情感完整的体系,它在不断地被丰富和创新,不断地被复制和演绎。每个人的情感历程是不一样的,但喜悦和痛苦这两大要素是必不可少的。他想到这里,实在困倦了,脑袋充斥肿胀和疼痛的感觉,他用力地在太阳穴上揉了揉,裹紧大衣倒在椅子上迷迷糊糊地睡去。

七

失 忆

母亲手术后的第二天。重症监护室的大夫和护士都觉得她没有大的问题,加上母亲嚷着要见她的孩子们,会影响其他病人,主治大夫决定让母亲回病房里去。母亲又回到了她离开十七个小时的八楼十二号病房里。回到病房里的母亲心里踏实些了,惊慌和恐惧的程度也有所下降,和孩子们在一起,她不那么着急了,但是伤口剧烈地疼痛起来,让她难以忍受。

"我的左腿怎么了? 疼得很!"母亲躺在病床上,转过脸来问白采莲,她不知道自己怎么了,疑惑不解。

"你从椅子上摔下来,把腿子摔坏了。"白采莲解释说。

"我没有摔过呀。"母亲瞪大眼睛,眼珠子转动一下说。她在回忆,可是没有想起来,是什么时候摔的,为什么摔的? 仅仅几天时间,她就对当时的情景一点也记不起来了。

"摔过,是从尕女家的椅子上摔下来的。"

母亲听后略加思索,明白了一些,说:

"你们再不准把我拉到医院里。"她是说：既然我摔得这么重，我自己也不知道，那就不该送到医院里来，反正我老了，就不必给你们添这么多的麻烦了，让我去死就行了。

"以后再不拉了，村医看看就行了。"白采莲顺着她的意思说。她知道母亲很固执，思维也不清楚，怎么解释也无用。

"亚男结婚时，在渭水源大酒店吃过宴席之后再没有见过。"母亲说。她像一个弱智的儿童，注意力集中不到一块儿，思维很快就转移到另一件事情上去了。

"对，国庆节举行的婚礼。"白采莲耐心地给母亲解释说。母亲说的这件事是真的，亚男是她唯一的孙女，在兰州打工，今年国庆节她与一位中学时期的男同学结婚了。在去男方家举行婚礼前，先在渭源办了出阁宴。那时母亲虽然因脑梗住过一次医院，但身体还可以，住在庆坪老家里，白采梅照顾她。家人几次劝她去渭源住，她都不同意。白采琴从珠海回来，照看了四个多月，直到国庆节的时候，母亲才去渭源。亚男的婚礼举行过以后，她嚷着要回庆坪去，但大家没有同意。所以，她一直牵心着庆坪的家，时不时地记起，就嚷嚷起来。

"咱们哪一天回家呢？"母亲突然又恳切地问白采莲，眼睛紧盯着白采莲的脸，等待她回答。

"再住几天，等腿子长好了就回家去。"白采莲随口说。她知道那个家再很难回去了，母亲这腿短期内是好不起来的，即使好了也不能回去。准确地说母亲现在装上的是假骨头，就是出院了，也怕难以行走。庆坪那个家，完全是过去的旧房子，轮椅无法进出，也没有人去伺候她。白采琴住得太远，她自己身体也不好，况且还有自己的家需要人照顾。白采梅高血压，还有几个外孙子都等着她照看,尤其是大外孙夏洁根本离不开她。夏洁的母亲搞传销不回家,给孩子连顿饭也不做。夏洁的父亲租地种药材,很少过问孩子念书的事情。白采红远在张掖,顾不过来。白采萍当教师又兼管学校的财务工作,很忙。白采峰的妻子在兰州,过惯了城市生活,要她来伺候婆婆是不可能的。母亲在渭源生活,几个孩子还能轮流照看,要是回到庆坪老家,难度就大了。母亲很想回到庆坪去,在她眼里白家峁才是自己的家,那里不仅是她的栖身之地,也是灵魂唯一的归宿。从内心讲,大家还是喜欢庆坪的家,那个家不仅是母亲的家,也是兄弟姐妹大家的家。母亲居住在庆坪,每个孩子都可以随时去住几天,帮助她干干家务活,干干农活,觉得十分自在和畅快。住在渭源白采萍家里,虽然方便,他们夫妻对兄弟姐妹也非常好,从来都是任劳任怨地为大家服务,但大家还是觉得不该给他们增添负担。白采萍总是那么通情达理,那么和善友好,那么吃苦耐劳,从不计较得失,即使自己累倒了,也不说一个累字。他们家的好东西全让来的亲戚们吃光了,她不仅不在乎,反而感到高兴。白采萍宽阔的胸襟,良好的修养,温和的性格,细致的言行,赢得了每一个熟悉她的人的喜爱。她优秀的品德在渭源是出了名的。在她身上能够看出父亲白忠良的聪明和仁爱,也可以看出母亲张碧兰的倔强和坚韧。有一次在渭源平桥头买水果,贩子少斤短两,欺行霸市,强买强卖,她揭穿了贩子卑劣的行径,他们受不了,一起来围攻她。那几家水果摊原本是一个家族的,惹了一家,另一家也不高兴。白采萍愤怒地摔下苹果扬长而去,从此一家人再没有到平桥头买过水果。

　　母亲居住在渭源的日子里,客人们来来往往,亲戚们源源不断,门庭若市,一拨人前脚刚跨出大门,另一拨人又来了。有时屋子里坐满了人,其他人就在院子站着。母亲人缘很好,她住在渭源,庆坪的乡亲们就到渭源来看望。白采萍的人缘也好,她接触的多是在渭源县城里工作的人,听说她母亲住院回来,也要来她家看望。白采梅也有很多同学和朋友,经常来看望母亲。在兄弟姐妹中来得最多的是白采峰,四十岁以前,白采峰很少回家,每年春节的时候回来看看父母。可是近几年,尤其是父亲马忠良去世之后,他回家的次数逐渐增多。自从母亲患脑梗之后,只要有空,他就来渭源看望母亲,有时来了住两天,有时当天来当天回。过去从兰州到渭源得五六个小时,现在只要两个小时。尤其兰渝高速通车之后,回家非常方便,一个多小时就到了。他在兰州经常吃单位食堂的饭,回家就想吃家里做的饭:煮洋芋、馓饭、搅团、浆水面、菜疙瘩、臊子面、萝卜烩菜。就是牛羊肉、猪肉炒粉条,他也爱吃家里做的,那口味是从小培养起来的,年龄大了自然改变不了。他身体是那么壮实,吃东西也吃得多,苹果一次能吃两三个,香水梨就可以吃十多个。他们兄弟姐妹的胃口都好,很像母亲的,吃什么都香,从来不浪费一点食物。这样,白采萍的接待任务就很重,不仅要做饭,还要根据来人的口味,做他们爱吃的。白采峰每次回家还带个司机,亚男结婚后,女婿满天星经常用车接送他。白采萍就得做好几个人的饭。她太辛苦了,而这一切都是为了母亲。

白采萍得过卵巢囊肿,一来例假就流血不止,在兰州、定西都看过,但功效不大,直到绝经后才好一点。可是人已经憔悴了,血压上去了。她的丈夫蒲伟宏中等个子,四季都留着短发,身体有些发胖。蒲伟宏几年前得过心梗,放了支架。他们坚持让母亲住在自己家里,任劳任怨地服侍老人。他的母亲也健在,快八十岁了,还独自居住在莲峰的老家里,偶尔来渭源看看儿子。蒲伟宏是个沉默寡言的人,该说的话都不愿说,不该说的就可想而知了。他喜欢听人说话,很少参言,在各种场合都非常安静。姐妹们在一起,或者客人们来了,往往叽叽喳喳、吵吵嚷嚷,但他并不厌烦,耐心地听着,偶然说到与自己有关的话题,或者理解比较深的问题才插一两句。他心里是明白的,但嘴上不说。他的物理课讲得很好,深受学生们欢迎。除了讲课,他的嘴始终是紧闭的。他不是没有话说,别人说的他都清清楚楚,但就是不参加讨论。他就这么个性格,天生的,也是修养和处世的态度。发生在渭源的奇闻异事,他不可能不知道,时尚和时弊他不会没有感应,他看到了、听到了,就是不说。心里越明白,嘴就越紧。他非常自重,生怕别人伤害他。他喜欢看电视连续剧,在电视机前一坐就是几个小时。看得非常专心,坐在小板凳上,目不斜视。他自己不去爬山,不去旅游,但白采萍约他,他还是很乐意去游玩。他们夫妻为母亲付出的最多,贡献最大。蒲伟宏擅长做那些灵巧的事情,如修理一下电器,即使给炉子里添煤也不会有一点点的马虎。白采萍放在储藏室里的东西,每一件上面都套着一个塑料袋,这样过了许多天,用的时候拿出来都是干净的。母亲老是嚷着要回家去,只有白采萍劝说的时候她才多住几日。白采萍从来不顶撞母亲,有什么就耐心解释,像对待一个小孩那样。可是,照目前的情况,母亲也许永远回不去了。

"没有摔过,我想不起来了。啥时候摔的? 在孙女家里摔的的吗? 凳子翻了,我一点都记不起来了。"母亲低了一会儿头,严肃认真地回想了一阵,抬起头来,迷惑地看着白采莲说。她不相信自己的腿摔断了。

"让妈妈喝杯酸牛奶。"白采峰说。

"别给冷的,喝了会拉肚子的。"白采梅听见了,走过来说。

年轻的护士迈着轻盈的脚步走进来,洁白的大褂轻轻飘动着。她手里端着白瓷盘子,里面放着药瓶和输液的器械。她来到母亲的床前要输液,她想试探一下母亲的记忆,开玩笑说:

"你的手术做了好几年了吗?"

"从椅子上摔下来的,你们把我的腿子割坏了。"母亲认真地说,有些不高兴,目光含着一丝敌意。她觉得是护士们不但不让她出院,还强迫她接受治疗。她是能配合大夫治疗的,为什么还把手术的事情隐瞒呢?

"不是腿子,是胳膊。"护士一边寻找针头,一边看着老太太泰然自若的脸,觉得她太坚强了,这么大的年龄,能够经得住大手术实属罕见。"做手术时埋的针头呢?"护士故意逗母亲,跟她开玩笑。

"在左胳膊上。"一旁给护士帮忙的白采红提示说。护士输好液就出去了。

"要输水吗? 我没有尿尿。"母亲明白护士要给她输液,她记起自己今天还没有上厕所,担心中间不方便,想去上厕所。

"插着管子,你尿就是了。"白采梅给她解释说。但母亲并不明白是怎么回事,她时而清醒,时而糊涂,已经不能理解这么多道理了,别人如何解释也没有用。

"现在咱们在哪里呢?"母亲瞅着眼前的白采莲,想弄明白自己的位置。

"在咱们渭源。"白采莲解释说。她知道给母亲讲不明白,就说在渭源,好让母亲心里踏实些。

"住院需要多少钱?"母亲担心地说。

"你有合作医疗,公家全管呢,会全部报销,不用咱们自己掏。"白采莲说。她想打消母亲的顾虑,因而说得详细。

"你爸爸住院的时候……"母亲陷入了另一种情景之中。她想起了丈夫,他退休后的第六年得了偏瘫,半身不遂,卧床不起,在渭源县人民医院住过几次,医疗费报销了。但他是国家干部,而自己是个农民,医疗费也能报销吗?她想弄清楚这件事,她的目光呆呆瞅着屋顶,好像被记忆堵在某条道上,无法前行。

"张家人身体素质好,寿命长,咱们白家人不行。"白采梅也在回想着父亲住院的情景,把父亲和母亲对比着,与妹妹谈论起来。

"你二姐到家里去了,我去渭源,她却回家去挖洋芋。肉现在多少钱一斤?咱们回家去,把炕烧热。我的儿子来了,刚才还在这里,现在不知哪里去了。"母亲不管孩子们在说什么,完全沉浸在自己的回忆里。她一连说了三件事情,表面上看起来各不相连,其实是一致的,只是跳跃性很大,不知内情的人听不明白。她说的第一件事情是发生在今年秋天的事。"五一"劳动节的时候,远在珠海的二女儿白采琴回来伺候母亲,国庆节后准备回去的时候,就把母亲送到渭源,让她适应渭源的生活,由白采萍和白采梅照看。白采琴把母亲送到渭源县城后,庆坪家里还有一些农活没有干完,她又回去收拾那些地里的庄稼。

第二件事是说:家里的腊肉前一阵子就吃完了,她回家去要买些肉,大家坐在热炕上高高兴兴地吃几顿,像过年一样那么热热闹闹。第三件事是说,白采峰在兰州工作,回家的次数少,现在回来了,待在渭源不行,庆坪的那个家才是咱们大家的家。母亲始终没有明白这是在定西市人民医院,她的股骨头刚做了手术,还以为自己是在渭源白采萍的家里。可怜的母亲,她的神志这样不清,还想的是孩子们。

"你看我是谁?"白采红戴上帽子,对母亲说。

"认不得。"母亲看了几眼,眉毛扬了扬,还是没有想起眼前这个又高又胖的女子是谁,冷淡地说。

"我是你的改名,你怎么就认不得了?"白采红脱去帽子故意说,"你再看看我到底是谁?"白采红很像最近播出的电视连续剧《闯关东》上的女主角鲜儿,蘑菇状的发型拢着红润的瓜子脸,很美。她的身材虽然胖了些,但依旧曲线分明。

"你是白采红吗? 咱们回家去,准备过年。"母亲没有从相貌和说话的声音认出这个女儿是谁,因而不敢肯定,试探着说。白采红在张掖,每年只在腊月里回来一次,这个时候回家来就意味着放寒假了,那就是说快过年了。过年就要在家里过,在别人家过年不行,哪怕是在白采萍家里过年也不好。有一年大年三十了,三女婿杜兰溪和四女婿沈振华还待在丈母娘家里,不准备回老家了。母亲生气地怒吼着说:

"大年三十了,不回你们家去,待在我们家里干什么? 人人都有个家,你们的家呢? 你们的父母亲呢? 连自己的先人也不管了吗?"

沈家沟离白家圪不远,听丈母娘这么愤怒,沈振华就灰溜溜地跑回自己的娘家去了。杜兰溪家远,但又不好待着,就悄悄溜出去在田野上转了一圈,吃饭时回来了。再见时,母亲却忘记了。女儿们在娘家过她不说什么,但女婿们在丈母娘家过年她就不高兴,质问说:

"你们不回去敬敬先人吗? 把自己的老先人也不管吗?"

　　母亲有自己做人处世的价值观,有自己做人的原则和标准,有自己待人接物的方式方法,她是那么固执,又深刻而忠诚。她做事有分寸,有道理,有条理,自己很守规矩,也要求自己的孩子们守规矩。

　　"姐姐睡一会儿。"白采萍心痛地劝慰说。见母亲一直在吃力地回忆往事,她用手摸着她的眼睛,心里充满了怜惜和疼爱,可就是不叫妈妈,叫姐姐。母亲不再那么坚强和倔强了,她像一个不懂事又淘气的孩子,就像她们小时候一样。

八

追 忆

　　病房里变得寂静而空廓，一生喜爱洁净的白采梅想把房间里收拾一下，太凌乱了。母亲的床歪斜着，床头柜上的一个纸盒掉在地上。地上摆放着的几个塑料袋子也被挤翻了，窗台上胡乱摆着几个饭盒，还有几个装在塑料袋里的水果。大伙的衣服堆积在另一张床上。这个病房里原本只有两张床，快过年了，住院的病人逐渐减少，能够出院的都回家去了。另一张床的费用白采萍也付了。这个病房里就只有母亲一人，闲下来的那张病床供看护的人休息。白采梅是母亲的大女儿，向来最关心家和母亲。她高中毕业就参加了工作，在渭源县田家河乡工作多年，后当过庆坪乡的乡长，调县上后在人事局工作，并从那里退休。家里的困难她最清楚，出的力也最多。

　　母亲生白采琴的时候，白采梅已经四岁了。母亲一边往炕上铺土，一边吩咐她去叫邻居大婶，可是大婶人不在家里，她就站在门口等，足足等了一个半小时。邻居大婶从地里干活回来，问她站在门口干什么,白采梅低着头用脚尖蹭地,不说话。大婶进屋洗了手,倒了一碗水,拿出一块馍馍,掰了一块给白采梅,自己也咬了一口馍,又问白采梅:

"你有什么事?"

白采梅还是不吱声,拿在手中的馍馍也不吃。大婶突然醒悟过来,说:"你妈妈是不是要生了?"

白采梅点点头。大婶放下碗,向白采梅家跑去。

她们一进门发现母亲躺在炕上晕过去了,刚刚出生的白采琴气息微弱。大婶有些接生经验,赶紧找来剪刀,"咔嚓"一声剪短脐带,将孩子倒提起来,在屁股上拍了一巴掌,孩子"哇"地哭出声来。大婶迅速将孩子包裹好,放到热炕上,盖上被单,然后去照料大人。

母亲听到孩子的哭声,动了动眼皮,慢慢醒过来。大婶帮助她坐起来,脊背靠在被子上,在土上铺了一块破布片,扶母亲坐到上面。然后大婶到厨房里烧了一碗拌汤给母亲端来。母亲将一下被汗水粘在额头上的头发,勉强喝完了这碗拌汤。大婶用手背揩去她嘴角的汤汁,叹息一声,看看睡去的婴儿,把碗筷放到厨房里,悄悄离开了。白采琴是母亲生的第二个孩子,母亲要儿子的愿望还没有实现,因此取名招弟。白采琴的确招来了弟弟,母亲生的第三个孩子就是儿子,取名金娃,可惜金娃六岁的时候得了小儿麻痹症夭折了,母亲哭得死去活来……

白采梅回想着六十多年前的这一幕,手里捏着母亲的汗衫突然伏在病床上哭泣起来。隔壁病房一个伺候病人的家属听到哭声,把门推开一个缝向里张望,以为发生了什么。

此时此刻,远在珠海的白采琴得知今天给母亲做手术,心里也翻腾着波澜。她从小体弱多病，本来在玉门油田工作，退休后在渭源住了一段时间，后来大女儿庆庆把婆家找在珠海，叫他们到珠海那边去生活。买断工龄的丈夫尚德武用那笔钱在珠海买了一座房子。二女儿平平从兰州大学毕业后也去了珠海，开始在一家宾馆工作，后来到一所私立幼儿园工作，不久又去了美国，可是已经十多年了，还未拿到绿卡，每年回国办一次签证。平平在美国的时候去过一次古巴，有一次办签证，美方问她是否从美国去过第三国，她说："没有。"但有记录，人家看得明明白白，知道她说谎，从此以后，她办签证就更难了。每年在签证未办下来之前，她得离开美国一段时间，去加拿大暂住。加拿大的绿卡好拿，但平平在美国一所小学工作，她非常喜爱这份工作，割舍不起。她还在一家超市打工，女老板是韩国人，待平平很好。平平两次把父母接到美国，每次去居住一个多月。应该说她生活得很好，但就是拿不到绿卡，三十好几的人了，至今还没有结婚。庆庆的情况更在人意料之外。丈夫是她的大学同学，两个人在同一家国企工作，她跑营销，男人在厂里搞管理。俩人说好先不要孩子，谁知丈夫和他手下的一个年轻女助手黏上了，女助手有了孩子，男人就和庆庆分手了。离婚后，庆庆和父母住在一起，但经常到深圳出差，在家的时候很少。白采琴老是惦念庆坪的家，她喜爱老家的田园风光和朴实的农村生活，一想家就偷偷哭泣，但也舍不下丈夫和庆庆。一头是母亲，一头是丈夫和孩子，两头都得顾。在珠海她每天提着一个塑料袋子去郊外拾野菜，或者去海边拾贝，做农家饭或海鲜。她每回一趟渭源，返回珠海时要带些粉条、粉面、清油、腌肉和蜂蜜。她吃什么都觉得老家的香。尚德武参加了当地的合唱团，每天都去唱歌。他还参加了一个自行车队，骑着自行车去云南、东北和陕西。最近庆庆也计划着去美国,或其他国家,总之不想在国内待了。白采琴和尚德武妇在珠海守着那两座房子。

白采琴向来多愁善感。她老是膝关节疼,老觉得膝关节里面刮凉风,好似一群蚂蚁在骨头缝隙里跑来跑去,难受极了。得知母亲住院的消息后,她急得团团转,吃不下饭,睡不着觉。她唯一能做的就是哭泣。尚德武喜爱城市生活,尤其喜爱珠海,否则,白采琴就会搬到渭源来定居。白采琴坐火车也晕车,每次回家都晕得死去活来,她说母亲去世后,她就不再回渭源了。可是现在母亲做了手术,她的心就要从嗓子眼里蹦出来。

要是在往年,白采琴每到五一劳动节的时候就回渭源来,陪母亲住几个月,直到国庆节才回珠海去。她喜爱和母亲待在一起,喜爱在地里劳动,喜爱去田野上挖苦苣菜,寻蒲公英,还有别的能吃的野菜。她把它们捡来,煮熟了拌成凉菜,然后煮一锅洋芋,等洋芋熟了,把饭桌摆放在院子里,和母亲一起下野菜吃洋芋。有时,村里人也会把猎获的兔子廉价卖给她,她就煮一锅香喷喷的野兔肉,把弟弟和妹妹们叫去一起美餐一顿。白采琴还喜欢吃自己家里的酸杏。老家门前的那几棵杏树都是她种的。每次回渭源,临走时她还要带一些老家的杏仁,去珠海腌咸菜,或者蒸菜瓜包子,馅子里面加上一些杏仁是非常好吃的。她太爱老家了,恨不得把庆坪的山山水都搬到珠海去,把那座房子和土炕都搬到珠海去。一看到田野上绿油油的麦子、蓬勃的玉米、开花的洋芋,她就情不自禁地唱起来。她的身材很像年轻时候的母亲,高高的个头,端端正正。也许是太瘦的缘故吧,如今她的脸型变长了,颧骨突出来了,脸色黝黑,两个眼窝深陷下去。她的牙齿大

都掉了,补上的总是不舒服,一有空就剔牙。自母亲得脑梗以后,
她就吃不好,睡不香,越来越瘦,头发掉得厉害,而且已经花白,勉
强扎成个马尾巴,还有意留几缕头发才能遮住前额的皱纹,整个
人像个老太婆了。那么漂亮的一个人,几年时间就衰老了,多么
悲哀啊!她年轻的时候正值样板戏流行的时候,十六岁她就在大
队的剧团里扮演《红灯记》中的李铁梅。母亲用一面红旗为她做
了一件红衣服,她穿上既与角色相配,又很合身,漂亮得体。原先
演这个角色的堂嫂子秀英,被公公婆婆用浸了水的麻绳毒打了一
顿,浑身上下都是肿起来的红疙瘩,不能上台了。什么原因呢?
原来扮演李玉和的演员在辈分上是秀英的爷爷辈,可戏中偏要叫
爹爹,这事儿惹怒了公公婆婆,将秀英打个半死。白家岘村的剧
团去公社演出,去县上演出,还曾在定西地区演出过,十分有名。
那时候的小伙子们就爱看白采琴扮演的李铁梅,在公社演出,他
们就追到公社所在地去看,到县上演出就追到县上去看,步行四
十多里山路也不在乎。有时看完戏从渭源县城回到庆坪天都亮
了,小伙子们不睡觉就下地去干活。那时的白采琴梳着两个长辫
子,刘海儿垂到眉毛上,一对美眸纯净而明亮,红扑扑的脸蛋儿,
腰身细细的。她嗓子好,唱歌如鸟鸣,天然成韵。似乎父亲的好
嗓音被女儿们继承上了。除了白采琴,白采莲、白采红、白采萍都
爱唱歌,而且都唱得非常出色。可是现在,白采琴很少唱歌,嗓子
也像生锈了似的。但她的身材还是好看,腰不粗,可这细和年轻
时候的细还是有差别:年轻时细而柔,现在很少有柔美的曲线流
动,身子迟钝而僵硬,没有那么柔软了。唯一变不了的就是她温
柔的性格,对人的宽容和尊重。即使离了婚的那个女婿,她也从
来没有在别人面前诋毁过,即使和姊妹们说到他,白采琴也不责

备。"人家离婚总有自己的理由。"她说这么一句就过去了,仿佛那个昧了良心的陈世美,是别人家的女婿。她能做的就是把自己的爱无私地献给女儿。她的为人是那么美好,一般人看不过去的事情她能看过去,一般人想不通的事情她能想通。平平至今没有结婚,她也不说什么,"各人有自己的追求",这就是她的态度。她从不逼迫孩子们做什么,或不做什么。平平不论在珠海还是在美国,围绕在她身边的男孩子不少,但白采琴一个也看不上,可是谈论起来,她就说:"我看哪一个都行,都优秀。"她对两个女儿的做法并不满意:一个不要孩子,一个不结婚。尚德武有时表现出自己的愤怒和不满,甚至会大发雷霆,几个月不与女儿说话,闹得一个恨一个,一个躲避一个。但白采琴总是替孩子们开脱,替她们辩护,找出有说服力的理由给丈夫熄火。

往常,白采琴想到母亲就哭泣。丈夫不在的时候,她甚至会大声地哭泣,虽然只是那么几声,但内心的悲痛都哭出来了。她悲切的声音也好听,不管有多么悲痛,她都发不出难听的声音,她的哭声带着戏腔。这会儿因为担心母亲下不了手术台,她抱着肚子哭泣,哭声宏亮、高亢,但她怕被邻居听见,又伏在沙发背上,低头捂着自己的脸,让声音变小,末了,"哎吆哎吆"叫几声。

母亲做手术,消息是白采梅打电话告诉白采琴的。她接到电话就一直在哭,她知道母亲这回是要离开他们了。她对丈夫说:"八十四了,还要受这么多的苦。"

"哪怎么办?不做手术等死。"尚德武说话向来这么直来直去,硬邦邦的,说完就去唱歌了。他在那个合唱团里还是主角,整天在那里唱红歌,根也扎在那里了。

白采琴一个人在家里哭泣。她想起妹妹白采莲出生的事情,那时白采梅已经十多岁,她也七八岁了。母亲生产很顺利,可是生完孩子,家里没有什么吃的。那时全村的人吃食堂,家里没有一点面粉,也没有一口锅,只有一个砂锅。她帮助姐姐煮了一砂锅洋芋。饥饿的母亲一连吃了几个洋芋,喝了半碗从食堂里端来的菜汤,结果刚咽下肚去,胃就剧烈地疼起来,将吃下去的那点东西全部呕吐出来了。

家里没有劳动力,父亲白忠良在秦祁乡政府工作,隔着几十里山路,顾不上家。姐妹俩从食堂里端来的菜汤能照出人的影子,她们饿得受不了,一人喝了一口,就去挖野菜,拾秋充饥。白采琴想起这些往事,哭得更厉害了。她恨不得马上坐火车去定西。可是最近她的膝关节疼得非常厉害,几乎站不起来了,正在接受治疗。姊妹们都给她打了电话,劝她不要来定西。她坐火车需身体好的时候,不然在火车上晕倒了可就麻烦了。去不了定西,待在家里,脑子里全是母亲的影子。那些往事一件件清晰地出现在眼前,她回想着母亲艰难而曲折的一生,哭得越发伤心了。

白采琴记得,弟媳坐月的时候,母亲去弟弟当兵的酒泉伺候了一个多月。出月后,弟媳总觉得母亲不顺眼,她的娘家人拿来的好吃的,母亲做熟了连尝都未尝过一口,就这样她还嘟囔个没完没了。一次,弟弟买来一条鱼,母亲做熟了端过去,小两口津津有味地吃起来,给母亲让都不让。不过母亲并不计较这些小事。可是,弟媳的态度越来越恶劣,母亲只好离开,在回老家的火车上晕倒了。幸亏列车员找人急救,母亲才活过来。弟弟为这件事和弟媳争吵了许多次,还干了一架。自此,母亲再没有去过酒泉。

母亲死过许多次了,但都活过来了。可是这一次和前几次是不一样的,那时母亲年轻,现在已经进入耄耋之年,哪里经得起这般折腾。

　　大家心里清楚,母亲做这个手术是有风险的。但是为了给大夫宽心,他们对大夫放了话:手术成功与否不追究大夫的责任。这样大夫才能安心地做手术,无后顾之忧。儿女们已经做好了最坏的打算,虽然决定是做出了,可是等待这一结果的过程是难耐和痛苦的。手术的时候,他们一个个耷拉着脑袋,彼此不说话,但他们心里想的是同一个问题:母亲能坚持得住吗?

　　白采莲坐在椅子上一动不动。她是兄妹中最有主见的人,但她知道母亲面临着巨大的考验,或者手术成功,皆大欢喜,大家高高兴兴地回家;或者失败了,死在医院里,大家哭哭啼啼把母亲运回庆坪去。按照乡下的习俗母亲是要土葬的。可是,村里已经有人说:"殁在外面的人是不能再进家门的。"那么,母亲的葬礼怎样举行呢? 白采莲想着这个问题。要么在自家门前的菜园里搭个帐篷,要么不管别人说什么,还是把母亲拉回家去,在家里举行葬礼。这还要看白采峰的态度了,族人会尊重他的意见。族人向来是以一个家庭的男人为主,不把女人的意见当回事,出嫁了的女子更不能对家里的事情做主。但白采莲觉得自己得先有个主意,到时候再和弟弟商量就有底数了。母亲要是真的去世了,姊妹们都哭晕了头,大事就得白采莲做主了。族人肯定会有许多说法,会有这样那样的要求,甚至不乏刁难和责备。他们往往会在某个老人的葬礼上闹出许多事情来,得有个心理准备,也得做好反击的准备。父亲去世的时候,族人就对阴阳选的地方不满意,说那样会妨碍邻居家的风水,影响下一代人。白采莲姊妹只好另外选了一块地方,给人家出了钱。那个阴阳心里愤愤不平,还延长了出殡的时间。生与死,就这两种结果。但白采莲接受不了母亲死在医院里,如果真是那样还必须勇敢地面对。她是极力主张做手术的,因而心里压力最大。一个个"如果"不断地出现在她的脑海里,它们有的讪笑,有的像猛兽呲牙咧嘴,有的却厉声责问:"你的决定错了,你错了!母亲八十多岁了,该经历的都已经经历过了,没有必要让她再受这份罪。"可是,就让母亲这样躺在床上等死,她无论如何是不能接受的,即便是母亲因手术失却了性命,他们也因此失却了母亲,她觉得良心是自责,而不是愧疚。还有一点,那就是她感觉母亲是能够坚持下来的,说不上充分的理由,也找不出必要的依据,但她相信母亲,相信母亲的意志和耐力。一种潜伏很深的难以描述的信任感给她增加了成倍的信心和勇气,这种力量不是母亲现在传导给她的,而是在她出生的时候就已经传递给她了。母女之间的这种信息传递是神秘的,只有心灵才能感觉到那么一点。

白采莲在回忆母亲短暂而漫长的一生,母亲吃了不少苦,受了不少罪,但她坚强地活过来了,而且把六个孩子拉扯大了。

母亲身上没有什么东西,唯一的是她衬衣的口袋里装着十多张纸币。原来都是一百的,后来见她记忆力严重下降,大家怕丢了,就悄悄换成了面值十元的。张数一样多,但母亲并不知道她的钱已经变少了。白采萍是母亲最信任的一个孩子,母亲的遗属补助和高龄补贴都是白采梅去乡上领取后交给母亲,母亲又交给白采萍,由她保存。白采萍在银行专门给母亲开了户。有这笔小小存款,母亲就活得自信,活得得意。母亲有钱,有自己支配钱的权利,心里很踏实。母亲的钱是给儿子存的,尽管钱大部分是女儿们给的。白采琴自参加工作之后就经常给钱,而且数目不小。近年来,白采峰也给。母亲不是那种吝啬之人,孩子们的钱,仍旧用在他们身上了,自己没有花多少,就是用也用于家庭建设,日常开销,属于自己的开销无非是到庆坪街上看几回戏,买碗酿皮,或者割几斤肉。母亲虽然是个裁缝,但吃穿她都不过分讲究,她把钱捏得紧,看得轻。即使女儿们给她钱,她也经常推辞不要,但她怕伤了孩子们的面子,勉强收下。她头脑非常清楚,哪一年某某给了几百元,连时间地点都不会错。父亲在去世前,把自己存的一万五千块钱统统分给五个女儿了,没有给儿子。但母亲存的钱,却是给儿子的。也许他们夫妇有约定,只是别人不知道。可是自从得脑梗后,母亲变成了另一个人,特别重视身上装的这几个钱,有时候坐在轮椅上,一个人掏出来仔细数着,数完了又装进兜里,还在上面压一压。然而,她连一百和十元的钱都分不清楚了,银行里究竟存了多少钱,自己也不清楚。她数钱一般是跟前没有人的时候,生怕别人发现。但来了客人,她就揭起衣襟,从兜里掏出钱来,对旁边的人说:

"你去外面买个馍馍。"

她待人永远是那么诚恳,那么热情,那么周到,不管谁来了都要沏茶端馍馍,让人先吃一点,喝一点,再干别的事情。

白采莲低头舔着右手的二拇指头,还不时地咬一下,想咬出血来,用手指的疼痛替代心灵的疼痛。她反复回想着刚刚过去的母亲护钱的那一幕,心里又难受起来。

——当护士让把所有东西掏出来时,母亲却是那样惊恐和固执,无论白采莲如何劝说,她都死死压住装钱的衣兜。开始大家觉得可笑,可是到后来见她坚决不让掏时,又觉得很悲哀。白采莲想着母亲如此贪钱,又如此健忘,完全是老年痴呆的症状,她失忆了。

　　白采莲在为母亲担心，坐在椅子上，低着头，舔着自己的手指头，似乎那里还在流血，还在疼痛。她陷入等待的焦虑和迷茫之中。两绺头发垂下来，挡住她憔悴的脸。

九

思 家

母亲睡了二十多分钟又醒了。她能安安静静地睡一觉多好啊,可是她做不到。她的神经始终处于亢奋状态,经久不衰,抑制不住。这让大家十分着急,唯恐她的神经难以支撑而最终崩溃,那就前功尽弃,一切希望都化为梦幻泡影。那样的结果是谁都不愿意看到的,甚至连想都不敢想。如果出现这种情况,那他们就害了母亲,她活着就没有任何意义,生不如死。白采莲记得,就在她小的时候,不知什么原因,母亲的神经分裂了,她把炕上的东西全部撒到地下,盘腿坐在炕上,手里拿着一个长烟管吸。不一会儿母亲就晕过去了,口吐白沫,不省人事,孩子们吓得哇哇乱叫。

定西市人民医院住院部的条件很好,环境干净整洁,东西井井有条,管理严格细致,人住进去格外踏实。虽然人们不愿住医院的房子,但这里还是令人满意的。医院设施已经齐全,大夫的医术和护士的态度也不错,住院的病人和陪同的家属都能感觉到慰藉和温暖,感觉到关爱和帮助,大多数病人痛苦地进来,微笑着出院了。

母亲睡在病床上，麻醉药过后，伤口剧烈地疼痛起来，她不知道自己已经做了手术，疑惑地说：

"我的左腿怎么了？疼得很！"

把真相告诉母亲，她一旦明白过来，就会理解和配合的。她从来就是一个讲道理的人，是一个通情达理的人。母亲不会被自身的困难所吓倒，她的意志历来是坚强的，性格倔强而有韧性，她不会折磨自己，更不会折磨别人。

"你从椅子上摔下来，把腿子摔坏了。"白采莲解释说。她不想隐瞒，因为她了解母亲的性格，也知道母亲的意志力。

"我没有摔过呀，在哪里摔的？"母亲对白采莲的话不太相信，睁大了眼睛回想着。她知道三女是不会哄她的，但她就是记不起什么时候摔的，为什么摔的。她用怀疑困惑的眼睛盯着白采莲，希望得到她的解释和说明。母亲也希望三女能帮助她回忆起来。但她的目光随即从白采莲的脸上移开，好像望着一个深邃的地方，那里有她需要的答案。她陷入了回忆，但她什么也没有得到，受损的大脑已经无法帮助她把需要的记忆显示出来。她的一部分脑细胞已经在那次脑梗中坏死，储存在里面的信息也随之消失了，好像受到黑客攻击的电脑，陷于瘫痪状态。所以，她什么也没有看到，很多事情她已经永远也弄不明白了。眼睛看到的东西是十分有限的，而心灵看到的世界才是广阔的。她有萝卜花的眼珠子转动了一下，又失望地停下来，不动了。她没有想起自己的腿是什么时候摔的，怎么摔的，还摔断了骨头。她知道骨头摔断了是大病，不能走路了。母亲的眼睛已经不好看了，眼珠子发黄了，稀稀拉拉的眉毛有白的也有黑的，面部肌肉松弛，眼睛有些红肿。她老了,目光停在什么地方就不动了,看上好一会儿,直到另一件事情发生才会转移注意力。一个人目光停止的地方就是心灵滞留的地方,目光迟钝就是心灵迟钝的表现。

"摔过了,在尕女家的院子里,是从椅子上摔下来的。"见母亲怎么也回想不起来,白采莲解释说,"你坐在椅子上,我大姐在厨房里烙馍馍,你自己要起来,没有站稳,摔倒了。"

此刻,坐在不远处的白采梅不由自主地陷入深深的悔恨之中。她回想着那天母亲被摔的情景,那是入冬以来少有的一个大晴天,蓝蓝的天空,白云洁如琼玉,渭源县城沐浴在温暾暾阳光下,享受着冬天难得的温暖。远远望去,渭水源头的露骨山白雪皑皑,美不胜收。

结冰的渭河仍然听得见潺潺的流水声,灞陵桥及桥周围的风景也充满朝气,这不像是冬天,而是提前到来的早春景象。游人明显比往日多了,入冬以来就蜗居在家的老人们纷纷走出来,借助冬日的暖阳舒展身骨。

渭源一中旧家属区是一座座排列整齐的朴素的别墅,人们习惯称之为小二楼。临街的第一排第三家是白采萍的家,门前是一个个小菜园,堆积着厚厚的积雪。一棵樱桃树孤独地站在雪地上,树下是茂密的黄花的枯叶,也被积雪严严实实地盖住,看起来像一个隆起的雪堆。这批房子是1990年初修建的,没有过多的装饰,院墙是红砖砌的,墙面未粉,只勾了砖缝,实用但不美观,房子上下各两间,楼梯在外面。每家都有一个小小的院落,进门左边是厕所和相连的厨房,右边是一个小房子,原来都有炕,但住户中睡炕的人家不多,后来被当作储藏室用。白采萍家的炕还没有拆除,炕上堆满了杂物,最多的是纸箱,那里面装有吃的和用的。白采萍是个极其细致的人，把里面收拾得井井有条，纹丝不乱。进了这件小屋子，就看见许多杂色的塑料袋像盛开的塑料花，地上堆积着南瓜、菜瓜、胡萝卜、大葱，墙上挂着成串的大蒜和辣椒。一箱箱宁县苹果，和从庆坪带来的剥皮梨、软儿梨和干长把（一种梨）包装得整整齐齐。因为母亲住在这里，亲戚们来看母亲带的东西较多，进了屋几乎难以落脚。姊妹们来了，先不进客厅，而是先把拿的东西放在储藏室里，再到客厅里去。

底层的那两间主房，是相连相通的套间，装有玻璃的铁门被刷成枣红色，时间已很久了，锈迹斑斑。生锈的铁门，不如先前灵活，一拉就哗啦啦响。进门是一个小小的过厅，过厅里有两扇门，一扇门通往左边的客厅，一扇门通往右边的卧室。卧室和客厅之间有门相通。母亲就住在卧室里。客厅里有一对旧沙发，一个摆在沙发前的玻璃茶几，还有几个小木凳和几个蓝色的铁凳子。临窗摆放着一个白色的组合柜，上表面是一台旧电视机，旁边是茶具。组合柜的另一部分摆放在单人床前，桌面上放着母亲的各种药瓶和药盒。母亲过去一直膝关节疼痛，两条走过最艰难路途的腿被疼弯曲了。特别是右腿，每走一步都像是在划一道曲折的弧线。她喝了许多药，至今也没有停止服用腿疼的药，否则一步路也不能走了。最管用的是河北某药业公司生产"甲茸壮骨通痹胶囊"，原名叫"复方壮骨关节灵丸"。这药是私人生产的，需要药时给对方打个电话，很快就能收到药品，但是邮包上没有地址、电话和联系人，无从查找。今年以来，那个电话打过去是另一个毫不相干的陌生人，药也中断了。白采萍家里没有多余的一件东西，凑凑和和地够用罢了。几年前说这个小区的房子要拆，白采萍买了一套楼房，搬上去住了。这个小院被出租给一中念书的学生。

自从母亲得了脑梗,出院后就住在这里。老人习惯住这种有院子的房屋,便于出出进进,生活方便。

因为这座房子临街,加上冬天风大,那扇灰色的铁门经常关闭着,但那天天气暖和,大门虚掩着。母亲安详地坐在院子里的一把竹椅上晒太阳。母亲穿着一身干净的黑衣,白发从灰色的帽子下面露出来,她用左手抚摸着右手。脑梗使母亲变得迟钝,行动笨拙,但她并不相信自己如此软弱无能。她一辈子没有服输过,现在更不会服输。她想站起来,想大踏步地走,像年轻的时候一样走。她想回家去,经营那个可爱的家,耕种那几亩肥沃的黄土地。那些地种什么得什么,只有村头的那一块地贫瘠一些,比别处的土地娇气,十年九旱麦子常常只有一尺多长,丰收的年份不多。可是另外的土地都是那么肥沃,简直就是她家的粮仓,聚宝盆。她的麦屯里至今还装得满满的,虽然都是旧粮食,但她舍不得吃,存放着,唯恐再碰上一九六〇年那样的饥荒。存着粮食,吃的面都是孩子们给她买的。不知什么时候老鼠钻进粮食柜子里,留下许多老鼠粪。白采梅和白采琴把柜子里的粮食全都拿出来晒,淘洗了之后准备磨成面,可是被母亲阻止住了。"那是储备粮,不能动。"过了一些日子,姐妹俩背着母亲悄悄磨成面了,给里面又装上新买的麦子。母亲没有发现。母亲始终存着粮食,粮食就是她的命。有一次,白采莲去外地开会,母亲来照料外孙女杜楠。有一天她突然惊慌起来,急得要发疯了,她的手哆嗦着,说话时声音也发颤,说家里没有吃的面了,让杜兰溪赶快去买。杜兰溪打开面箱一看,里面还有几天的面,不觉笑了。母亲就这样,粮食就是她生命的底色,越厚重,她越心安。

这些天母亲一直计划着要回家去,一次次试自己的腿子能不能站起来走路,如果能走路,她就马上回庆坪去,"家里没人管。"
她自言自语。

白采梅在厨房里忙着包韭菜馅的饺子,馅子太多了,她又烙
饼子。她留着短发,头发是染过的,看起来精神多了。女人不打
扮自己就是对不住生活,对不住生命的赐予,一打扮可就成了仙
女,因为女人本来就是美的象征。白采梅被韭菜熏得直流眼泪,
不时地用衣袖揩一下眼睛。她的身体好,精力充沛,早晨起来就
干家务,把屋子里收拾得干干净净,一尘不染。虽然退休了,但她
是个大忙人,自己的家、母亲的家、外孙子她都照顾。她脸上常挂
着笑容。她爱跟人说话聊天,只要是熟人,碰到一起总要叙一番
旧。有时一连能说两三个小时,甚至一个下午。而且,她嗓门大,
笑声不断,门外就能听到她的声音。因而,她有许多朋友,她们都
是要好的女友,一旦谁家有了事情,她们就一起去帮忙。另一方
面,她要经常给人家搭礼,工资的三分之一做了人情,手头很紧
张,没有存下多少钱。她老嚷着要换一座房子,现在住的是渭源
县商业局修建的家属楼。那房子使用面积小,防震性很差,没有
太阳能,又是五楼。母亲过去不爱去她家就是因为楼层太高,上
不去。现在,她自己上楼也费劲,将来肯定是上不去的,应该换一
个有电梯的房子了,可就是没钱。两个女儿没有人给她出钱买房
子,大女儿家景好,不仅有自己的楼房,还有铺面,出租费每年能
收入四万元,但她搞传销,一点钱都砸到黑茶上去了。大女儿在
大学里学的是美术专业,书法绘画都在行,基础很好,毕业后偏偏
放弃了本行,跟着别人做黑茶生意,说是挣了几十万,其实是搭进
去了十多万,不仅不给父母亲帮忙,而且一出现危机就从母亲那
里要钱。小女儿买楼房贷了一笔贷款,两个小孩花销也大,帮不

上母亲。白采梅每每说自己老了上不去五楼的时候,大女儿说得很轻巧:"到时候租个小院去住就行了。"

白采梅爱操心,操心多。她腼腆,勤快,从不欠人的。谁帮了她的忙,她一定要加赔偿还。就是白家疃的人,她也常去帮助他们种庄稼,收割和打碾,也帮助他们办理红白喜事。她自己帮了还不算,还要打发丈夫去帮。因而,她和全庄人的关系密切。不论是哪一家的人来渭源办事,都要在她家里歇脚。有人住院了,她就去看望,还常常借钱给他们。近来,她的身体不支持她干这干那了,先是低血压,后来变成了高血压,头晕。但她坚持服侍母亲,就是别人让她歇一歇,她也只是稍稍休息一下。她有时像一个非常淘气的孩子,别人要她的东西,她根本不心疼,不仅给人,而且会加倍地给。但要她向别人张口,那可是万万办不到的。白采莲有时去渭源住一个星期,让白采梅去休息。可是,没有两天,她就做了许多好吃的送来了。她尤其疼爱弟弟白采峰,他回家是从来不动手的,什么也不做。偶尔去挑两桶水,别的事一概不管。他唯一惦记的就是大年三十给先人烧香点蜡,供奉祭祀,初一早上去二郎庙里烧香,初二去给舅舅、姨娘、姑姑和叔叔拜年。他做这些母亲格外高兴,似乎做了这些就是完成了家里一年来的大事。他回到家也不停地打电话,与朋友联系。白采莲有时会批评他,白采萍有时也在嘴皮地下嘟囔几句。可是白采梅和白采琴总是偏袒弟弟,他不干活能看得过,做错了事能理解,没有办好事情能原谅。白采峰到渭源,白采梅就让他到自己家里去住,便于照顾。她对弟弟的爱护仅次于母亲。白采峰在军队里当过营长,别人伺候惯了,连牙膏也懒得挤。他回家来住那么几天,裤子脏了母亲洗。这一点受到白采莲的强烈抨击,但只要白采莲攻击弟弟,母亲就站出来伸张正义,她不允许女儿伤害她的儿子,儿子是仅次于丈夫的天,他做了什么都行。白采莲却偏要争公平,两人小时候老是打架,而且白采莲往往占上风,直到弟弟哭了她才高兴。可是,白采梅、白采琴从来不欺负白采峰,而是疼爱他、呵护他。

做些好吃的东西给兄弟姊妹们吃,白采梅就感到格外高兴。自己实在顾不上做了,也会从街上买一些送来,哪怕是一碗酿皮、几个糖酥饼、一碗甜醅,或者水果等等。白采莲回家也要带许多吃的,尤其过春节的时候,车上往往装得满满的。车上实在装不下了,就往坐在后排的杜兰溪怀里塞。定西日报社那条街上的锅盔好吃,她要买十多个,还给白采梅打电话,说:"大姐,你不要做馍馍了,我回来时带着。"可是,白采梅一听就坐不住了,赶紧去买些大饼先送到母亲那里去。"大姐,我们买了一些靖远的西瓜,下午就到渭源了。"白采莲在电话里又补充道。定西距离靖远很近,夏天一到来,大量的西瓜运往定西。定西人最爱吃的就是靖远西瓜,它又香又甜又沙。白采琴早年也在靖远工作过,所以碰到靖远西瓜总要买上两袋。白采梅接到白采莲的电话,赶紧放下手头的活,就去街上寻找靖远西瓜,拐过几条街道,转了几个瓜摊,终于找到了靖远西瓜,就赶紧挑选两个大的买上,匆匆忙忙提着西瓜往母亲的驻地赶去。白采莲已经到了,正忙着从车上卸西瓜。"我也买了两个,也是靖远西瓜。"白采梅眉开眼笑地与大家打招呼。白采莲看到白采梅抱着西瓜来了,觉得非常搞笑,就小声说一句:"这个大姐也就怪!"

白采峰也往家里带好吃的东西,他是整箱、整筐地搬,过年的时候,更是壮观。鱼、各种水果、酒,都是整箱的,羊肉不是一只就是两只。白采红往家里带临泽的枣子是一蛇皮袋子,带葡萄酒也是两箱子。有时候,几个人带来的东西太多了,过完年还没有吃掉一半,母亲就又分给大家,一人一份带回去。白采峰却不要他的一份,尤其是馍馍、肉、洋芋、南瓜这一类,他根本不要,可是母亲一定要装。为了不惹母亲生气,他勉强装到车上,出门就送人了。有一次,母亲给他一块馍馍,他不要;母亲跟在他后面,一直送到村头的车跟前,但他还是执意不要。杜兰溪顺手接过放进车上,可是母亲追过来,从杜兰溪手里一把夺下来,塞到白采峰手里,并郑重声明:"各吃各的一份,不要弄乱了。"

如今,母亲再没有力量来给大家分送东西了,白采萍不自觉地承担起了这个责任。她不像母亲那样公平,而是把好的分给大家,把不好的留给自己。为此,白采莲就要把已经装好的东西掏出来,仔细看一遍,看看留下多少,如果白彩萍留下的太少,或太差,就要把自己的再留下一些。母亲的一些想法和做法,已经被女儿们继承上了。白家待人是那么真诚、热情、友爱,从来不做假,从来不虚伪。白采梅待客更像一个傻子,一定要把最好的食物拿出来给大家吃。吃了,她高兴;不吃,她不高兴。而且,她一定有办法让你多吃。在家里她也像母亲一样,最后一个吃饭,如果有剩饭,那一定是她全全包揽。对客人是如此,对自己的丈夫和孩子也是如此。

可是谁能想到,就在她做饭的时候,母亲居然要站起来,结果摔倒了。就那么轻轻地一下,股骨头却折断了。

"你在干啥?我要回家去,你管不管?你不管我就自己去坐班车,整天闲闲地坐在这里干什么?家里的活没有人做,庄稼还种不种,吃不吃饭?"母亲愤怒了,她生气地说。家是神圣的,庄稼也是神圣的,土地就是她的命根子。母亲忘不掉的三件事:回家、过年、做吃的。那些耕种了一生的土地,是她完成这三件事厚实的根基。看不见土地,看不见生长的庄稼,她的心里就格外空虚。她是一个种庄稼的好手:耕地,种麦,摞麦垛,碾场,样样拿手。而且,她干得格外细致。打磨地时,即使鸡蛋大的土疙瘩也要打碎;播种时,粪肥不乱撒,而是装在筐里,一把把撒在犁沟里;割麦时,麦茬留得短短的;犁地时,一犁紧挨一犁,不留空白。白忠良是乡干部,指望不上,家里的农活干得很少,所有的事情都落在母亲身上。她一生的工作就是在土地里种出粮食,拿这些粮食交公粮,以及喂养她的孩子们。八十岁那年,母亲已经满头银发,可是到收麦的时候,她在家里坐不住了,拄着拐棍来到村前的那块麦地里,见魏学义和杜兰溪在割麦,就提醒他们把麦茬割短一些,自己跪在地里拔麦。她已经拿不起那把镰刀了,只能用两只手拔,谁也劝不住她。天气太热,阳光像火苗一样泼洒在人身上,母亲的衬衣被汗水湿透了,草帽掉了,但是她不泄气。两个女婿气喘吁吁地挣扎着割麦,也不敢歇息,直到午后把那块麦子收割完。母亲一个人拔了二十二捆麦子。她怕女婿们摞不好,自己亲手把麦捆摞起来。当她站在麦捆前的时候,杜兰溪发现她脸上全是汗水和土,两绺白发垂在额上,脖子和衬衣上也全是汗和土。但她摞起来的麦捆是端端正正的。这时她的脸色红润,内心的幸福和自信自然而然地流露出来。她一步一步走回家去,手里还捏着一把苦苣菜。那是母亲最后一次收麦。此后,大部分土地就送给了侄儿子,留下一小块,由白采梅种些苞谷、洋芋、蚕豆和蔬菜。要完全放弃土地,母亲是不会答应的,白采梅也不同意。但儿女们都干不动农活了,孙子这一辈人中,没有一个再去耕种那几亩土地的。母亲要是去世了,还不知道怎样处置那些土地和房子。而房子是要经常维修的,不然会有倒塌的危险。土地也要年年耕耘,不然野草、椿树、榆树、柳树、白杨、杏树、梨树等,它们钻空子往里面扎根,几年时间就会长成茂密的丛林。母亲作为农耕文明的最后守望者,是小农经济最后一人。土地流转、机械化、规模经营和专业化耕作,已经成为现代农业的的雏形。母亲辛苦了一辈子,那种生产方式和自给自足的经营理念正和她的衰老一样,无可挽回地离我们而去。母亲成为一个时代最后的象征和标识。在漫长的历史过程中许多事物会被时间颠覆,但母亲和土地永远是伟大的。

"我要坐班车回家。"听母亲这样说,白采梅不觉一笑,说:"你病刚好,再休息几天,去了没人管。"

"我自己做饭,把炕烧热了,要谁管?你给我打电话把娃娃们都叫来,我要回庆坪去。"母亲说。

坐在院子里的母亲要站起身来,准备收拾行李坐班车回家,可是一连两次都未站起来,第三次借助拐棍和椅子站起来了,往前走了一步,一只手还没有松开椅子,竹椅翻倒了,母亲也随着椅子慢慢倒下去。

母亲想自己爬起来,不想让白采梅知道,以免她又说自己不行。如果让白采梅知道她摔倒的事情,那她更就回不了。她得自己站起来,可是腿子剧烈疼痛起来,像刀子在割,疼得她咬牙切齿。母亲挣扎着双手撑住地面,使出全身的力气,可是腿子就是站不起来。本来就弯曲的右腿剧烈地颤抖着,根本没有力量支撑母亲;左腿更是一点不听使唤,她刚抬起来剧烈的疼痛就攫住了她的心。那种疼痛不像是擦破了皮的疼痛,而是往骨头里钻进去的疼痛,疼得她头上冒出汗,大脑也片刻空白。

"哎呦!我的腿!绊死人了——快来人啊——"母亲终于忍耐不住了,疼痛使她忘记保持应有的体面和尊严,忘记了初衷。白采梅正把一个馍馍从锅里用刮锅铲铲起来放在筛子里,把另一个面饼放进锅里,刺溜一声,冒起一股油烟。听到母亲喊叫,她伸着脖子向外看了一眼。见母亲倒在地上,她急忙扔下刮锅铲,双手在围裙上擦了擦,向院子里跑去。

白采梅想把母亲抱起来放到椅子上坐下,可是母亲很沉,身子软软地往下坠。她自身没有一点力量,白采梅抱不起来,急得不知如何是好。

"我的腿子疼得很,哎呦——"母亲又呻吟起来。

母亲这么一喊叫,白彩梅心急如焚,赶紧去抓母亲的腿子。不料母亲大声叫起来,声音凄厉,吓得白采梅心惊胆颤,赶紧松开手。

"腿子疼,可能坏了。"母亲绝望地说,眼睛里充满悲哀和怨恨。她不能回家了,也不能再提回家的事情了。

怎么可能呢?白采梅根本不相信母亲的腿子摔坏了,一定是母亲感觉错了。但是母亲一声接一声地喊叫起来,脸色蜡黄,汗水湿透了她的衬衣。白采梅疑惑地看着母亲,就那么从椅子上滑倒了,能把腿子摔坏?不可能,绝不可能!她原以为母亲旧病复发,想请县医院的大夫开些药,在家里输液治疗。但母亲疼得呻吟不止,白采梅觉得不对头,赶紧给白采萍打电话,白采萍赶来了,抚摸着母亲的腿子,也觉得不对劲儿。姊妹两个想把母亲搀扶起来,可是刚一动手母亲就号叫起来,哇哇地哭着说:"你们慢点拉,我的腿疼得很。"她们知道母亲是个坚强的人,一般不会这样号叫,什么样的疼痛她没有经受过,但是这一次似乎不同,忍受不了。她们只好让她躺在地上,急忙给"120"急救中心打电话,等待大夫。

"哎呦!我的腿子,你快叫大夫来!哎呦——哎呦——"母亲叫喊着。

"这腿子难道绊坏了?"白采萍也疑惑了。

不一会儿,县医院的救护车开来了。从车上跳下几个医护人员,医护人员穿着白大褂小跑着进了那个小院,把母亲放在担架上,抬上一辆白色小型救护车,鸣着警报声穿过县城。县人民医院是新建的,在县城的西南面,不过几里路,几分钟就到了。母亲被送往渭源县人民医院,经诊断:股骨头骨折。

她俩一时傻了眼,不知如何是好,赶紧打电话通知了白采莲和白采峰。

"要是不让母亲出去晒太阳,要是我就在身边,母亲也不会摔断腿子。"白采梅后悔极了,在一旁一边自责,一边哭泣。当时一听说要给母亲做手术,她心里难受起来。如今手术已经做了,却成了这个样子。"母亲要受多少罪才能好起来!"真是应验了那句老话:"天有不测的风云,人有旦夕的祸福。"她一把眼泪、一把鼻涕地哭泣着。岳大夫特意看了她一眼,白采梅也没有发现。

短短几十天内,母亲已经是第二次住院了,第一次是脑梗,第二次是骨折。她的生命到了急剧衰退的时候,在儿女们看来几乎是岌岌可危,似乎到了最后时刻,随时都有离开人世的危险。这是儿女们最担心最害怕的一件事。他们生怕失去母亲,失去生命中最厚重的依靠。过去母亲很少打针吃药,没有住过医院。几年前,村里一头驴死了,邻居给母亲给了一块驴肉,她吃后拉肚子,到庆坪卫生院去打针输液,很快就好了。如今医院和大夫成了她生命的守护神,母亲已经离不开医院了。人活到这个年龄就像一盏耗尽了油的灯,在慢慢熄灭,即使还有一点残余的油,一股不知从何处刮来的风也会将它轻而易举地吹灭。儿女们最怕的就是这个"出人意料",母亲虽然八十多岁了,但说到死亡,他们谁也难以接受。小时候,他们放学回家来,如果见不到母亲就觉得天昏地暗。现在如果失去母亲,他们同样觉得生命出现了巨大的豁口。如果说此刻他们正在不惜一切代价地挽救母亲的生命,不如说他们正在竭力保全自己生命的完整性。

在庆坪,老人们上了七八十岁,得了病一般是不往医院里送的,即使是一场重感冒也是如此。只要卧床不起,家人就开始准备后事。有人还这样解释:"人活百岁终有一死,多活几个月又能怎样呢?早死一天少受罪,早过河的早脚干。"尤其是没有医保的那年代,老人们病倒了,家人眼睁睁地等待死神的降临,将病人活生生地带走。

十

病　根

　　此时此刻,白采莲在思索这次手术是否能够成功,母亲能否活着走出医院,健健康康地回家。她心里并没有底,既难受又害怕。她理解母亲,因而有一种敏锐的感觉告诉她:母亲能够挺得住。

　　但是,事情总有预测不到的一面。如果出现万一,那她的判断就是错误的,后果她是可以承担的,但可能给母亲带来许多痛苦,也有可能使母亲早早结束生命的里程。这样的结果是她不愿意看到的,也是全家人包括母亲的亲戚们不愿意看到的。姊妹们不会责备她,手术的决定有人很勉强,但还是同意了。何况母亲的这六个孩子人品都是一流的,他们有着良好的修养,遇事从来不慌张,慎重从事,不相互推诿和扯皮。"如果那样我会后悔的。"白采莲这样想时眼睛里已经蓄满了泪水。她的眼泪往往是一粒粒滚落下来,亮晶晶的。她很少哭泣,在困难面前从不退缩,敢于面对和挑战,是个女汉子。回想着三天前做出的那个决定,她用右手撑着额头沉思着,眼泪就大颗大颗地往下滚落,雨点般掉到地上发出声音。

　　母亲手术的决定是1月13日晚做出的。那天在白采莲开完人代会,匆匆赶到渭源。她邀请定西市人民医院的岳大夫和他的助手前往渭源县人民医院诊治。他们赶到时已经是下午五点半,一到医院,岳大夫就会同渭源县医院的大夫研究病情,参看资料,探视病人。这位经验丰富的骨科大夫在全面掌握情况之后,迅速做出了可以手术的判断。他分析说:"如果不做手术,伤口附近的骨头和肌肉就会坏死、枯竭,并陆续蔓延和扩大,病人就只有等待死亡,在一个漫长的痛苦过程中度过自己最后的时光,那是非常凄惨和痛苦的,家属会用各种无效的治疗方法继续治疗,但毫无结果。这样做一方面是为了安慰痛苦难忍的病人,一方面是为了安慰家属自己,以免良心受到谴责,躲避冥冥力量的惩罚,也为了逃避社会舆论的诟詈。但这一切仍无法掩饰一个事实:对生命的漠视和对疾病的畏惧。要是做了手术,病人一时痛苦,但时间很短,又能够忍受得住,既然这样为什么就不做手术呢?虽然有风险,但风险不大。"

　　送走了岳大夫,兄妹几个坐在一起开起家庭会来。他们讨论着岳大夫的话,分析他的见解和意见,意见不统一的时候就有人哭泣。白采梅又一次习惯性地责备自己没有照看好母亲,使母亲受了重伤。由于自责,她竟然哭得鼻涕也流下来。白采萍见白采梅哭成一个泪人儿,就赶紧递给她手纸。白采萍支持白采莲的意见,主张做手术。五个女儿,母亲最疼爱她,孙子中也最疼爱她的儿子。白采萍对母亲也确实敬爱,她给母亲说话从来都是细声细气,一句硬邦邦的话都没有说过,更谈不上顶撞和责备。即使是母亲做错的事情,她也会委婉地向母亲解释清楚,阐明道理,在自己力所能及的范围内加以弥补。母亲也最爱听她的话,最信任她,把最重要的事情托付给她。但白采萍对姐姐和哥哥从来都是尊重和信赖的,家里的事自己从来不做主,要做什么事一定要和姐姐们商量,听从她们的意见,按照大伙的意图去做。母亲嘱咐她的事情,她也从来不对姐姐们隐瞒,多重要的事情也要告诉她们。白采峰倒是没有明确的意见和建议,家里的事情他本来就很少操心。他从小就不会干家务,不会种庄稼,每次回家就是看看亲人,散散心。母亲却视他为心肝肉,从小就娇惯他,使他养成了养尊处优的坏习惯。现如今五十多岁的人了,饭不会做,衣服不会洗,家务不会干,衣来伸手,饭来张口,回家来不帮母亲做点什么,却要母亲给他服务。本来他回家来过几天优裕安逸的生活,没有什么,可令人不解的是母亲已经老了,还做这些,谁要是说什么,或加以阻挡,母亲就会大发雷霆,大声斥责。好像她为儿子做事天经地义,别人无权指责和诟病,在维护儿子方面,母亲是果断的,即使这里面含有一个母亲的自私和狭隘。但她就是母亲。对于母亲过分偏袒白采峰,白氏姐妹似乎分为两派:白采莲、白采红、白采萍都是看不惯的,白采红敢怒不敢言,白采萍侧面提示,只有白采莲偶尔嘀咕;而白采梅和白采琴在这件事情上总是站在母亲一边,她俩也像母亲一样疼爱弟弟,娇惯弟弟。白采峰对姐妹们从来都是尊重的,即使有自己的想法只会说出来,意见分歧就听大家的,尤其爱听白采莲的。他自己的事情可能不会告诉姐妹们,但家里的事情他不会隐瞒谁,每件事都是透明的。他从来不当面否定姐姐们的意见和建议,对妹妹们更是爱护和照顾,没有忘记尽哥哥的义务。母亲住院他就给了两万元,并表示需要多少他都出。可是为了统一使用，也好记账，所有钱交由白采萍统一管理。白采峰喜爱漂亮女孩，两次婚姻找的都是相貌出众的美女，可是品行都赶不上自己的姐姐妹妹，也没有一个像姐姐妹妹们这样关心、理解和支持他的。为此，姐妹们也只有叹息。他的前妻和后妻，一个爱钱，一个爱狗，人虽然漂亮，但个性怪癖，过于偏执。他宠着这两个女人，离了婚的他也照顾，对后妻更是偏爱。他的钱都被她们拿去了，前妻也要，后妻也要。幸亏他的工资高，有奖金，还能存点私房钱给母亲。白采峰一表人才，有能力，诚实讲义气，广交朋友，又很善良。他也爱吃好的，希望过好日子，可就是选不中好媳妇，好日子也就没有希望了，只能勉强过日子。别人选择一次，他选择两次也没有选择好。如今，他不是淘气，就是躲避。老家的事情他依靠姐姐妹妹们，但自己家里的事谁也靠不上，只有凑合了。

　　母亲手术的事情白采峰听从姐姐妹妹们的，支持做手术，并向大夫当面表示：即使手术不成功，大夫也不承担任何责任。大夫们听了他的话很高兴，满意地点点头。转院，手术，这是他最后的决定。这个家庭里虽然这样重大的决策不是由他做出的，但他是唯一的儿子，是母亲心里分量最重的孩子，所以，姐妹们做出的决定，还要征得他的同意，向大夫去说明。他明白这一点，所以很尊重她们的意见。

　　1月14日上午，渭源县医院用救护车将母亲送到市人民医院。鉴于母亲是八十多岁的老人，渭源县人民医院决定免费转送。

　　从渭源到定西走的都是高速公路，很好走。但从县城到路园临时出口的一段路仍是旧国道，而且因为路园进行小城镇改造，街道还没有修好，颠簸得厉害。大夫和护士坐在驾驶室里，家属坐在后面的车厢里照看母亲。家属中有白采莲、白采萍和三女婿杜兰溪。救护车上也只能坐这么几个人,白采峰和白采梅坐在一辆借来的小车上。白采峰的妻子秦芳芹不想坐救护车,小车上又坐不下。她觉得对她的安排不好,非常生气,哭了一鼻子,气愤地直接坐班车回了省城兰州。上了救护车的人,谁也不知道路上会发生什么,个个提心吊胆,默默无言,管护着母亲。有时颠簸几下被角掉下来,就近的一个人赶紧盖好。母亲的身子随着前进的车子微微晃动着,她的白发掉下一绺,白采莲看了一眼,想拢好,但车子一颠,她伸出的手又收回来了。

母亲小声地问:"你们要把我拉到哪里去?"可是她嗓子沙哑,没有说清楚。她扭头看见孩子们都在身边,也就放心了。只要和自己的孩子们在一起,她就什么也不害怕,安心地躺着。她的左腿已经麻木了,并不觉得十分疼痛,所以她忍耐着不吱声。

救护车走得并不快,两个小时才到定西。上午到定西后,下午就有病床了,住在住院部八楼十二号病房。病房里面已有一个十二岁的男孩,也是股骨头骨折,骨头已经长好了,要取钢板。还有一个四岁多的小男孩,也是股骨头骨折,手术后长好了,准备取钢板。他的爷爷奶奶守护着,男孩儿一直在看动画片,凳子上放着一个笔记本电脑,播放着《熊出没》,看完了又播放《猫和老鼠》。他一边玩堆积在床上的塑料玩具,一边看动画片。

白采红从张掖坐高铁到兰州,换车来到定西。大家都在医院里,白采红先去了白采莲的家,她太疲劳了,在那里稍事休息,晚饭才去医院接替白采萍。

在母亲的六个孩子中,白采梅最辛苦。这几年她一边照料母亲,一边待弄着庆坪那几亩地。母亲得了脑梗之后,她就更辛苦了。外孙女夏洁正在龙庭中学上初中，路途虽然不到两公里，但在城郊，而且孩子上学早，得有人送。大女儿魏芝兰还养着一只母狗，下了一窝狗崽，她一只也舍不得扔掉，家里成了一个名副其实的狗窝。女婿夏新锐是个老实人，踏实肯干，在县直部门工作，可是长期得不到提拔重用，就把心思用在帮助父母和兄长种植药材致富上，包地种当归，亏了。后来又与哥哥合伙买了一辆从渭源放临洮的班车，顾了一名司机，挣的钱还不够各种消耗，一辆宇通牌的大轿子车，买进时四十多万元，卖出时只有十七万元。他一度陷入迷茫与困惑之中，变得颓废，精神不振。夫妻之间也忘记了体贴与关爱，矛盾重重，危机四伏，让白采梅操尽了心。小女儿生了两个儿子，亲家母和亲家公是常病号，白采梅三天两头被叫去看孩子。她这边跑两天，那边跑两天，忙得晕头转向。白采梅是这个家族里——甚至是世上最劳累、最乐于奉献、最逼迫无奈的女人。几年时间就由低血压累成了高血压，头发几乎一半白了，只好染发。可是，这会儿大家让她到杜兰溪家里去休息一会儿，她不愿意。她心里很害怕，怕母亲这一回输给手术，所以她想多和母亲待一会儿。可她一个人坐着的时候又思绪万千，想母亲这劳碌的一生，也想这劳碌和自己隐秘的联系。她是家里的老大，高中毕业就参加工作了，大部分时间都在乡镇工作，男人常年在外，不是银川就是天水，自己带着两个孩子过日子已经够艰难的了，可还得照顾年幼的兄弟妹妹，供给他们读书。老家的房子是她盖的，地也是她种的，老人也是她照料的。在兄弟姊妹中，她最热爱那个家。她没有公公婆婆，所以，自己的娘家就是她唯一的牵挂。事实上，白采梅比别人的家儿子还顶事。此刻，她不出声地哭泣着，怕母亲活不了几天就和他们分手了。

杜楠来到医院里看望外婆,她是白采莲和杜兰溪的独生女,湖南农大硕士生毕业,考到定西市食品检测中心工作。杜楠穿一件红羽绒服。病房里太热了,她进门就将羽绒服脱去,里面是一件无领的红色衣服,黑色紧身裤,她没有穿长筒靴子,而是一双半高跟的黑皮鞋。这样的打扮使她的少女体态轮廓优美地表现出来。她的身材像父亲的,单薄、窈窕、秀丽。她平常爱留披肩发,可是外婆见了,每次都要批评她:"把头发扎起来,披头散发的像个啥!"今天她怕外婆生气,来医院前就把头发梳成两个长辫子,辫梢上系着红头绳,这样外婆看了就会高兴。杜楠的头发细,仔细看有点暗含的紫,但非常稠密。杜楠站在外婆跟前,问:

"奶奶你看我是谁?"杜楠的奶奶五十九岁那年得支气管炎突然去世了,奶奶去世两年后她才出生,没有见过奶奶,因而把外婆叫奶奶,从未改过口。

杜楠的声音非常轻柔,见她梳着两个辫子,扎着红头绳,母亲非常高兴,脸上露出喜色,但她看了十多秒钟也没有认出眼前的这个女孩儿是谁。她的眼珠子迟钝地转动一下,吃力地动了动嘴皮,就要想起来了,可是那到了嘴边的名字却又消失了。她沮丧地砸了一下嘴唇,无奈地把目光停留在杜楠的脸上。母亲的嘴皮有些发青,问:"你是哪一个,两年没有见了。"

"奶奶躺着看不清楚。"白采峰说。母亲一听嚷嚷着要坐起来。白采峰伸手把她搀扶起来,坐在床上。但她觉得还不行,还看不明白,嚷着要下床:"把我的棍拿来,我要下床,坐在床上还是看不清楚。"

下午,母亲打了麻醉针的左腿不那么疼了,她以为自己好了,要下床,看杜楠是谁。母亲的举动惹得大家笑了。杜楠扶着母亲的胳膊,说:"奶奶你别下来,我是杜楠。"

"是我的杜楠。"母亲想抚摸一下杜楠的辫子,可是手没有抬起来。

"两条辫子,红头绳。"母亲疼爱地说,接着就批评起来,"你看街上的那些野女子,披头散发,光着膀子。我的杜楠多听话,梳成两个辫子。"就这么几句话,母亲气喘吁吁,说得很吃力,最后一句几乎是一字一顿说出来的。杜楠把母亲溜下来的白头发塞到她的蓝帽子里。

母亲躺了一阵,又说腿疼,要人给她翻身,可是她很沉,女儿们抱不动,又怕伤到左腿。杜兰溪去抱她,她望着,身子往后缩,用手挡住他,说:

"不转了,就这样好。"

十一

翻　身

　　母亲在输液时睡着了,安详而恬静。白采萍走到窗前轻轻拉上窗帘,她怕弄出一点响声会惊醒母亲。白采红在旁边的床上睡着了,染成棕色的短发拢着疲惫的脸庞,整个看起来困顿而忧郁。白采莲站在母亲面前,眼睛瞅着监控仪,注视着母亲病情的变化。仪器上的曲线在平稳地运行,抚慰着儿女们刚刚平静下来的内心。母亲的五个女儿,年龄都在五十岁以上,外孙子也四十岁了。一个村庄能活过八十岁的人并不多,也就那么三两个,母亲以现在的高龄在世,做儿女的也骄傲。"母亲能活九十岁。"白采莲瞅着监控仪这样想,"妈妈,加油,活他个九十岁。"她在心里喊着,不仅是给母亲鼓劲,也是给自己打气。

　　母亲两只系着数据线的胳膊暴露在外面,白采莲拉过被子的一角轻轻盖上。此时,母亲打起鼾来,脸上的肌肉随着呼吸的节奏颤动着,她安静而和平地睡着,脸色也不那么苍白了,呈现出原先的黑红来。白采莲仔细看着这张熟悉而亲切的脸庞,记忆中母亲的圆而饱满的脸,现在棱角模糊了,脸上的肌肉松弛下来,可能是输液的缘故,整张脸看起来有些浮肿,原先那张脸似乎沉底了。

白采莲穿着蓝裤子、蓝毛衣,坐在床前的木凳子上,毛衣开着前襟,她的短发染过,发根露出白色。从相貌看,她很像母亲。这种生物学的遗传真是神奇,白采莲想。母亲不仅将容貌置于她的身上,还将善良、坚韧、宽容的品质渗于她的血液。母亲虽然是一个单纯的农民,但她将自己的智慧与博爱播撒在她的血缘谱系中,让它有了延续和传继。这大概每个人无法抗拒的命运。

病房里是安静的,门外的楼道里总有人走过,也有说话声和呼叫声,但病人和家属们尽量保持安静。没有什么惊动她,母亲睡了二十多分钟又醒了。

"啥时候摔的?好好地哪里摔了!"说这话时母亲刚才好像并没有睡去,而是闭着眼睛在回想她摔倒的事情。她心里惦记的还是她的腿,好像摔断的腿和自己真实的腿没有任何联系。她无法将它们划上等号。

"上一周星期六摔的。要是没有摔,我们把你拉到医院里来干什么?"白采梅给她解释说。这会儿母亲正望着她,目光中满是不信任。

"骗子,你骗人,嚼舌头!啥时候摔的?"母亲生气地说。母亲与自己的六个孩子说话,对大女儿白采梅是最不客气的,有啥说啥,白采梅也敢顶嘴,母女俩有时还大声争吵,总要辨明是非,不过母亲比较固执,每次争论到最后,还是白采梅先妥协。

"元月九日摔的。"白采梅耐心解释,用目光扫视着母亲的脸,帮助母亲回忆。她的眼睛里也有块卤肉,很像母亲的。见母亲回忆不起来,她扭头对身边的白采萍说:"你把手放在妈妈的屁股下面。"

"你们把我往右边搔一下就成了。你们在我的屁股下面垫的啥？把头往里面搔，把屁股往那边搔。裤子没有穿吗？搔着我侧身睡一会儿，我这样睡得时间太多了，转一下身，难受得很。"母亲说。母亲身重，挪动一下不容易。白采梅和白采萍都不好移动，既怕输液的针错位，更担心接上的骨头错位，还怕碰着了伤口，引起剧烈的疼痛，两人小心翼翼地挪动着。见她们出不上力，母亲既着急又生气，大声嚷嚷着，这使她俩更慌乱，不知如何移动。

"我已经好了，咱们出院，回家去！"母亲说。她对住在医院里已经感到厌倦，不想再待下去，想早一天回家去。

"两星期以后才能拆线。"白采梅听母亲这样说不觉一笑，被她的单纯逗乐了。母亲简直是个孩子，不懂事，又不听话，拿她没有办法。

护士进来了。她走到母亲的床前，拿起体温表轻轻甩了一下，举到眼前看了看，在表册上记录下来，又弯腰看监控仪记录数据，随后向家属微笑一下，转身走了。白大褂勾勒出她好看的身子，她轻轻地飘出了病房，几乎没有一点声音。

"几昼夜没有合眼了，还那么精神！你们不要来定西看望，出院后再来。"马采梅在楼道里打电话，是渭源的亲戚们要来定西看望母亲，她在解释与劝阻。

"你们把我搔一下，我的裤子到哪里去了？"母亲对站在身旁的白采莲说，"你把我搔一把。"母亲的要求也不算过分，一个姿势躺了这么长时间，得翻个身，或挪动一下屁股。但大夫反复强调过了，翻身闹不好就会脱臼，那可就麻烦了，说不定要二次手术。母亲只能仰面躺着。医院的床垫子不错，被褥都可以，但孩子们还从家里拿来了自己的被褥,这样母亲身子下面铺的东西厚厚的,非常舒服。盖的被子也是自己的,但被套是医院的。

"叫你们翻一下身子,能把你们挣死吗?"母亲见女儿们不给她转身,愤怒地说。她前面已经说了很多遍,但女儿们总是给不上力应付她,她这才气急败坏地斥责起来。

"你的腿子做了手术,不能动。"白采莲微笑着解释说。

"你们把我抬一下,有力量地抬,把我搡着转过去。"母亲见动怒不行,就改变了口气,用目光祈求她们,声音很柔和。她以为女子手上没有劲儿,而且女儿正在吃苹果,又说:"你们先不要吃,叫你哥哥来把我抱一下。"

"人家到哪里去了,不知道。"白采萍说。她是在哄骗母亲,知道不能转身,只有这样哄她。

母亲见女儿们谁也不听她的话,无奈地说:"我刚出院能走了,你们又把我的腿做得不能走了。叫你大姐把我转一下,我的腿子疼得不行,你们搡着转一下,行吗?"她请求道。可是几个坐在身边的女儿们还是不动,她气极了,突然大声吼道:"听见了没有!"

"大夫说了,只能水平移动,不能转身。"白采梅侧过身,平静地对母亲解释说。她们不能满足母亲的这个愿望,翻身是危险的。她们只能听从大夫的,而不能听从母亲的。女儿们心疼母亲,可是不能按照她的意愿办,嘴上那么说着,应付着母亲,心里都很难受。这样委屈母亲是不得已啊!

母亲生气地说:"转一下,你们管不管?"

她的声音粗重,响亮,在楼道里听得清清楚楚,一个路过的家属停下脚步,从门缝里往里看看,见又没了动静,就走过去了。

十二

裤　子

　　这是多么寒冷的时刻，滴水成冰。但好像还不够冷似的，天空灰蒙蒙的，一股寒流过后，天空里又孕育着一场暴风雪。定西的东山上云雾茫茫，雪花已经飘起来，喧嚣的城市开始安静下来。但病房里似乎感觉不到严寒的凌厉，医务人员一如既往地忙碌着，他们按部就班，井然有序。病房里只有疼痛和呻吟才能引起人们的注意，至于天气的变化，他们不大关注。

　　这些天来住院的病人明显少了，就是住院的病人，只要能出院的都挣扎着出院了。进入腊月之后，人们天天想的就是过年，哪还有心思往医院里跑？除非那些非住院不可的。这样，病房里空出的床位多了起来。这个病房里就剩下母亲一个病人了。岳大夫没有再安排病人，一来母亲是重病号，二来母亲不停地叫喊，好人都受不了，哪个病人会受得了呢！

　　这是母亲手术后最痛苦和恐惧的一天。听着母亲悲哀而凄厉的喊叫，白采莲想："不就是为了她多活些日子，少受些苦嘛，可是现在带给母亲这么大的痛苦,又给她前所未有的慌恐和不安。
对母亲来说,最使她难以接受的不是痛苦,而是羞辱。当着那么
多人的面脱去她的裤子,这要是由得了自己,她就是死也不干。
好在她现在意识混乱,只有那种朦胧的羞耻感,一种无能为力牵
扯着她。她已有的观念和情操不允许她把自己的身体暴露在别
人面前,这比杀了她还难受。母亲并不清楚自己是在什么情况下
被脱去裤子的,只知道自己现在穿着线裤,这让她又羞又恼。她
生气地说:

"你们给我穿上衣服,你们有没有耳朵? 听见听不见! 耳朵
长反了吗?"

她觉得女儿们今儿个专跟她故意作对,她们今儿个耳朵特
硬,她说什么,她们都不管。这让母亲又气又悲。女儿们原先是
那么听话,可母亲搜肠刮肚也找不出几句骂人的粗话。乡村妇女
惯用的那些龌龊的脏话,那些不堪入耳的词语,她一向羞于应
用。唯有那么几个带着甜味的骂人的话供她使用,但用上好像也
没有力量。看大女儿还在和孕女嘀咕,根本不不把她的话放在心
上,母亲的气更多了,提高声音骂道:"你们听见了没有,耳朵反反
子了吗?"

可怜的母亲,你的话谁都听见了,听明白了,可是有什么办
法? 穿不穿裤子有什么区别呢? 你睡在床上盖着被子,又都是自
己人,贴身的都是你的女儿,穿着线裤又能怎样呢? 那腿子是不
敢动的,一动伤口会钻心地疼,还有可能使刚刚接上的替代骨头
脱臼,那可不是闹着玩的。因此,无论母亲如何喊叫,女儿们只能
装聋作哑,不予理睬。她们眼睁睁看着母亲受罪,却强颜欢笑,充
耳不闻。世上的事情就是这样奈,看到自己爱的人受苦,却偏偏

束手无策，无能为力。这大概就是人生受苦论的实践体验。唯有苦难，才能让人有所节制。母亲说要穿裤子也只是一个借口，她是在恐惧，为前不久的手术恐惧，为重症监护室的孤独恐惧，为现在的处境不安。她十分害怕，担心还会发生一件大事。虽然不清楚，但她意识到了。这么多人围着她不会是无缘无故的，也不是一个好的兆头，一定发生了什么，一定与她自己有关。孩子们为何不理她，一定有原因。母亲的心异常地跳动着，她害怕的就是这种没有弄明白的东西。她的腿子为什么就不能动呢？为什么就不给她穿上裤子呢？她承受着羞耻、恐惧和疼痛的折磨，但是她无法准确地表达出来，只说自己要穿裤子。她要表达的远远不止这个。在各种各样的痛苦煎熬下，她只能这样喊叫。脑梗之后，她的一部分脑细胞已经坏死了，严重失忆。手术使她受到惊吓，神经有些失常了。剧烈地疼痛使她的神志模糊不清，从未有过的羞辱又使她的心灵受到巨大的伤害，她无法对眼前的处境做出判断，得不出合理的解释，她的脑子里没有多少东西了。她能记起的最深刻的事件就是裤子，至于生命所处的危险境地，她并不清楚，也不在乎。但在场的她的每一个孩子是清楚的，因而个个心如刀绞，母亲的每一次喊叫都撕扯着他们的心，但他们为了掩饰自己的痛苦和恐惧却装作若无其事。他们清醒地知道母亲面临着生与死的考验，死亡一步步地紧逼，已露出狰狞的面目。而他们所担心的是：有可能永远失去母亲。这是他们每一个人难以接受而又不得不接受的。尤其在母亲忍受了这么多的痛苦之后，他们更希望母亲能够活下来，活到九十岁，活到一百岁。母亲能否熬过这一关吗？他们充满了忧虑和担心。他们在心里为母亲加油，也为母亲难过和疼痛。十指连心，母亲所受的煎熬，他们都感受到了,他们同样痛苦着。

母亲的叫喊使白采梅听不下去了,她也学习妹妹们,对母亲说:

"妈妈,我是哪一年出生的?听说你把我生在窑圈地里了,是真的吗?"

"谁说把你生在窑圈里了!那是割麦子的时候,把你生在麦子地了。"母亲不假思索地说。这些记忆深处的东西母亲是铭心刻骨的,永远不会消失,除非生命消失。生命处于一种不自觉的状态之中,在不平衡中运行。她的大脑——心灵受到了极大的损伤。别人刚刚回答过的话,她转眼又忘了。但是,她还要一遍遍地问,她的心里充满了疑虑。她不想糊里糊涂地活着,凡事都要弄明白。不是对过去,而是对现在。母亲很少提到未来,她不提这个,最多也想的是回家去,和孩子们睡热炕、吃腊肉,过过田园生活,丢掉的是幻想。太聪明了,她知道自己没有多少未来,她重视的是现在,热爱的就是村庄和田园。能回家她就回家去,能再睡睡热炕就睡睡热炕,能吃些肉就吃些肉。她挨过饿,吃饭是她一生的大事,没有饭吃,她和孩子们就活不下来。家——那是她最眷恋的地方,是她感到最幸福的地方,因为她在那里是自由的,她是主人。"金窝银窝,不如咱的土窝。"这是母亲常说的一句话。外面的世界无论有多精彩,她也不稀罕。母亲在最痛苦的时候,在最恐惧的时候,在意识不清的情况下,本能地死死抓住这根救命的稻草。她能否渡过这个难过,就看她能否抓牢这根稻草了。

白采红眼里闪动着泪花,不知是借哪一个调子,轻声唱起来:

我的心在痛,可是我难以诉说,

今夜,窗外的雪花又开始飘落,
它轻轻地飘落可有难言的诉说——

　　夜幕降临了。定西城里渐渐黑下来,一盏盏电灯相继亮了。新城区因为要拉动消费,吸引买房的顾客,楼房都装上了轮廓灯,夜景璀璨美丽,远远看去是一片华灯高照的世界,让人怀疑这不是一个新型的地级市,而是一个多姿多彩的大都市。从高处俯瞰定西城真是美不胜收,绚丽无比。这个迅速崛起的陇中之城,带给人们无限的活力,使曾经那些关于定西固有的说法,如贫穷落后、不适宜人类居住等,已经越来越变得无处藏身,它们谎言一样被迅速发展的现实所击碎,被前所未有的兴旺所淹没。引洮工程的建成,使这个严重缺水的城市面貌大为改观,生活质量不断提高,生态环境迅速改变。定西市人民医院里用的水就是洮河水。

　　医院里的食堂在住院部的后面,食堂内部分为几个小区,经营饭菜的都是在外面开过饭馆的有经验的生意人,他们的饭菜不错,为了适合病人饮食,饭菜蒸煮的时间都稍微长一点。母亲的伙食也是从医院食堂里买来的,子女们也在医院的大灶上吃。伙食不错,有各种炒菜,也有米饭、稀饭和馒头,有各种面食。定西人还是以面食为主,炒菜有青椒洋芋丝,食堂里飘着它们的香味。母亲从来不挑食,有什么她就吃什么。每到吃饭的时候,八楼十二号病房里的家属们就轮流去吃,有时吃牛肉面,有时是米饭炒菜。去食堂里吃的人,自己吃饱了就提一份给看护母亲的人。女儿们开始吃浆水面和麻辣粉了,母亲的病情一旦好转,大伙的食欲也增加了,吃什么都觉得香。母亲也能吃一碗牛肉面了。

这天晚饭后,母亲刚吃过晚饭就嚷嚷起来了:

"你把我的裤子拿来,给我穿上,来了人怎么办?"

"衣服湿了,在暖气片上烤着呢。"白采红解释说。

"南房的柜子还有,给我拿来。"母亲还以为在自己家里呢。母亲在庆坪的那个农家小院很小,只有三间北房,两间南房,东面是三间厨房和一个驴圈。院子也只有几十个平方米。自自民国三十一年秋天,老一辈人分家,母亲的婆婆被分了出来,给他们的是三间西房。按理是要另外打一个庄寨,可是他们哪有力量另行打庄盖房,只好把门窗拆下来安装到房子的背面,从西面进出,就算是另外一户人家了。这几间房子重新修过,但庄寨没有变过。母亲就在这里生活了几十年,妯娌们叫她西房嫂子。

南房是白采梅工作后修建的,大梁、檩子和椽全是松木的,屋顶是青瓦,看起来非常漂亮。白采梅的丈夫魏学义是孤儿,原本是入赘女婿,南房就是他们的新房,里面放着他们结婚时的写字台、大衣柜和一对刷成金黄色的大木箱。后来,他们在渭源县城里买了一套商业系统修建的家属楼,就在渭源定居下来。那间南房里的东西却没有动,还原打照旧地摆放着。南房凉,母亲常在南房里存放食品,一些旧衣服也放在南房的衣柜里。所以,母亲才这样说。

"衣服湿了。"白采红解释说。

"给我穿上衣服,我的裤子呢?我要穿上,来个人怎么办?"母亲继续嚷着这句几乎已经生锈了的话,孩子们也听得耳朵起茧了,但大家无可奈何。后来打了安定剂,但也无济于事,母亲仍处于亢奋状态,神经难以抑制。孩子们心里十分着急,但没有一点办法。有时病房里非常安静,母亲突然提高了嗓门,大声叫吼道:

"给我把裤子穿上!"

母亲从不在女儿们面前脱光自己衣服的,她的内衣也是自己洗。她洗澡不让人在跟前,哪怕是自己的亲妹妹或女儿,谁都不行。女婿们在她的床边上坐一下都不行。有时取药或输液,他们的手不小心碰到她的手,她就赶紧躲开,并不满地看一眼对方,发出警告。根深蒂固的贞操观既是她守护荣誉的刀剑,也是压抑她精神的枷锁。受伤的腿只是让她失去了行动的自由,但脱掉的裤子让她失去了精神的阵地。

"给我穿上衣服。我的裤子来? 我要穿上,来个人怎么办?"母亲就这样叫喊了一天一夜,叫得大家心慌意乱,六神无主。他们已经很怕她叫喊这句话了,哪怕停上十分钟、五分钟、三分钟也好啊。可是……可是……她停不下来。她难受,伤口疼痛;她害怕,那么多的陌生人围着她;她羞耻,裤子被当众脱掉。可怜的母亲,也许只有这样叫喊着,才能减轻那钻心的疼痛,才能减轻那致命的恐惧,才能弱化她的耻辱和不安。她的内心已经是一片荒漠,漂浮着一群模糊的影子,它们像魔鬼一样,残酷无情地侵袭着母亲的心身。

"妈妈,武山是咱们的啥来?"白采红想转移母亲的注意力,武山的事情是母亲记忆里永远抹不去的疼痛,家破人亡的情景永远铭记在她的心里。往常母亲的确爱说那段令人心酸的往事。但母亲在述说的时候没有流过眼泪,她一字一句地讲述着,仿佛是在讲述别人的故事,不慌不忙,从容不迫。母亲眼前浮现出那曾经的一幕——

十三

祥　祥

　　民国十三年武山县发生了一场严重的瘟疫,疫情迅速蔓延,有些村子一大半人口死掉了,连死尸也无人掩埋。惊慌失措的村民们正结伴而逃,他们逃向邻近的县域。其中一伙衣衫破烂的人带着简单的行李出了村庄,沿渭河向西逃去。他们仓皇的身影消失在尘烟中。

　　一个十二三岁的小男孩追出村子,哭喊着往前走,朝前面那伙人追赶过去。但他跑得慢,追不上前面的那伙人。他一边哭泣,一边继续追赶。突然出现了一只野狗,它见小孩奔跑,就疯狂地追上来,咬住他的小腿。小男孩大叫着,举起手中的打狗棍朝狗头打去。狗挨了一棍才松开了紧咬的牙齿,小男孩趁机逃脱,他一瘸一拐地往前追赶。

　　太阳落山了,小男孩儿爬到河边,双手捧起河水喝了几口,用手抹一下嘴巴,然后用河水洗腿上的伤口,再撕下缝在衣襟上的口袋包扎起来。他抬头看看天色,拄着棍来到场院里 一个旧年的草垛前,钻进草垛昏昏睡去。天亮了,小男孩爬起来,瘸着腿继续西行。

小男孩儿姓张,叫祥祥,他的家人都死于瘟疫,就剩下他一个人。他偷听到叔叔一家要去渭源锹峪逃难,他也想跟着他们,但他们不愿领他。祥祥自己跟来了,不料半路被野狗咬了一口,他走得更慢了。他不认识路,但认识眼前的这条河。他听人说锹峪在渭河的源头,沿河西行,三天就可以走到。可是,他走了整整七天还没有走到。

一天,他看见了一座桥,横跨在渭河上。这是一座纯木的拱形桥,与别的桥有所不同:桥梁是木头,桥面是木板,桥面上有竖起来的柱子,搭成长廊,屋顶上有青瓦,桥的两头是青砖砌成的门楼。桥上的木料被刷成土红色,整座桥像一道彩虹。长廊的顶上挂着几块名人的匾额,是左宗棠、孙科等人的。桥的两岸有几十棵高大的柳树,它们历经沧桑,但依然是青枝绿叶。柳丝低垂,婀娜多姿,人称左公柳。乌鸦在树上栖落,它们聒噪不休,叫声凄凉。桥下是清清的渭河水,在汩汩流淌。桥的下游不远处有一处过河的地方,浅浅的河水中摆放着一行列石,挑担的、背着背篓的、牵马的都踩着列石过河。牵着牲口的人走在列石上,要过河的时候,先把骡马背上驮的东西放好,才收紧缰绳,牵着骡马过河。而骡马一踩到水中,就紧张起来,昂首挺胸,脚步加快,四蹄溅起雪白的浪花,人得快步从列石上跳过,跟骡马的节奏保持一致。骡马上岸了才出口长气,打个响鼻,放慢脚步。一过河就是渭源县城。

祥祥蹲在河边,看着几队骡马过去了,才记起自己得赶路。但他不从列石上过,而是跟着一个穿长衫的老头儿走上灞陵桥。

开始是几级石条,桥头的过厅里铺着青砖,砖面凹下去了。两边的墙上面有块方砖,上面刻着小字。祥祥不认识字,看一眼就过去了,可那个穿长衫的人,却肃立在那里,背着手一行行地读着那些小字,很有趣味地摇头晃脑。完了,又抬起头来,欣赏左宗棠的题匾"大道西行"。那四个字有些扁,笔画也不直,像负重时的骡马的腿,驰骋在西去的尘烟里。它太有特色了,字里行间透露出逶迤而倔强的神态,豪情而霸气,也有几许苍凉和悲壮。他突然读出声来,把"大道"连起来读,"西"和"行"分开读,尾音拖得很长。祥祥好奇地回头看他,只见他瘦高的个子,戴着一顶小黑帽,鼻梁上架着一副石头眼镜,眼镜的腿子上系着铜链子。他还留着小胡子,跟山羊的胡须一模一样。他们村里的先生正是这个样子。祥祥偷偷笑了一下。这是几天来他第一次笑。他蓬乱的头发里粘着草秸,脸上是尘土、汗水和泪水的痕迹,已经很多天没有好好洗脸了,浑身上下脏得不能再脏,但两只眼睛黑炯炯的,闪动着。祥祥穿着一件掉了纽扣的汗衫,裤腿很短,不够尺寸,膝盖上破了一个洞。祥祥光着脚板,他的鞋子不知丢到哪里了。他手里拿着那根打狗棍,慢慢走上木板铺成的台阶,小心地用木棍捅捅地板,发出"嗵嗵"的声音。那个穿长衫的老头儿回头严厉地看了他一眼,祥祥吓得收起木棍,加快步伐,几步就到了桥的最高处。他把打狗棍立在桥栏杆上,双手扶着栏杆向渭河的源头眺望。那里是高耸入云的峰峦,山顶上的白帽不知是终年不化的积雪,还是白石头,祥祥分辨不来。山腰里有缭绕的云雾,莽莽苍苍,看不明白。近处是茂密的树林,有柳林和灌木丛。树丛后面是隐约的村庄,河滩上的麦田里麦子在抽穗。布谷鸟在田野上飞来飞去,它们落在树枝上就翘起尾巴叫起来,那清澈的声音像渭河的水

声。靠近桥的地方，南岸是一片茂密的荆棘，它们乌云般堆积在
宽阔的河滩上。河滩上还有棉柳丛，靠近河水的地方还有开花的
蒲公英。再看北面高高的城墙后面就是渭源县城，城墙下面有一
排低矮的平房，那里人来人往。向西南眺望了一会儿，祥祥又转
过身来，扶着东面的栏杆眺望，两岸是茂密的柳树林，渭河像是从
两片树林中间经过，水声哗哗地响。祥祥辨别出了方向，他就是
顺着河水走来的，他想起了家，想起了死去的亲人和叔叔一家。
他感到肚子咕咕叫，不知锹峪在什么地方，今天能不能找到他
们。他再没有心思看渭河两边的风景了，抓起那根打狗棍，跑下
桥，朝前走去。见路边坐着一位占卜的老人，就俯身叫声爷爷，向
他打听去锹峪的路。老人抬起头来看了一眼小男孩，用手中的旱
烟杆指了一下远处的关山，说："在那边，翻过山就是。"

　　小男孩儿上了北关坪，过浊源河，朝庆坪方向走去。

　　老人看着小男孩消失的方向，突然悔悟道："错啦！错啦！"他
用烟锅敲敲自己的鞋帮说。"老糊涂了，老糊涂了！耽误孩子了。
老天爷我怎么还不死呀！老糊涂了！"他发现自己指错了路，可是
祥祥已经看不见了，老人悔恨地连连叹息。他颤巍巍地站起身来
想追赶那个小男孩，可是力不从心，摇摇头，说："听天由命吧！作
孽啊！"

　　天要黑的时候，祥祥来到庆坪。在老街的下街头碰见一位中
年男人："叔叔，请问这就是锹峪吗？"

　　"这哪里是锹峪，这是庆坪。你要去谁家？"中年男子说。他
看了一眼这个瘸腿的孩子，见他枯瘦如柴，衣不蔽体，疲惫不堪，
产生了同情心，问道："你姓什么？"

　　"我姓张，一伙从武山来的张家人，他们把我丢了，我要去寻

找他们。"男孩说着已经哭泣起来。

"这里全是李家,哪有张家?"中年男子说。他叫李怀仁,四十岁出头,高高的个头,是个脸膛黝黑的铁匠。家在小河口后面的山上,叫大湾村。在他正想弄明白孩子的来路时,祥祥突然昏厥过去,他饥渴难耐,疲惫不堪,嘴唇皲裂,倒在地上。这孩子眼看没命了,李怀仁俯身拿掉孩子手里的打狗棍,将他抱起来,走向自己的家。

李怀仁的家,在大湾一个平缓的山湾里,这是一个普通的农民家庭,几间土坯房坐落在一个不大的山湾里,门前是一个小小的场院,堆积着发黑的草垛,草垛旁边是个长长的碌碡。几只鸡在草垛前刨食,咕咕地叫着。一头牛拴在酸果树上,它正睁大眼睛看着主人和他怀里孩子。

李怀仁将祥祥抱进屋,将他放到炕上,给他水喝,小男孩慢慢苏醒过来,坐起身来。李怀仁把一块馍馍递到他手上。李怀仁问明了祥祥腿上伤口,又熬了一碗汤药给他洗伤口。不几天,祥祥的伤口痊愈了,但腿子不那么灵活了,走路总是有点瘸。他是一个灵性、精瘦而聪敏的孩子,在场院里奔跑着、玩耍着,一天天长大了。李怀仁夫妇只有一个比祥祥小四岁的女儿桂兰,看祥祥人很机灵,又没爹没娘,心里早有了打算。他们待祥祥就像待自己的亲生儿子,祥祥自然也就不提去锹峪的事,忘记了那个不想要自己的叔叔,在庆坪大湾村扎下根来。祥祥听话又懂事,他的主要任务是放羊,每天一大早赶着羊群,到后山去放牧。那群羊不过十多只,后山草木茂盛,放羊也不费劲儿。中午赶着羊回来,吃过午饭,干一阵家里的活,下午四点多的时候,赶着羊群再去溜达一阵,天黑的时候回来。祥祥牧羊从来都没有丢失过一只羊,也不用鞭子打羊,羊要是跑了,他就摔一个响鞭,或扔出一个土疙瘩,把头羊追回来。他挑水、割麦、打场、犁地,劳动催熟了他,他的个头一天比一天高,从一个少年,长成一个小伙子。高高的个头,魁梧的身材,他成了一个眉清目秀、健壮活泼的青年。

桂兰跟祥祥一起生长,一起干活,一起玩耍,青梅竹马,从未打过架。转眼之间他们长大了,一个二十一岁,一个十七岁。

"该给他们成亲的时候了。"有天晚饭后,李怀仁点亮油灯,与老伴坐在炕上谈论儿女的终身大事。这年正月初六,李怀仁请来村上的头人,请来亲朋好友和众邻居,摆上宴席,给祥祥和桂兰完婚。

十四

杨　姐

母亲依旧狂躁不安,情绪持续亢奋,说:"我的裤子来,给我拿来,我要穿上,来个人怎么办!"母亲记得昨天做手术的时候就把她的裤子脱掉了,这是她最忌讳、最害怕、最难受的一件事。虽然她的意识并不是那么清楚,但她感觉到了,好像这有凌于她的操守,损害了她最起码的尊严和人格。怎样解释也没有用,她听不进去。其实,母亲穿着内衣,上身是白底蓝花的衬衣,上面还套着一件兰绸子的马甲;下身是灰白色的线裤,还有白底蓝花的内裤。但她一定要穿得整整齐齐,怕被人看见不雅观。躺在病床上显然是不便穿外套的,那样的话,不仅治疗方便,伤口不容易长痊愈,就是睡着也不舒服、不自在。

"你的裤子湿了,在暖气片上烤着呢。"白采红只好这样搪塞,她也想不出别的理由来安慰母亲。在姊妹五个中,每逢与母亲意见不一致的时候,一旦拗不过固执的母亲,白采梅会大声呛她几句,直到母亲听从她或者责斥她。白采琴硬要按照自己正确的意见办，母亲不仅不听她的，反而会收拾她一顿，结果事儿还是按照母亲的意见办了，自己还得白受一回委屈。白采萍却用温柔的话哄母亲，像对一个孩子说话，母亲很快也就接受了她的意见。白采莲会给母亲讲清其中的利害关系，说服母亲。唯独白采红知道难以说服母亲，就随便会编造一个理由，既不与母亲对抗，也不顺从母亲的意见。此刻，白采红这么一说，母亲也就暂时不再嚷嚷了，若无事地搓自己的手，以为自己的衣服真的湿了，在暖气片上烤呢。

已经打过杜冷丁了，但母亲还是镇定不下来。她依旧狂躁不安，大声呼喊。她虽然并不用脏话叫骂，但那本来很平常的一句话，还是那么让人揪心："我的裤子来，给我拿来，我要穿上，来个人怎么办！南房的立柜还有一件，你把它拿来。你们给我拿来，我要穿上！"

母亲接连不断地叫喊着，声音已经沙哑，变得极其微弱，像一个疲惫不堪的人慢慢地撕扯一块丝绸，眼睛里的光也像一根点燃的火柴很快就熄灭了。病房里的灯光被她叫得昏暗下来，夜晚被她叫得沉闷起来，孩子们的神经被她叫喊得疲沓和焦灸，他们已经被母亲的责问和叫喊烙煎得吱吱作响，骨骼也松散了。母亲一会儿看看大女儿，一会儿看看三女儿，一会儿看看尕女，一会儿看看四女，目光中充满了祈求和怨恨，她不理解这些自己亲生的闺女为何心肠突然狠毒起来。记得以前在她和丈夫之间发生矛盾的时候，孩子们也都站在她的一边，按照她的想法去做，可是今天她们怎么油盐不进。母亲用混浊的发红的眼睛望着她们，那无力的目光中流露出失望和怀疑，显得过于悲哀。她觉得孩子们离她是那么遥远，好像他们之间有一段遥不可及的距离，有一条难以逾越的鸿沟，这让她感到难受，喊叫几次就气得"哎——"一声，那是无望的叹息,声音虽然响亮,但在女儿们心灵里不会有回音,因而它无力地奄拉下去,陷入绝望之中。在场的人无奈地互相看看,个个眼里噙着泪水。他们理解母亲,可是无可奈何,想不出别的办法。母亲已经痛苦至极、恐惧至极、羞耻至极,她一辈子没有在人前这样赤条条地躺过,没有受过这样的屈辱。她到了求天天不应、叫地地不答的境地。她的精神已经到了崩溃的边缘,在大面积塌方。在她的肌肤已经麻木了,刀伤和骨头断裂的巨大疼痛已经被她置之脑后,而在她已经麻木和混乱的神经中,最敏感的还是羞辱。她可以不计较其他的得失,但她不能没有廉耻。即使什么都忘记了,但她不能忘记廉耻。就是在这生命危急的关键时刻,她唯一能记住的就是廉耻,念念不忘。她的呼喊是对自己尊严的坚定维护,也是对人们包括自己孩子们漠视廉耻的强烈抗议。她不知道自己已处于死亡的边缘,生命随时都有可能结束。她甚至不知道在什么地方,在干什么,但她知道当着这么多人,自己该穿上裤子,该穿戴整齐。那种深入到灵魂深处的廉耻感促使她用全身仅有的气力呼叫着、哀求着、督促着,正是这种牢不可破的廉耻使她把钻心的疼痛置之一边。可怜的母亲,她坚守着最后一道防线——道德和礼仪的防线。至于这道防线是怎样形成的,什么时候形成的,谁也说不清楚。

“妈妈,我有几个外公?”白采红听不下去了,再这样任母亲叫喊下去,她脆弱的神经就会崩溃,自己就会倒下。

“亲的只有一个,堂的还有锹峪的,现在要十几家人呢。”母亲的注意力被白采红巧妙地转移开来。但母亲很快就不再往下说了,她的目光又呆滞下来,停在一个地方,她还惦记着自己的裤子。白采红不让母亲重新回到她的“裤子”上去,继续诱导她往记忆深处走:"杨姐是怎么回事来?"白采红从母亲最深的记忆区找到一个话题。这一招果然奏效,母亲的白眉毛往上轻轻一扬,陷入了回忆之中,她转动眼球,看了一眼坐在身边的白采红,开始叙述杨家姐的故事。

"她是我表妹。我阿舅叫杨世清是木匠。阿舅有个女儿,小名叫桃花,我们叫她杨姐。桃花跟我同岁,比我大生月,她从小许给了窑店武家。阿舅带着一个康乐来的徒弟,大家都叫他小木匠。桃花爱上了小木匠。那是民国三十七年的事情,已经很遥远了。哎——都过去很多年了。"母亲叹息一声说。她不想往下讲了,觉得那太遥远了,想起来有些感伤,所以,她停下来了。白采红赶紧接上话茬,督促她往下说,于是母亲又叙述起来——

小木匠姓徐,但除了老木匠,没有人知道他的名字。老木匠有时喝一声"小徐",但从没有叫过他的名字。小木匠是人们对他的称呼,因为人们把师傅叫老木匠,他自然就是小木匠了。小木匠十六岁开始当学徒,十八岁时已经会做桌椅板凳了。他的个头也长得很快,但还不够强壮,身材瘦削,长长的脖子,喉结突出。他头发乌黑,有一对明亮的大眼睛,脸庞白净,鼻梁高高的,眉毛浓浓的,下巴长,看上去很秀气,是个英俊少年。他不仅是个帅小伙儿,而且心灵手巧,师傅教的会了,不教的也偷偷学会了。老木匠虽然嘴上不说,但心里非常喜欢这个徒弟。不过有些关键的技术他还是留了一手,徒弟手艺高了就不把师傅放在眼里了。

杨姐比小木匠小两岁,生就一副瓜子脸,一双大眼睛水灵灵的,总是在滴溜溜地转。小木匠做木活时,杨姐常在一旁观看,看他放线。小木匠先在木头的两头按照师傅的尺寸画上直线,左手捏着一根线,线的一头系着一小块瓦片,在木头的断面上划出几个点,用尺子把点连成一根根的线。两边都画好了,就让杨姐拉着墨斗的线头,扯到木头的另一端,把线放在他画的线段上。小木匠放好这一头后,闭上左眼看了一下,对杨姐喊一声:"拉紧。"右手提起染了墨的线猛地放下去,木料上就出现了一根直直的黑线。他们把所有的线条都连接起来了。然后小木匠就开始用锯子解板。随着锯木声,锯末落下来。小木匠左脚踩着木头,右手拉锯子,锯木声像音乐一样悦耳动听。天热,小木匠穿着白布马甲,他那尚未丰满的肌肤掩饰不住突起的骨骼,胳臂抬起时,能清晰地看见他的肋骨。他太瘦了,可是肌肤白净,突起的骨头和青筋很有力量。汗水从他的脸颊上往下流。他的唇须还没有长出来,只有细细的绒毛。有一颗汗珠就悬在他的鼻梁上,亮晶晶的。杨姐以为它就要掉下来了,可是它还悬在那里,颤动着,却不滴落。她觉得很可爱。小木匠的身子一起一伏,杨姐看得小木匠不好意思,他直起身子,用手臂在脸上擦了一下,汗珠不见了。

　　小木匠干活的时候,杨姐只要没事就跟前跟后地看,看到需要帮忙的地方就赶紧帮一把。她看他推刨子,双手抓着刨子,一来一去地刨着板面,一层薄薄的木头被推起来,从刨子里飞出时迅速卷起来,卷成一个个小筒。如果木料长的话,刨花就是一条均匀的长带子,漂亮极了。不一时刨花就在案子下面堆积起米,案子上面也堆积了不少。杨姐就从其中挑拣一个最好看的拿在手中仔细观看。"太美了。"她在心里说,捡起一个,像发卡那样戴在头上。小木匠看了非常开心。刨花真美,一道道木纹像留下的水印,就像是画上去的。不对,画的肯定没有这样漂亮。浓浓的松木的味道直往鼻孔里钻,杨姐喜爱这种味道,就把刨花举到鼻子上,轻轻嗅一下。小木匠如果刨出一个漂亮的刨花就捡起来递给杨姐。杨姐见长短合适,恰是一个发卡,就把它卡在头上,转动着让小木匠看。小木匠看了非常高兴。他觉得杨姐戴上刨花比卡上卡子好看多了,见杨姐戴偏了,就给她戴正。戴着刨花的杨姐很美,小木匠看着看着就入了谜。杨姐梳着两条长辫子,辫梢扎着红头绳。刘海从刨花下面溜出来,长长地垂在额头上。她的眼睛总在向小木匠说话,目光总是朝上看,好像害羞似的。她才十七岁,肌肤未丰,可是个头跟小木匠一样高,看起来还要长得比他大。她的腰细细的,胸部也平平的。她不爱说话,可是嘴巴老是微微开启着,露出洁白的牙齿,因而脸上老是带着一丝不易被人发觉的微笑。

小木匠整天都在干活,有几天专门锯木头,有几天解板,有几天刨板子,有几天凿卯。粘板子、画卯和组装是师傅的事情,出大力的活都是小木匠的。杨姐给他们做饭,给小木匠盛饭时,她总是舀得稠一些。那勺子一伸一转,汤就跑了。不过她做得很巧妙,没有被人发现过,但小木匠心里有数。小木匠是康乐县一个远房亲戚介绍来的,在这里已经干了三年了,可离出师还远着呢。杨姐盼望着她早一天出师,可是她知道父亲经常板着面孔,像凶神恶煞,态度老是冷冰冰的。小木匠在他面前乖乖的,只有师傅不在的时候,他才敢和杨姐说话。也只有师傅不在的时候才小声唱几句洮岷花儿:

> 尕妹好像灵芝草,
> 长在瑶池边上呢,
> 我像白鹤天天望,
> 多会嘴里舍上呢。

庄稼收到粮仓里，
阿哥想妹心慌哩，
和妹搬到一庄呢，
一个碗里喝汤哩。

　　杨姐听小木匠唱花儿，开始觉得不好意思，后来就偷偷发笑。庆坪这一带虽然不流行花儿，也不举办花儿会，可是渭源县西南部流行花儿，每年在高石崖举办花儿会，附近的人们都赶到那里去。庆坪离高石崖不过四五十里，有爱好花儿的人也常去。也有出嫁到会川的姑娘和会川那边嫁到庆坪的姑娘，她们把花儿带到庆坪来。所以，庆坪人多多少少会唱花儿。特别是女人们每当天阴下雨就坐在热炕上，一边做针线活儿，一边小声哼唱几句花儿。花儿大都是爱情之类的，而且是那种赤裸裸、火辣辣的爱情之歌，她们不敢大声唱，只小声哼哼。偶然有个胆大的，在偏僻的地方放声大唱。如果有同辈的男人们在场，她们也会大声唱几句。但要是有老人在附近，或晚辈后生在场，那就闭口不唱。那些毛头小伙子，或四五十岁的妇女，往往爱唱几句花儿。小木匠的家乡康乐县是花儿的故乡，莲花山上年年举办花儿会，规模空前，周边几个县的人都去那里赶山会，唱花儿。渭源县峡城、麻马家集、田家河、会川、上湾一带的人也去莲花山赶花儿会。峡城还出了几个有名的花儿歌手，有的还到京城里演唱过。小木匠念过几年私塾，认识不少字，从小就听大人唱花儿，也跟着学了不少。一个人干活的时候就唱几段。自从爱上杨姐之后，花儿就成了小木匠传递心声的信使，花儿能将他心中所想所思一股脑儿地倾倒出来：

想哈你的没见呢，
心连肝花扯断呢，
吃不成着喝不成，
眼泪噎着说不成，

柏木要解柏板哩，
想你眼泪常淌哩。
好像洮河水长呢，
石头冲走沙淌哩，

天上下的毛毛雨，
我把别人想不起，
阿门了是怪想你，
眼泪好像秋天的雨，

高高山上的溜溜地，
连种了三年的芥子。
我端起饭着想起了你，
手抖着抓不住个筷子。

渭河沿上撒金子，
没有个称金子的戥子。
一晚上想你没处去，

蹬烂了缎被儿的里子。

小木匠唱的这些花儿,有些是听来的,有些是自己编的。他原先是出于好奇学着唱,但自爱上杨姐,就情不自禁地唱出来,先是唱给自己听,后来就唱给杨姐听。但杨姐在他跟前时,他却从来不唱。杨姐刚刚离开,明知道还没有走远,他就唱起来了,撩拨得杨姐心里痒痒的。不知不觉她跟着哼起来,她也爱上小木匠了。但这场爱情没有给他们带来幸福,而是带来了灾祸。

一个夏天的夜晚,在大门外的丁香树下,小木匠拉住杨姐的手,杨姐半推半就扑进小木匠的怀里,他们紧紧拥抱在一起。就这样,他们一次次偷偷约会,只要有机会他们就待在一起。有时在草垛后面,有时在苞谷地里,有时在土坎后面。二人胆战心惊地私会,东躲西藏地约聚,听见猫叫也吓得发怵,可是胆子越来越大,黏得越来越紧。

这事瞒过了严厉的父亲,却没有瞒过杨姐的母亲陈玉梅,她早注意到他们的一举一动。她唉声叹气,寝食难安,唯恐出了大事。她顾虑重重,一方面觉得小木匠品行端正,心灵手巧,又爱她的女儿;一方面又犯难,她的女儿早已许给了武家,退亲是万万不可能的。怎么给人家说,出了这样的事怎么有脸见人?更何况丈夫是个火暴脾气,绝不会坐视不管。小木匠也没有个好主意,原计划他们要逃跑,可是思来想去不知逃跑到哪里去,一方面又觉得不逃跑也不行了,他们已经相爱了。两个孩子想得很简单,觉得只要逃出家门就可以。商量好之后,杨姐悄悄进屋收拾东西。

这天晚上,杨姐拾好了行李,将其裹在包袱里,往肩上一挎,正要出门,父亲杨世清进来了。她忙将包袱藏到门背后,父亲出去后,她拿起包袱准备溜出去。

　　母亲在院子里给她望风,见没有人,向她招手示意,杨姐拿起包袱出了门,径直向村外走去,地埂底下藏着小木匠。二人汇合后向村后的酸刺沟奔去。那里一片广袤的灌木林,郁郁葱葱,遮天蔽日,非常隐秘。在深处的崖畔上有一孔樵夫留下的窑洞,事先杨家姐和小木匠去探视过一回,觉得那里可以藏身,就悄悄地背去了一些麦草,搬去了一些食物和用具。他们逃出家后趁着夜色直奔那里。

　　出了庄向右拐去,有一条通往山泉的小路,杨姐经常担水,非常熟悉。她走在前头,小木匠跟在后头,俩人悄无声息地向山沟里疾走。不到两百米就是那眼清泉,泉在一个低洼处,后面是露出红泥土的山坡。泉眼两边镶嵌着几层石板,上面盖着一块大石板。泉的前面是一块草地,通往泉水的地方铺着几块石板。往前是一条比麻绳粗一点的水渠,通到不远处的一个水池,里面就是聚集起来的一泓泉水。月亮还没有升起来,泉水发出幽蓝的光。水池的四周有几棵柳树,它们年事已高,树身上长满苍苔,即使在夜里也能看到一星半点。这里静悄悄的,没有一点声音,空气中弥漫着菌类的味道。

　　小木匠因为高度紧张,觉得口渴了,放下手中的行李到泉边去喝水。他把手伸进泉里去,却碰到了一个毛茸茸的东西,顿时吓得魂飞魄散,大叫一声后退了几步。对方也受到了惊吓,呱呱叫着从泉里跑出来,向远处飞去,原来是一对野鸭藏在泉水中过夜。双方都吓坏了,野鸭飞远了还呱呱地叫了几声,小木匠浑身都在发抖。他不想喝水的事了,抓起行李急急地往山沟里跑,杨姐紧紧跟在后面。很快这条小路就到了尽头,谷底是潺潺的流水,它像一根发亮的银线,蜿蜒在沟底里。小木匠跳过小溪,回过身来接杨姐。杨姐跳过小溪,拉住小木匠的手。往前走只有羊场小路了,村里人很少来这里,就是牧羊人也不会把羊群赶到太深的地方去了。这条山沟里草木茂盛,牛羊不用走远就能吃饱肚子。

他们经过一片灌木丛,穿过一片白杨林,来到一个土坎下,一个黢黑的山洞出现在眼前。小木匠点燃一根火柴把头伸进窑洞里探看,里面铺着厚厚的麦草,麦草上面还有一张狗皮褥子和两个荞皮枕头。狗皮褥子不仅暖和,还防潮,它是杨姐的娘准备的。小木匠把背来的炊具和面粉放在旁边的一个小窑洞里,接过杨姐手里的被子放进窑洞里。他们二人都长出了一口气,彼此看看,露出胜利的喜悦,情不自禁地拥抱在一起。

他们头顶是一簇簇闪烁的星星。那些星星特别明亮,照得天空一片灿烂。奇怪的是,有些星星要坠下来,就要落在树梢上,落在山顶上,还有一颗就要落在他们的窑洞顶上了。星星多么繁密,多么明亮。原来星星都在山野里,但它们并不安静,似乎在移动,在奔跑,在跳跃,甚至在舞蹈和歌唱。而在更远的地方,星星是模糊的,看不清楚一颗颗的星星,只看见一片绚丽的亮光,它们像一片被阳光照耀的稀薄的白云。夜空多美呀,这两个人已经陶醉在爱情之中,肩并肩地坐着,看着天上的星星,那是一个多么令人神往的世界。

草木的气息包围着他们,潮湿的空气里荡漾着白天的余热,一点也感觉不到凉意。偶尔传来山鸡的叫声,它们受到狐狸的侵扰。左面的山坡上突然响起兔子奔跑的声音,受惊的兔子匆忙中碰在茂密的草叶上,发出"唰唰"的响声。野兔惊慌失措的样子引得杨姐笑起来。她熟悉山里的情景,虫子的鸣叫和夜晚山里难以名状的声音。小木匠开始有些惊慌,一有声音就怀疑是有人来了,从被窝里坐起来,直到确认是山野里的声音才安静下来。

夜深了,露水在草尖上凝聚。从远处隐隐传来狗叫声。小木匠把杨姐搂得更紧了。除了一丝挥之不去的担忧,外面的那个世界已经被他们置之脑后了。然而,一个针对他们叛逃的阴险计谋正在酝酿中。

愤怒的老木匠气急败坏地把家人叫到一起追问女儿和小木匠的下落,家族的几个老人也正襟危坐,摆出一个威严的龙门阵势。老木匠手里举着一根皮鞭,鞭梢上粘着锯末。他声嘶力竭、暴跳如雷地大喊大叫,家人跪在他面前,低着头,个个胆战心惊,面如土色。可是谁也不知道小木匠和杨姐的下落,他歇斯底里地骂道:

"你们这群废物,到底知道不知道? 小木匠这兔崽子把我女儿拐到哪儿去了? 你们当中肯定有人帮助他们逃跑了,说! 不说打死你们!"他手里举着皮鞭,怒不可遏,来回走动,一个个审视着浑身发抖的家人。

杨姐的母亲也跪在地上,但她并不哆嗦,偷偷看一眼大发雷霆的丈夫,又低下头去,默不作声。老木匠找不到证据,只好打发人去寻找,他发号施令,吼道:

"仁德,你到小木匠的老家康乐去寻找;有德,你到临洮去寻找;武德,你到陇西、渭源去寻找;权德,你到甘谷、武山去寻找。你们可给我听好了,活要见人,死要见尸,找不着人,你们别回来。"

这几个叫到名字的人都是家族中的年轻人,是老木匠的侄子们,自己的父亲就坐在老木匠身边,不得不听从叔叔的调遣。第二天一大早,他们带上干粮和盘缠,从庆坪出发到周边的各县去寻找。可是转悠了半个月,谁也没有找到小木匠和杨姐的踪影。而他们经过几天的奔波,面目憔悴,疲惫不堪,满身尘土,嘴唇皲裂,一个个垂头丧气地回来了,向老木匠报告情况。老木匠气得直哆嗦,他怒斥道:

"一群废物,没有用的东西!"

陈玉梅挑着两只木桶到泉上去担水,舀满水,向四周观察了一阵,从怀里掏出食物,放到那棵老柳的树洞里,跳起水桶往回走。天黑后。杨姐来取食物。她小心地观察一阵,见四周无人,从树洞里取出食物揣在怀里转身向山沟里跑去。

听到脚步声,小木匠挪开那捆堵在洞口的苞谷草,紧张地趴在洞口张望,看见杨姐走来才露出微笑。杨姐进洞,掏出食物,小木匠饿极了,伸手就拿食物。杨姐拿着食物的手藏到背后,小木匠够不着,稍愣片刻,在杨姐的脸上亲了一下,杨姐顺势倒在小木匠的怀里。俩人咯咯地笑起来。他们幸福地享用食物与自由,可是哪里会想到已经大祸临头。

好日子没有多久就过不下去了。小木匠和杨姐带去的食品很快就用完了,他们无计可施,只好偷偷地从家里要。杨姐母亲作内应,把食物偷出来,藏在离泉不远的那棵柳树洞里,到晚上杨姐就冒着危险去取回来。纸包不住火,日子一长,就露馅儿了。

老木匠发现女儿失踪后,老伴儿却没有丝毫着急的样子,觉得其中有蹊跷,就仔细观察起来。一天,陈玉梅去挑水,老木匠偷偷跟在后面,弯着腰,躲在一棵柳树后面窥视。

陈玉梅来到泉边,放下扁担,站起身来,伸长脖子左右张望,见没有人,快步来到那棵大柳树下,将食物放进柳树洞里后,迅速离开。她回到泉边,弯下腰去,蹲在地上一勺一勺地往木桶里舀水,舀满了,挑起来,晃悠着往回走。

破绽露出来了。老木匠一连观察了几次,确定自己的老伴儿是他们的内线,他确信沿着这条线索顺藤摸瓜就能找到小木匠和女儿藏身的地方。

一天夜里。老木匠叫上几个族人,拿着绳子和木棒,悄然出村,埋伏在泉边的树林里。杨姐来到那棵有洞的大树下,警惕地向四周看看,没有发现异常情况,弯腰从树洞里取出母亲送来的食物,揣进怀里,匆匆向隐藏的那条山谷里奔去。杨姐一边跑,一边回头看是否有人跟踪。她跑得气喘吁吁,爬上山坡,走向窑洞。听到脚步声小木匠从窑洞里爬出来,高兴地接住杨姐手中的东西。他们没有进窑洞,就坐在窑洞前的草地上吃起来。可能太饿了,小木匠吃得特别香,狼吞虎咽。

正当小木匠和杨姐肩靠着肩吃东西的时候,几个黑影已经将他俩团团包围住。他们一步步缩小包围圈,朝那孔窑洞扑去。小木匠听见动静赶紧站起来,但还没等他直起腰来,就被人捉住了。杨姐手里还捏着一块馍馍,见被包围起身挡在小木匠前面。

那群人点亮了火把,把窑洞前照得通明。一个火把举到小木匠和杨姐眼前,她举手挡住火把发出的亮光。老木匠大声吼道:

"小木匠,你个小兔崽子,原来藏在这里,给我滚回去!"

两个光着膀子的族人上前将小木匠的胳膊反剪着,小木匠借机反抗,想逃跑,却引来一顿脚踢拳打。族人蜂拥而上,将小木匠五花大绑。杨姐想上前护小木匠,被老木匠从头发上扯住,拖到一边,"噼啪"两击耳光。杨姐的嘴角流出血,披头散发,也被捆住双手。

　　这伙人押着小木匠和杨姐往回走，像押着两个奸细一样得意。小木匠如大梦初醒，沮丧地耷拉着脑袋，被推搡着往前走。杨姐哭泣着，向她爹求饶着。天阴下来了，要下雨的样子。山沟里漆黑一片，没有火把的照耀就无法行走。不知是什么野兽在远处号叫了一声，那声音凄惨而悲凉，尾音拖得很长，令阴森森的夜晚更加恐怖。他们经过那眼泉的时候，有一个受惊的黑影迅速从他们眼前跑上山坡，瞬间无影无踪，不知去向。叮咚的泉水声消失了，一只夜鸟鸣叫着，从东面的树林飞向西边的树林，惊慌之中一根羽毛掉落下来，落在燃烧的火把上，"噬"的一声化为灰烬。

　　小木匠和杨姐被押回大湾。

　　他俩被捆绑在院中的梨树上，老木匠坐在木凳上，两个年轻人轮流用鞭子抽打小木匠，小木匠被打得皮开肉绽，浑身血淋淋的，白布衬衣也被打烂了，血和衣服模糊地粘在一起。小木匠已昏厥过去几次了，每次昏过去，都被冷水浇醒。可是小木匠宁死不屈，既不承认错误，也不低头认罪，更不向老木匠求饶。打手的鞭子一停，小木匠就朝着他们笑一笑，又唱道：

　　　　鞭子打在身上开花了，
　　　　心头的花儿俊了；
　　　　打断骨头还连着筋，
　　　　尕妹的心儿碎了。

　　陈玉梅跪在一旁求情，但老木匠和几个留着白胡子的族人头领表情严肃，一脸乌云，凶神恶煞般坐在那里，审问和教训着这一对忤逆的青年男女,对妻子的苦苦哀求无动于衷,置之不理。几鞭打过之后,小木匠昏过去了,一个年轻的族人端来一盆凉水,"哗"的一声泼在小木匠身上。小木匠渐渐苏醒过来,仇恨地看一眼手持皮鞭的打手,目光中表现出不屑和蔑视,一副宁死不屈的样子。老木匠见状满腔愤怒,高声骂道:

"打死这个伤风败俗的畜生!"

又一阵急雨般的毒打。小木匠不吱声了,耷拉着脑袋,气息奄奄,那张好看的脸上也留下一道道血印。陈玉梅跪倒丈夫前面,给他磕响头,哀求道:

"他爹,你就发发慈悲,饶了这两个孽障吧!"

老木匠一伸腿将妻子踢翻在地,陈玉梅倒在地上"呜呜"地哭起来:

"老天爷啊,求你保佑我的女儿吧!"

一阵狂风吹过之后,天又放晴了,寒星闪烁。夜深了,叫了大半夜的狗也钻进了窝,夹着尾巴蜷曲着躺下。老木匠家的皮鞭声也消失了。他们将小木匠反剪着手关进一间储藏室里,锁上了门。

老木匠折腾了大半夜也累了。说来也奇怪,老木匠这些天调兵遣将,精神得很,当探子,设奸计,打埋伏,一套一套,不料一旦将小木匠和女儿逮住,却神气不起来了。除了将他们毒打一顿,没辙了。老木匠喘着粗气,斜靠在枕头上咕嘟咕嘟吸了一锅子水烟就迷迷糊糊睡着了,睡梦中还在断断续续地说:"好好看看住他们,等天亮了就活埋这两个畜生。"

陈玉梅进屋来,见老木匠睡着了,摇摇他的肩,老木匠打个转身又睡着了,还响亮地打起呼噜来。陈玉梅扭着小脚走出来,抱住被捆绑在梨树上的女儿痛哭起来,哭声凄惨。看守的两个小伙子也难过地转过脸去。夜深了,他们轮流着看守,一个去睡了,只留下一个穿着单衣,拢着手歪斜在椅子上睡着了,头一次次往下坠,涎水从嘴角上流下来,不时地更换一下坐姿。

陈玉梅看到了这一切,趁机打开储藏室的门,迅速解开小木匠的绳子,示意他逃命。

小木匠虽然被打得死去活来,遍体鳞伤,但是一看有了逃生的机会,机灵得像一只猴子。他跃上猪圈,翻墙而过,只听墙那边"嗵"的响了一声,就什么也听不见了。

顺着山沟逃命的小木匠还在唱:

翻过墙头我逃跑哩,
心儿还留在你身边哩。
今生今世再见不到你,
来世我还要找你哩。

村里的狗立即叫起来。

陈玉梅正要解杨姐的绳子,老木匠从屋里跑出来,见小木匠不在了,狮子般大吼一声,扑向妻子,抓住她的头发使劲摔倒在地上,狠狠踢了几脚。陈玉梅痛得在地上打滚,号叫着,咒骂着。老木匠亲自用绳子将陈玉梅吊起来,甩掉外衣,挽起袖子,挥鞭毒打。他气急败坏,暴跳如雷,抽打了几鞭还不解气,跑进屋里,拿出那把挖槽穿孔的凿子,要杀妻子。杨姐哀求道:

"爸爸,你饶了我妈妈,杀了我吧!"

这声"爸爸"可能触动了老木匠的某根神经,他撕扯妻子头发的左手突然松开,举着凿子的右手也显得软弱无力,凶恶的目光落在女儿浑身的血迹上。他头脑清醒了,但他不能示弱,不能表现出仁慈和同情的一面,提高声音骂道:

"一个都不饶! 全杀了。"

两个看守的族人后生也跪在地上求饶:

"大叔,饶了婶娘和桃花姐吧!"

老木匠固执地说:

"饶了她们就毁了我杨家一世清白,祖宗饶不了我呀! 老天爷啊! 就让我杀一回人吧,宰了这两个不守妇道的畜生。我怎么就养了这么一个不忠不孝的女儿?"老木匠这么吼叫着,突然跪在地上,双手把凿子举过头顶,眼泪簌簌地流下来。

空气紧张得如同凝固了,一场悲剧眼看就要发生了。

庄寨外面,听到风声急急赶来的张碧兰和白忠良正把一架木头梯子搭在院墙上。白忠良在下面抓住梯子,张碧兰迅速爬上梯子,她爬上墙头,见老木匠正举着凿子逼近吊起来的陈玉梅,大吼一声:

"你给我住手!"

她随即跳下墙头,向老木匠猛扑过去,抓住他握着凿子的手。两人搏击一番,张碧兰将凿子夺下,愤怒地扔在地上。她大声斥责道:

"你疯了吗? 要杀人先把我杀了,把我们都杀了,看你怎么活! 你个糊涂的东西,他们没抢没偷,没有杀人放火,犯哪条王法了? 桃花三岁你就把她许给了武家人,她是个物件吗? 想给谁就给谁。你还不是图那二斗麦子,图那两丈白布,当爹当娘的哪个不疼爱自己的女儿,可是你下手那么重,还要往死里打,你还有良心吗？你还有人性吗？你摸摸自己的良心，看还在不在。你抽打自己的女儿，一棍子打飞了两根手指头，十指连心哪！打女儿还不算，还要杀人，你是不是人？"

这时白忠良也爬上梯子，翻墙而入，满脸通红地出现在老木匠面前。白忠良瘸着腿上前死死抱住老木匠，老木匠还在挣扎，可是越来越显得垂头丧气，最后一屁股坐在地上，耷拉下脑袋，扇了自己两个耳光。

张碧兰随机高声命令道：

"赶快把她们放下来！"

她的声音斩钉截铁，不容质疑。大家忙解开绳子，放下陈玉梅和杨姐，母女俩瘫软在地上，昏厥过去。张碧兰抱着杨姐的头，掐她的人中，撩起盆里的凉水洒在她的额头上，杨姐慢慢苏醒过来。张碧兰背起杨姐，白忠良搀扶起陈玉梅向自己家走去。

几个年轻人犹豫一下，看看老木匠丧魂落魄地坐在地上哭天喊地，也都灰溜溜地回家去了。老木匠望着他们离去的背影，吼道：

"永远不准再进我杨家的门！永——远——别——进——我——杨——家——的——门——"

远处传来花儿的声音：

鹦鸽飞了着鹰没飞，
只听见铃铛嘛响了。
身子回了着心没回，
心回着咋这么想呢。

听完母亲的叙述,白采红沉思片刻,突然哼唱起来——

　　　　往昔的云烟早已飘散,
　　　　那一份苦涩的爱还留在人间。
　　　　我们再无法回到当初,
　　　　当初有甜蜜也有心酸。

　　"只有退亲了。"老木匠睡在炕上,头上敷着毛巾,细一声粗一声地出气,高一声低一声地呻吟,他不停地喊着"孽障! 造孽"。
　　来退亲的一伙武家人闯进来,杨世清欠欠身,没有力量坐起来。那伙人为首的是他们的爷爷,叫武占庭。他六十多岁,双手叉腰,重重地坐在椅子上,满脸愤怒,花白胡子翘起来了,恶狠狠地说:
　　"你们杨家出了这档子丑事,丢人现眼! 丢人现眼啊! 我们武家没脸见人了。"
　　杨姐未过门的公公武护礼满脸横肉,眉毛很重,发起火来像黑包公。他从椅子上跳起来,用手指着老木匠的眼窝辱骂着,唾沫渣子乱飞。他骂道:
　　"丢了你们杨家的人不说,还丢尽我们武家人的脸! 我们的脸没有地方搁了!"
　　他自打嘴巴,捶胸顿足,狠狠地啐了一口唾沫。老木匠抹了一把脸上的唾沫星子,浑身颤抖着说不出话来。他觉得无地自容,恨不得钻进老鼠洞里去。武家人发完了火,渐渐变得理智起来,武占庭拍着胸脯说:
　　"说吧,给我们赔多少?"

老木匠叹息说：

"家里出了这档子丢人的事，都是我的罪过呀！都是我前一世造的孽啊，我惭愧啊！当初订婚时你们送来两丈白布，二斗麦子，就加倍还你们。"

武占庭又拍拍胸脯，说："好！咱们也是低头不见抬头见的乡里乡亲，就照你说的办，口袋我带来了，就过升子。"

他们从麦屯里取出麦子，一升一升地装进羊毛口袋，丝毫也没有犹豫和手软，然后人背驴驮地出了庄。老木匠家的麦子差不多赔得精光，今年肯定是要挨饿了。

远处传来吼唱的花儿：

> 拿的刀刀切菜瓜，
> 晚上想你墙上爬，
> 狗娃咬的没害怕，
> 把我甫当贼着抓。

老木匠一听气得直跺脚，发狠地说："谁敢在庄上唱花儿，我宰了谁。"

母亲气喘吁吁、断断续续地说着残缺不全的往事。她的眼睛没有看任何人，只看着病房的顶棚，其实她什么也未看。她的目光是僵直的，说完了也没有闪动一下。她看到的是谁也没有看到的情景，是那个不幸的杨家女子，在一个遥远的地方，在庆坪如烟的往事里。但在场的人都没有见过杨姐，所以也听得蹊跷，不明白其中的奥妙。

"棉衣划破了一道口子，她母亲担水时送点吃的。后来被他们抓住了,捆绑在树上。我从后墙上翻进去,解开绳子,用凉水喷在脸上才醒过来。连夜做嫁妆,引去了。"母亲又补充说,"驮在驴背上引走了,小木匠还偷着看。六月六唱戏的时候还叫来看戏。外婆兄弟的女子,是我阿舅的大女子把女子和儿媳都打倒了,把儿媳妇离了,不要了。她爸爸浓眉大眼,人很好看。"母亲费了九牛二虎之力才讲完这段凄美的故事,不等白采红追问,又补充了这么几句。白采红她们已经听了很多遍了,母亲在很早以前就讲过这个动人的故事,熟悉的人们应该是听明白了。但杜兰溪不清楚,半信半疑,没有理清故事的头绪,又觉得她讲的故事真实动人,催人泪下。

"你们不信,那时跑土匪。"母亲看一眼在一旁发愣的杜兰溪,补充说。

"妈妈,你说说我外爷家的事,他们原来在啥地方?锹峪去的那几家怎么样了?"白采梅见妹妹哄住了母亲,安然了一阵,趁势提起另一个话头,让母亲继续讲述。母亲却没有讲,她舔了舔发干的嘴唇,咽了一下唾液,又思考起来,好像还沉浸在刚才讲述的杨姐的故事里。在灯光的映照下,她眼中的那个萝卜花也闪闪发亮。

夜已经很深了,即使是在住院部的病房里,也传出了响亮的鼾声。不知是病人在打鼾,还是疲劳的家属在打鼾。此刻,没有痛苦的号叫,也没有悲哀的呻吟,一间间病房都安静下来,人们转入了休憩和梦想之中。他们经过了忙碌、痛苦和恐惧的白天,借着浓浓的夜色缓和一下紧张的神经。窗外也是一片寂静,除了闪耀的路灯和轮廓灯,夜晚似乎将万物揽入怀里了。偶尔有一辆汽车经过,很快又消失了。从东面传来火车经过的声音,它的声音

拖得很长,就跟它的车厢一样,一节又一节,发出人们熟悉的
"咔嚓,咔嚓"声,使寂静的夜晚有节奏地转动着。

十五

暗　夜

到手术后的第三天,母亲的状况和前两天没有多少变化,整个白天母亲都不停地叫喊,重复着那句令人发怵的话。孩子们想了许多缓解其压力的主意,但无济于事,没有多少收效。剧烈的疼痛和极度的恐惧使母亲处于神志惶惑之中。险情依旧,要是继续这样叫喊下去,她的精神很有可能像泛滥的河水一样凶猛,那将是一种非常可怕的结局,谁都不愿往下面去想。守候她的人神经都麻木了,每听到母亲叫喊一声,他们的心里就难受地抽搐一下,划上一道淤血的印痕。要是再这样持续下去,母亲自不必说,做儿女的肯定精神崩溃。母亲的喊叫是一种无法排遣与消减的痛苦和恐惧在起作用,并非她有某个要求,而是心声在强大压力下发出的本能的救助之声,这是生命在深陷绝境之后发出的接近于绝望的喊叫。只有濒临死亡而又无力抵挡,但又不甘屈服时才会这样喊叫。它包含了对死亡的蔑视和不屑,包含了在危垂至极时对生活和生命的眷顾,对孩子们的牵恋。正是这种游丝般的爱,在一点一点把母亲从死亡的泥潭中慢慢拽出来。只要它断裂,母亲将葬身于死亡的深渊,万劫不复。

　　白天就这样在惶恐不安中过去了,夜幕徐徐降临在定西市医院的上空。它的准时使人们忙乱的生活变得有了秩序。对住院的病人和家属来说,夜晚比白天更令人担忧。晚上,除了值班大夫和护士以外,其余的人都回家休息去了。在医院里,脆弱的病人和家属们是完全依赖义务人员而站立的,没有自己信赖的大夫在身边,他们就会慌乱起来,变得盲目而仓皇,无助而焦灼。即使病人的病情不会发生意外,他们也希望主治大夫在值班,只有在随时看见他们的时候,病人,特别是家属才能安下心来。这天晚上岳大夫休息,回家去了。临下班的时候,他还特意来病房里看望了母亲,对家属反映的情况说了句"不要紧"。每天,大夫们就这样在病房里出出进进,站在病床前倾听和安慰,让心里忐忑不安的病人和家属安下心来。母亲一夜未睡,从天黑一直不停地叫喊到天明。家人在母亲的叫喊声觉得夜愈加漫长。

　　"我要尿尿。"母亲说。母亲的尿管取掉了,她不在床上尿,而是要下来。白采萍打开灯,病房里顿时亮堂起来了,虽然灯光并不强烈,但在深夜,刚刚从梦中惊醒的人们,总被这光刺得睁不开眼。白采萍自己先穿上外衣,趿拉着拖鞋将母亲扶起,给她穿上外衣和鞋,帮助母亲慢慢移动到床边,拖起她的左腿,让母亲侧过身来,再把右腿移过来,两条腿垂下床沿。白采红把坐便椅推过来,停放在床跟前。她伸出双臂,从前面抱母亲,想把她放到坐便椅上。白采红是姊妹几个中力气最大的,但她还是没有把母亲抱起来,只能勉强抱起一点,慢慢移动着母亲,费了好大劲才将母亲移到坐便椅上。这中间只要一个环节做不好,或者失手,母亲刚刚做完手术的股骨头就有脱臼的危险。母亲却不明白这一点,只觉得自己的腿不听使唤,又气又急。姊妹俩将母亲移到坐便椅上,紧张得出了一身汗。可是,母亲坐在坐便椅上坐了十多分钟,没有流下几滴尿。她没有喝上多少水,体内的水分主要这会儿是输的液体,何况半个小时前就下床来尿过一次,哪有尿?女儿们知道这完全是母亲的心理作祟,她疼痛、失眠、烦躁、恐惧,意识衰退,精神恍惚,躺在病床上觉得难受,总想活动一下,本能地想尿尿而已。

母亲坐在坐便椅上,似乎忘记了自己在做什么,两只手扶着两边的扶手,头偏在一边迷糊过去了。十多分钟了,没有一点动静。白采萍问:"姐姐,你尿完了吗?尿完了,咱们就到床上去。"

"完了。"母亲声音沙哑地说。白采红把轮椅推到床中间,从腰里把母亲抱起来,白采萍帮她提上线裤。她们将母亲抱到床沿上坐下,把轮椅推到后面。白采萍把母亲的两条腿轻轻抬起来,母亲自己两手撑着床,转过身去。白采萍给她脱掉鞋子和外衣,扶她躺下去,盖好被子,关了灯,看一眼母亲,回到旁边的病床上。白采萍坐在病床上,两只脚相互脱掉鞋子,伸手脱去外衣,躺下来。她的眼睛本来不好,半夜里起来,被灯光一照,十分难受。她摘下眼镜,用手轻轻揉了揉眼睛,把眼镜放在床头柜上,盖好被子,闭上酸痛的眼睛。她只是闭目养神,大多数时候迷迷糊糊地睡一阵就醒了。四十四岁的时候,她的身体就开始剧烈变化,想不到的毛病都出现了,伴随而来的是心情烦躁、健忘和失眠。丈夫身体欠佳,儿子失恋,这些事操得她坐卧不安,加上学校工作任务重,她的体质也越来越差,体能下降,睡觉成了一件痛苦的事情,也成为一天中的负担,吃药按摩都无济于事。

　　白采红身体稍微好一点，但她的左乳房增生，里面有一个小小的疙瘩，虽然每年检查两三次，发现没有多大变化，但有时候左胸有朦胧疼痛的感觉。她的胆子小，常常为此事发愁。来定西的这些天，她已经被折磨得疲惫不堪，总觉得左乳房在膨胀。她躺在行军床上，用手摸着自己的左乳，慢慢睡去了。

　　"我要尿尿。"母亲说。白采红刚刚睡去，糊里糊涂被叫醒了。白采萍根本没有睡着，只是闭目养神，神志清醒着，母亲这一声完全将她的困倦驱散了。白采萍摸索着戴上眼镜，取过压在被子上的外衣穿上，摸索着找到拖鞋趿拉上，走到过道那里去开灯。白采红也起来了，把胳膊伸进袖筒里，穿上衣服，把轮椅推到母亲的病床前。白采萍扶起母亲，给她穿上外衣和鞋子……

　　这已经是第十一次了，天还没有亮。

　　"何时是个尽头！"白采红困得打了个呵欠，叹息着说。几乎就这样折腾了一个晚上，白采萍的眼睛只眯了几次，一见灯光就流眼泪，顾不上找手纸了，用手背或袖子擦一下。白采红睡着过几次，但很快就被叫醒了，她的眼睛酸痛，头也疼，腰困，乳房疼，浑身好像没有好地方了，难受得她不停地用手指头揉太阳穴。

　　"哎哟！我的腿，你们不在吗？把我腿抬一下，转一下不行吗？尕女，你来扶一下，我要转一下身。"那叫嚷声痛苦而忧伤，像是祈求，又像是哀号和诉说。一声声呼唤，针一样扎在白采萍的心上，她睡在旁边的病床上悄悄哭泣。母亲叫嚷一声，她的肩膀就抖动一下，身子缩成一团，被子的一角掉在地上也没有发现。眼泪濡湿了枕巾，她不去管，顺手拉过被子抹一下。

　　听见妹妹在哭泣，白采红的心里也很难受。她在默默地为母亲祈祷，向大佛许下心愿。张掖大佛寺就在他们学校的对面，平常她很少去那里,可是自从母亲住院以来,她已去过两次了。母亲要尿尿,开始她俩一起起来,可是到了后半夜,有一次白采萍哭泣着还没有起来。白采红一个人把母亲扶下床,放在坐便椅上,母亲几乎一滴尿也没有,坐了一会儿,又回到病床上去了。

直到早晨六点钟母亲才迷迷糊糊地睡去。她不是真的睡着了,而是太疲劳了,叫喊不动了。

病房里还很黑,窗帘尚未拉开。

值夜班的白采红和白采萍一脸倦怠,与前来替换她们的白采梅和白采莲站在病房门口说着晚上发生的事情,交代相关的注意事项。

"她一夜未睡,直到六点才睡去。"白采红说。

"她在干啥?"白采梅问她们。

"和昨天晚上一样,说腿疼,嚷着要转身,嚷着要抬腿,还嚷着要回家去,要烧好炕,生炉子做饭,准备过年。"白采红说。

"厕所上了十六次,过一阵就说要尿尿,扶着下来,坐在坐便椅上并未尿多少,刚回到床上不到半小时又要尿尿。"白采萍说,"还不停地叫嚷着,'你们把我管不管?我的腿疼得很,抬着转一下不行吗?尕女,你把我的腿子抬一下。尕女,你把我扶一下,我要转一下身,腿疼得很,我们两个谁也没有睡成觉,刚把头放到枕头上,妈妈就叫嚷起来了。'"

白采莲听两个妹妹说完,叹息道:"可怜的妈妈,怎么办才好呢?"

白采梅听了妹妹们的叙述,心里难受极了,眼泪扑簌簌地流下来。白采萍把掏出的手纸递给她,她接过来,但并没有擦眼泪,而是随手捏在手心里,用手背揩了一下泪水,吸了一下鼻涕。白采莲没有出声,可是眼泪哗哗地流淌着,她背过身去揩眼泪。

"她挣扎着要拔掉身上的管子,"白采红说,"吓得我赶紧去抓她的手,她急得抓了一下自己的脸,抓出了血印。"白采红说着也掉下眼泪。姊妹四人就站在病房的厕所门前嘤嘤地哭起来。

"夜里十二点的时候打了安定药,但不起作用,直到六点才睡去。"白采萍说。她的两个腮帮陷得更深了,像是被挖去了一疙瘩肉,每说一句话,眼睛就难受地眨巴一下,不时地摘下眼镜擦眼泪。

"你们回家睡觉去吧,我们看着就行了。"白采梅对两个妹妹说。

"先等一等。"白采萍说。她还不愿马上回去,怕自己走了,母亲被人叫醒。果然门外转来说话声,大夫开始查床了。

岳大夫来到门口,后面跟着助手和护士,他正要推门进去,白采萍忙上前拦住,说:

"我妈妈刚刚睡去,让她睡一会儿吧!"

岳大夫点头同意,向下一个病房走去。

十六

风　波

　　这天早晨,白采峰的前妻甘红娇手里拿着事先写好的大字报,举着一块牌子,闯进交通局的大院里,被门卫推搡出来。她就将大字报贴在大门外的墙上,标语上写着"白采峰买官鬻爵,贪污腐败",下面是密密麻麻的小字,揭露白采峰的罪状,但都是些不实之词,捕风捉影,没有真凭实据,主要是攻击和谩骂,一看就知是诬告和撒泼,在发泄私愤。保安试图阻止,但被她骂退:"我要告一个贪官,一个腐败分子,纪委给我撑腰,你不让我贴大字报,就是袒护腐败分子,我把你和贪官一同送进监狱。"

　　甘红娇穿着一身工作服,戴着一顶蓝色的工作帽,脸色苍白。她贴完大纸报,又举起一个纸牌,上面写着"强烈控诉白采峰的罪恶",并在他的名字上用红笔打了X。这种做法在"文革"时期是司空见惯的,可是近几十年来很少有人用贴大字报的方式攻击人,因为宪法禁止贴大字报。见贴了大字报,进进出出的人围观着,指指点点,交头接耳。保安被甘红娇骂了个狗血喷头,非常生气,强行将刚刚贴在墙上的大字报撕扯下来,将她举着的牌子夺下来,扔在地上使劲踩了几下。

白采峰和甘红娇离婚十多年了,但她还不肯善罢甘休,死死拽住前夫不放,经常去他的工作单位闹事。刚离婚的时候,甘红娇把孩子给了白采峰,后来又要回去了,目的是要孩子的生活费。白采峰将一半的工资给了她,她还不肯罢休。见她如此纠缠,白采峰也想过和她复婚,可是,试验过,还是过不到一块儿。最近她听说白采峰从单位分了一套房子,觉得有机会了,就来闹腾。可是这套房子是不能给她的,要给也只能给他们的孩子。白采峰原来也是这么计划的,已经口头答应给女儿了。可是,甘红娇要他立即过户,就为这个,她来告白采峰的状。也有传言说她不同意女儿的婚姻,白采峰做主同意了,便以告状泄愤。

四楼的一间办公室里,白采峰脸色铁青,嘴唇发黑,眼睛红肿,气得浑身发抖,来来回回地走动,焦躁不安,却束手无策。

当白采峰的前妻正在闹腾的时候,交通局领导的车子驶进了大院,这一切都被领导看到了。领导派人将白采峰前妻叫到他的办公室里,倒了一杯水,放在她坐着的茶几上,然后给她慢慢做工作。

"现在不允许给人贴大字报,这是违法行为。你控告前夫有罪我支持你,但要经过合法渠道,不能乱来,贴大字报是不行的,这既是扰乱正常的工作秩序,也是人身攻击,是法律所不允许的,再乱贴大字报就要把你拘留起来。你如果掌握了他买官鬻爵的事实和证据,就交给我,也可以直接交给局纪检委,或省纪委,他们都会受理。你也可以向人民法院控告白采峰对你的迫害和不给孩子抚养费的事,哪个部门都会管,妇女儿童是法律保护的。

但据我所知,你们离婚十多年了,没有关系了,各项离婚的条款你前夫也落实了。你的孩子参加工作了,也结婚了。买官鬻爵的事我们也派人调查了,都是空的,是捏造的莫须有的罪行。"

局长严肃认真地说着,晓之以理,动之以情。甘红娇听得双手哆嗦起来,牙齿也开始打颤。经过局长的一番解释和安慰,甘红娇的情绪稳定下来,端着茶杯不喝,却哭起来,茶杯中的水溢到了外面。局长好言相劝,前后对比,趁势说道:"你们离婚是经过法院判决的,是公正的,你没有吃亏。白采峰也不容易,工资的一半都给你和孩子了,离婚后的十多年里从来没有间断过,至今还关心着女儿和你。你想想,哪个离了婚的男人还这样关心前妻?他把单位分的那套房子已经给女儿了,你也可以来住。你已经退休了,千万别再这样胡闹了,对双方都不好。白采峰也没有几年就要退休了,局里正准备给他一个待遇,让他退居二线,你还闹腾什么?他倒霉了,你才高兴是不是?可是你女儿高兴吗?你们就一个女儿,老了双方都要靠她。离婚是你先提出来的,离婚后白采峰尝试着复婚,但你不同意。一辈子好年华都过去了,想开一些,得饶人处且饶人,何况夫妻一场,何必要搞臭对方呢?一个人光记对方的坏处不记好处,是自己心胸狭小的表现,是幼稚的表现。离婚后,白采峰没有做对不起你的事情,他这个人我还是比较了解的。前几天,我们连续接到几封对白采峰的检举揭发信,省纪委也同时收到相同的信件,派人去调查了,也找他本人谈话了,但信上说的没有一件是实的,完全是捏造。据我们了解,这些告状信都是你动员你的亲戚们写的,诬告是要负法律责任的。回去吧,这一次就原谅你。回去多参加一些体育活动,跳跳广场舞,也可以去上老年大学,找点自己喜爱的事情做,参加一个团体,多听听音乐,看看电视节目,等有了外孙子,可以帮助女儿领领孩子。保护好自己的身体比什么都重要,你这样老是生气不好,气大伤身的道理你不是不明白。你还年轻,人又长得漂亮,可以找个老伴儿。不要再胡闹了,脸越抹越黑,越抹越不好看。白采峰如果真的买官鬻爵,组织上是会严查的,现在对干部们的要求非常严格,特别是领导干部,一有问题就查,无需你用贴大字报的方式揭发。你要是再胡来,要被拘留。"

经局长这么一说,甘红娇也不哭泣了,擦干眼泪,说:"那我回酒泉去了,可我一个女人,是白采峰这兔崽子害了我一辈子,女儿的婚姻我不同意,他做主出嫁了,我咽不下这口气,还有房子……"

"生活上有什么困难,你还可以找我们,你是退休职工,我们会帮你解决的。"

一场风波平息了,但它产生的不良影响已经发酵了,白采峰陷入了困境,他的政治生涯就此打住了,梦想破灭了。送走甘红娇,这位枯瘦如柴的局长又把白采峰叫到自己的办公室里,对他说:"我已经叫人把大字报撕下来了,下次开会,还得向班子成员解释一下,免得大家猜疑。你的事大家都清楚,但社会议论不能不顾及,因为它影响到咱们单位的声誉。你有机会还是多关心自己的女儿,也从侧面关心关心你的前妻。男人嘛,要大度一些,更不能昧良心。齐家平天下,这是古训,今天我们还需要这些东西。听说你母亲做手术了,我不能去看望她老人家。这几天单位不太忙,你去定西看看老人,尽尽孝吧。她八十多岁的人了,做那样大的手术不容易,服侍几天老人,马上要过春节了。过完年,你就去北京参加一个学习研讨班,一个月时间,别人工作忙,顾不上去,你去吧。"

　　"好吧。"白采峰说。他离开了局长的办公室,一出门竟然流下眼泪来。他没有回家,而是登上火车,赶往定西。

　　关于这件事,白采峰守口如瓶,他不想让家人知道,可纸是包不住火的,很快姐妹们就知道了。这事让白采峰格外难堪,也使姊妹们又添一份忧虑。但对于沉浸在痛苦和恐惧中的姊妹们来说,这桩事情说说就过去了,没有人去关心,它没有多少价值。这样的闹剧,生活中经常发生,已经没有什么新鲜的味道了。令姊妹们揪心的还是母亲。

十七

酣 睡

"我要上厕所,把我的鞋子拿来,我要上厕所!"母亲见大家坐着说话,没有人立即去做,又生气地说,"听见没有?"

母亲语气一重,埋头看手机中的白采峰抬起头来,向母亲那边看了一眼,见白采梅坐在母亲床前,又低头看微信。

母亲对白采梅说:

"把我扶到椅子上,我要晒太阳,你看太阳那么好,阳光照进屋子来了,把我扶起来晒晒太阳。"

这些天来,究竟要做什么事,母亲也不清楚,她只是觉得浑身是气,觉得闷得慌,觉得不舒服,觉得被别人控制了。今天母亲提出这样明确的要求,说明手术对她的威胁逐渐减弱,生命力在逐渐恢复和慢慢上升。"我要晒太阳",这是多么令人鼓舞的一句话,虽然在场的人身心疲惫,精神麻木,但母亲提出这样的要求使他们感到兴奋。和昨天、前天相比,母亲已经有了微妙的变化,由恐惧和战栗变为希翼和向往,由麻木变为觉醒。她能感受到环境的变化和身体的渴望,能感觉到光明和美好的一面,说明死神已经开始给生命让路。但它是多么脆弱和不稳定啊,它在不停地动摇和徘徊,母亲的思维还远远没有回到正常的轨道上来,情绪还在跌宕起伏,恐惧还在不时地侵袭和骚扰。

"把我扶到椅子上,我要晒太阳,你看太阳那么好,阳光照进屋子来了,把我扶起来。"母亲反反复复说着这句话。这种不断地反复使一句本来很有活力的话变得淡而无味,优美的词语和它创造的意境变成了噪音和烦乱。大家脸上的愁云并没有被驱散,屋子里的紧张气氛没有消减,心中的愁闷还漩涡般转动着。

"大夫说了,你不能下床,要安心躺在床上睡觉休息。"白采梅解释说。

"你看看我的胳臂怎么了?"母亲没有争辩,但她又提出新的问题。胳臂肯定是好着,可能是被压得发麻了,有些难受。白采梅拉着她的左胳臂轻轻抚摸着,不一会儿,母亲就睡去了。可能是枕头太高了,母亲呼吸声粗重但富有韵味,让大家感到安慰和放心。这种睡眠对母亲是多么需要呀,母亲早该这样好好睡一觉了。她能平静地睡去,说明她紊乱的神经得到了一些合理的调整,得到较好的恢复,恐惧的阴影正在缩小。

睡去的母亲,气息全是从鼻孔里进出,好像那里有一个生锈的翻板,阻碍着呼吸,发出刺耳的声音。两天两夜,母亲都处于亢奋的状态,几乎是一眼未合。打过两次安定药,但均无效果。今天,吃过中午饭之后,母亲的眼皮合上了,它们实在支撑不起来了。它们像两顶盛满雨水的帐篷,在飓风的摧毁下,轰然倒塌。母亲太累了,这时她顽强的意志力也被疲惫钳住了,恐惧似乎也被困倦削弱了,现在她的身体和大脑一样空白,里面没有一点斗争的精力。她闭上了眼睛,那些被死亡和疼痛折腾过度的细胞,也在母亲闭上眼睛的那一刻慢慢复苏了。母亲对生命的维护有一种天然的自觉性。

她睡觉时安静而慈祥,在经历如此巨大的磨难之后脸色居然还有红色,发着亮光;高高的鼻梁,带动了整个脸部向上的表情,安详中有几分严肃和庄重。她头上戴着那顶蓝帽子,一绺白发从帽子下窜出来紧贴着额头。母亲浑圆的下巴倔强地向上翘起,向人宣示她不服输的个性。母亲睡觉的姿势也是那么端正、平稳、庄重。为了减轻母亲的痛苦,白采莲从家里拿来枕头,枕芯是荞皮的,枕头上苫着一条有牡丹花的红枕巾。母亲的头正好落在那朵盛开的牡丹上,这一刻的她仿佛一只疲惫的蝴蝶憩息于花朵上,酣然入梦。

床两边铝合金的扶手都被撑起来了,是怕她翻下去。白采梅背朝着窗户坐在床边,她的两只手握着母亲的手。病房里温度太高,她脱去了外衣,露出灰色的马甲。趁母亲睡觉的时候,白采梅拿出眼药,仰起头,小心翼翼地把挤出的眼药水点到眼窝里去,由于眼皮抖个不停,一滴药水滚下右鬓。她再次仰首去滴,终于滴进去了,她闭上眼睛,扬起脖子,待了几秒钟,才睁开眼睛看看母亲。

白采峰坐在一角用手机上网。这些天他的日子最不好过。母亲病成这样,作为唯一的儿子,作为母亲最疼爱的人,他不能不来医院照料。虽然局长准了假,但他知道单位的工作很忙,自己又担任一点领导职务,前妻那么一闹腾,局领导让他来服侍母亲,这是一种借口,他心里明白。从兰州到定西的距离只有一百公里,坐火车只要八十分钟,开轿车只需一个小时,非常便利。他无事来定西,有事去兰州,两边奔波。母亲住院的事自有姐姐和妹妹们负责,他帮不上多大的忙,但他不像年轻的时候了,那时对家里的事情,他几乎不闻不问。但现在不一样了,父亲去世了,母亲也风烛残年,他也是五十好几的人了,知道自己应承担的责任,应尽的义务,应尽的孝心。男人们一旦意识到自己的责任和义务,就能挑起比女人们更重的担子。他和前妻离婚这么多年了,她依然耿耿于怀,寻衅滋事,这让他处境非常尴尬。这次更巧,在母亲做了手术的第二天,前妻又来闹腾,像是特意选择的时机。好在领导知道他们的事情,出面灭了火,否则不知道出多大的丑。这类事情几乎和桃色事件有着同样的魅力和效果,大多数人愿意猎取,并加以放大和扩写,让它最终成为逸闻艳史,供人谈笑。

　　白采峰现在的妻子没有工作,也不愿生孩子。她的理由是:生了儿子会欺负别人,生了女儿会被别人欺负。问她将来老了怎么办,她的回答是"进养老院"。可是,若人人都跟她一样,哪有养老院可进。她养着一只紫色的雪瑞纳狗,看起来像一只羔羊,又机灵又好看。有一次,母亲对它说了几句不中听的话,它悄悄把母亲的鞋子衔到厕所里藏了起来。雪瑞纳是只公狗,秦芳芹整天与狗相处,走到哪里把狗领到哪里。她与狗同床共枕,与狗接吻,抚摸狗的身体。谁要是嫌弃她的狗或者对她养狗的习惯提出异议,她立刻就跟谁翻脸。婆婆住院,她想来定西医院,但来了不方便,因为狗没有人照料。医院里禁止带进宠物,她也怕狗来医院染上疾病。她不喝家里的饮用水,只喝矿泉水;也不做饭,说她的皮肤接触面粉就过敏。她要是真来了,还不好接待。白家的这个儿媳有自己独特的人生观和为人处世的方式,有自己做人的哲学依据,不过她对婆婆还是尊敬的,来了不停地叫"妈妈",母亲倒是挺喜欢这个儿媳妇,对她像对自己的亲闺女。自己的亲生闺女从小不叫她"妈妈",儿媳妇这么一叫她当然高兴。在女儿和儿媳之间,婆婆一般爱女儿,但看重儿媳。女儿再好也是别人家的人,儿媳妇不好也是自家的人。长期以来,中国人就在这种思维和习惯中生活着,很少有所改变。秦芳芹长相很不错,有一副好看的瓜子脸,色如桃花。她还有一双大大的眼睛,浓浓的眉毛,挺起的鼻梁,加上浓密的黑头发,漂亮极了。她没有生育,身材依旧保持着少女的风姿,养尊处优的生活使她的皮肤白嫩白嫩。她还爱好文学,气质显得高雅。在城里生活了多年,有一定的社会经验。她瞧不起大多数人的生活态度,喜欢旅游,国内的好景点都去过了,现在往国外跑,已经去过好几个国家。她对白采峰的三个姐姐态度都好,但两个妹妹年龄比她大,都不习惯叫她嫂子,她有点介意,在她俩面前总要摆出一点嫂嫂的姿态,双方常常处于冷战状态。对此,白采峰睁一只眼闭一只眼,不予理睬。

这会儿白采峰发微信与妻子谈论下次去旅游的事情,地方由她自己选择,钱他出,如果交通方便就带上母亲。母亲腿不好,难走的风景区不好去。

白采红坐在床前的小木凳上握着母亲的手,昏昏欲睡。她是熬不住夜的人,这几天已经把她熬倒了。她的家庭是完美的,丈夫在张掖一中当老师,课上得好,却不爱当官揽权。他最早是一所中学的校长,来张掖一中也是办公室主任,眼看就要升为副校长了,但他喜爱给学生们上课,怕担任领导影响教书,所以自动辞掉了领导职务,一心一意给学生上课。他们的儿子从中南大学毕业后在兰州铁路局工作。白采红自己在学校里管理事务,一家人的日子过得安安稳稳。但丈夫的胃不好,且不会做饭,她来定西,他还在补课,她牵心得很。她也牵心儿子,主要是儿子经常在野外作业,更换枕木维修铁路,时不时上夜班,工作辛苦,胃也不好,常常闹肚子。白采红经常为他们父子的吃饭问题发愁。

　　母亲居然一连睡了八个小时,她睡得那么沉,均匀地呼吸着,胸部有力地起伏着。这实在出人意料。也就在这八个小时内,她的孩子们喘了一口气,安静地坐下来吃了些东西。白采萍还喝了些牛奶,吃了一个鸡蛋。

十八

娩　难

　　白采梅也美美睡了一觉,醒来见母亲还睡着,就趴在母亲身边瞅着她那张慈祥而倔强的脸,陷入久远的回忆中,这些往事都是父亲和母亲一次次说给她们的:

　　1949 年 8 月的一天,几天前就有各种传闻蜂拥而至,在渭源及附近的几个县蔓延开来,人们在切切私语。一个惊人的事件发生了:在临渭两县的交界处,发生了一桩命案。兰州要解放了,马家军在狗娃山上紧张地修筑工事,建暗堡,准备和解放军决战。估计形势对马家军不利,马家军的一个军官打发他的卫士护送他的姨太太到老家躲避。卫兵护送姨太太从兰州来到临洮和渭源两县的交界处,准备去姨太太在石板沟的一个亲戚家躲避。过了黄家川天就已经黑了,还有十多里山路,当他们来到一条山沟里的时候,蓄谋已久的卫士将姨太太残忍地杀害了,抢走了她所有的财物,逃之夭夭。后来姨太太的尸体被牧羊人发现,亲戚们将其掩埋。这件事发生后,庆坪一带就笼罩在一片恐怖之中。天黑以后,女人们早早关门闭户,不敢出去。

　　命案发生不久,就有消息说彭德怀率领大军要在兰州打仗,解放兰州。很快王震的队伍开过来了,有人说已经到了天水,也有人说已经到了武山,还有人说要在渭源打仗。陇西、渭源一片慌乱,各种传言如雪片一样满天飞,也不知道哪一个准确,哪一个不准确。"听说王震是个大胡子。"人们偷偷议论着。渭源是陇右地下组织的发源地,甘南农民起义虽然失败了,但留下了革命的火种,游击队在活动,一直在坚持地下斗争。庆坪的任谦就是地下党。"是不是他也要回来?"人们揣猜着。大家怀着期待和恐惧的心理等待这一天的到来。红军长征的时候就曾路过渭源,人们对共产党了解一些,因而他们有一种期待。但大多数人还是感到紧张和害怕,一些有钱人更是惶惶不可终日,如热锅上的蚂蚁乱跑乱窜。他们趁着夜色偷偷地埋藏值钱的东西,不分昼夜地转移财物,把能转移出去的东西都转移出去了,该藏的东西也都躲藏起来了,逃得无影无踪。就是没有多少家产的穷人也都心神不安,胆战心惊地等待着就要发生的一切。但庆坪一带的麦子黄了,老百姓顾不上逃跑,他们得抓紧收割麦子,否则这一年的收成全丢了,今后的日子就剩喝西北风了。他们一边急急忙忙地挥镰收割麦子,一边竖起耳朵倾听着渭源方向的动静,只要枪声一响,他们就牵着拴在地头的牲口往山沟里跑。

　　渭源城里一片战前的紧张气氛,保安队怕游击队混进城里,等解放军一到,来个里应外合,他们便加强了巡逻,详细盘查每一个出入的行人。县政府门前的岗哨也增加了,发布了宵夜禁令。几天后,从天水方向溃退下来的一支国民党队伍已经撤到了武山、陇西,沿渭河方向西逃窜,他们边走边袭击老百姓,掠夺财物。每个士兵身上都背着大包小包的东西,仓皇奔跑。陇右地下党早已派人到武山、陇西一带去迎接解放军,由他们带路,解放军在路园乡追上了一支国民党军,双方展开了激战,密集的枪声在渭河边上响起来。好在路园一带的麦子已经收割了,麦地里摞起了一排排的麦垛。游记队员们就埋伏在麦垛后面,朝仓皇逃窜的国民党士兵开枪射击。渭源的保安团在地下党的策反下宣布起义,打乱了国民党逃兵要在渭源打一个大仗的计划。国民党军分裂成两股,一股向岷县方向逃窜,一股朝临洮逃跑。保安团的人大都是本地人,看到国民党大势已去,哪里还有心思打仗,在地下党的引领下反水了。但会川县却美美打了一仗。保安团一部分坚守在堡子里,一部分隐藏在街道两边的铺子里,向行进中的解放军开枪。解放军先头部队进入会川后,遭到袭击,迅速撤离,他们从大南川东边的山上包抄过来,将保安团的队伍压缩在会川的街道里,经过激战,保安团向南面的斗把山撤退,大部分被解放军消灭在那里,残部丢下伤病向岷县逃窜。奄奄一息的伤病躺在山坡上呻吟着。一个老人提着茶壶,向他们的伤口上浇水,让他们快速死去,免得遭受更多的痛苦。

"解放"这个新鲜的词语在人们中间迅速传开。老百姓还不十分清楚它的含义,但觉得这世道是要变了,国民党败了,共产党胜了。一个新的社会就要诞生了,老百姓的心里洋溢着惊奇和喜悦。

一天,庆坪街上慌乱起来,从远处传来"噼啪"的枪声,人们赶紧找地方躲藏。这天母亲正在地里割麦子,听到枪声她吃力地直起腰来,右手拿着镰刀,左手里还捏着一把麦子,挺着就要生产的大肚子不知如何是好。从来胆大的母亲,这时也害怕起来,有些慌张地向远处瞭望,发现人们东奔西跑,向山沟里钻。大人的喊叫声,孩子的哭泣声,牛羊的叫声连成一片。

这时,邻居家的马大嫂从远处跑来,她的肩上斜挎着一个包袱,跑向母亲,大声喊:"妹妹,赶快往黑刺沟里跑,土匪来了!已经到关山根儿了,再不跑就来不及了。"

马大嫂挽扶着母亲,艰难地向山沟跑,可是还没有跑出麦子地,母亲就跑不动了。母亲大口喘息着,一阵阵地恶心,突然肚子疼起来。她呻吟着,双手捂着肚子,倒在地上。

"你怎么了?"马大嫂关切地询问。

"怕是要生产了。"母亲说。这是她的头一个孩子,没有生产经验,疼痛和恐惧正困扰着她,不知如何是好。

"哎呀!"马大嫂挽扶母亲到一块干净的地方,拔了一束麦子衬在身子底下,让母亲躺下来。马大嫂生了六个孩子,有接生经验,她帮助母亲生产是再好不过的了。不多时,孩子顺利地生产下了,婴儿的啼哭了几声。马大嫂用镰刀割断脐带,撕扯了一块衬衣把孩子包扎起来,放在麦秸上,然后照料母亲。母亲疲倦地望着马大嫂,一句话也没说,马大嫂忙完了才把猩红的婴儿抱给母亲看,说:"是个女孩儿。"

母亲看了一眼婴儿,欣慰地一笑。马大嫂、母亲和刚出生的孩子一起藏进一个窟圈里躲起来,不敢回家。直到太阳偏西才回到家里。

"我听说是生在窟圈里的。"白采梅说。

"不,你是生在麦地里,抱到窟圈里去的。"母亲纠正说。

一队国民党兵朝临洮方向逃窜。他们溃不成军,狼狈不堪,边走边抢东西，身上背着抢来的东西，手里提着老百姓的物件，已经背不动了，但他们遇见村庄就闯进去。

村里人早拉着牲口、背着粮食拖儿带女地逃进山里去了，个个村子都空空的，几乎没有人。家家的大门没有来得及上锁，敞开着，院子里、屋子里都凌乱不堪。那些大兵，弯着腰进村，左右瞅瞅，见没有动静，知道人都跑光了，没有埋伏，一脚踢开门扇，钻进屋子乱翻一通。这些都是贫苦人家，过着穷日子，哪有什么钱财和贵重的东西。何况这些年匪患不断，苛捐杂税多如牛毛，压得老百姓喘不过气来，民不聊生，老百姓的血汗早已被榨干了。年青力壮的被抓去当兵了，留下妇女、儿童和老人，食不果腹，衣不蔽体，在死亡线上挣扎着。这些当兵的闯进屋子，找不到值钱的，就连鸡也抓。那些被他们追赶的鸡"咕咕咕"叫着，扑棱扑棱地乱飞，狗吓得乱叫，村子里一片惊慌。

解放军打过来了，是第一兵团王震的队伍。仓皇逃窜的国民党军在抢东西时顺便散布一些谣言吓唬老百姓。有一个小头们模样的兵大声喊叫："老乡们，赶紧逃命吧，共产党来了要共产共妻。"说着举起手中的手枪朝天放了两枪。藏在山沟里的老百姓听见枪声更是惊恐万状，缩成一团，有人觉得此地不安全，又爬起来向山沟深处跑去。

那些国民党兵背着抢来的东西，向临洮方向落荒而逃。他们并没有发现母亲她们，也无暇顾及这些。他们并不枪杀老百姓，而是顺便抢些东西，捞一把就跑。

白忠良正在村前的田野上奔跑，他在寻找妻子，后面有几个国民党兵紧追不舍，边追边喊："抓住他，抓住他！"接着就朝天开枪，吓得他趴在地埂下面。那几个国民党兵见他路熟，东躲西藏，

他们散开来,包抄白忠良。白忠良东跑西突,最后被几个国民党兵抓住了,他们用枪指着他的脑袋,威胁说:

"你跑什么?再跑就开枪打死你。"

"再跑崩了你!去把你家的毛驴牵来,给国军驮东西,敢耍赖,小心你的脑袋,老子的枪子可不吃素的。"一个军官模样的人凶狠地说。

白忠良吹一声口哨,藏在山湾里的毛驴就"踏踏踏"地跑出来了。那伙兵用枪逼着白忠良,把抢来的东西驮到驴背上。白忠良牵着毛驴的缰绳走在前面,后面紧跟着一队国民党兵。前面也是一队散乱的国军。他抬头看了一眼,这是一支长长的队伍,虽然凌乱,形形色色,发出各种声音,但都背着枪,有的还上了刺刀,明晃晃闪耀着。白忠良牵着毛驴,夹在在混乱的国民党军队中,身不由己地往前走。

这支溃退的国民党兵傍晚就到了临洮城,在北关外停止不前了,在这里宿营。他们从驴背上卸下东西,将毛驴儿拴在一棵树上。那个军官对父亲说:"你滚吧!毛驴给我们留下来,要给国军运送军火。"

白忠良上前抓住缰绳,说:"老总,行行好,这头毛驴可是我们一家人的命根子,那几亩地全靠它种呢!"

"你啰唆什么?不滚就毙了你。"军官说着掏出了手枪,"咔嚓"一声子弹上了膛,用枪口指着白忠良。白忠良吓得哆嗦起来,连忙说:"别开枪,别开枪。"他浑身战栗着跑开了,那些大兵在他身后哈哈大笑着。

白忠良跑一段路,回头看了一眼,不远处有个歪戴着帽子的军官在抢夺一个老人手中的木盒子,老人拼命抓住不放,士兵将

老人一脚踹倒在地,拿着东西要走,老人扑过去抱住他的腿。士
兵掏出枪对着他的腿就是一枪,"啪"的一声,老人倒在血泊中,双
手抱着腿号哭起来。白忠良吓得失禁了,他急忙转过身朝庆坪方
向跑去。

十九

机 遇

白忠良回到庆坪的第二天下午，又碰上一支队伍，穿着黄军服，戴的帽子上有红五星，举着红旗。一个背着大锅的炊事班士兵瘸着腿走在队伍后面，痛苦不堪。几个女兵站在路边，打着快板鼓励大部队行进，明快的快板伴随着优美的说词：

"打竹板，响连天，前面就是临洮县。临洮县，赛江南，粮多鱼肥有稻田。加把油，快赶路，天黑赶到临洮县。"

白忠良好奇地看着她们，忘记了走路。

一个军官模样的人走过来，拍拍父亲的肩膀，说：

"小老乡，请你帮帮忙，把他的锅背到临洮去，给你一块大洋。白忠良一听下了一跳，准备逃跑，可连长已经把一块大洋递到他手里。白忠良畏惧地往后退，不敢拿，却被军官拽住，他是逃不脱了，恐惧地低下头去，任凭发落。

连长见白忠良害怕，就微笑着说：

"别怕！我们是解放军。这位战士受了伤，你帮他把这口大锅背到洮沙县城就回来。"

无奈的白忠良把锅背到背上，走在队伍中。当晚住宿在临洮，第二天又送到洮沙县。

从兰州方向隐隐传来大炮的轰鸣声，跟远处的雷声一模一样，那是一种让人灵魂发颤的轰鸣声，似乎要把这个世界翻过来。

大路边。连长对白忠良说："你为我们背了两天大锅，帮了我们大忙，还不要钱，你是个好小伙。谢谢你！兰州战役已经打响了，前方有危险，你不能再往前走了，就回家去吧。带上这封信去找乡长。"

白忠良诚惶诚恐，愣在那里，不知道说什么好。他是被迫来背锅的，一路上胆战心惊，他怕他们把他拉走，不让他回家，更怕他们枪毙了自己。有好几次他差点找机会跑掉。没有想到这个队伍跟国民党的军队还真不一样，不祸害老百姓，现在要他回家去。白忠良眼里含着感激的泪水。连长拍拍他的肩膀，说：

"回去吧，别把信丢了。"

这时一个战士牵一匹马走到连长跟前，把缰绳递到连长手里。他跃上马背，一拉缰绳，马昂起头来，向前飞奔而去。白忠良望着连长远去的背影，看看手中的信，把它揣进怀里，向回家的方向奔跑起来。大路上是源源不断的行进中的解放军，浩浩荡荡，逶迤数十里。其中有步兵，也有骑兵，有跑兵，四匹马拉着一门大炮。他没有见过这么多的军队，一路走一路观看，心里很激动。但他不知道这些军队要去干什么，只听那个连长说要解放兰州。什么叫解放？他思考着。白忠良连夜往回赶，第二天下午回到庆坪，才知道他的妻子已经生了，他们的女儿已经出世了。

从庆坪经过的是解放军第一野战军第一军的一部分。数万人跨过渭河,翻过关山,浩浩荡荡地从东峪沟里向临洮进发,这还是第一次。老百姓从远处吃惊地望着这支庞大的军队滚滚向前,浮尘飘荡,人欢马叫,场面十分壮观。军队一连过了好几天。另一支解放军从会川那边经过,经康乐、和政去了临夏,他们要去青海,翻过祁连山去张掖,切断马家军的退路,要把他们消灭在兰州。徐光达率领的二军已经从平凉、定西经榆中赶到了兰州,将马家军包围在马家山和狗娃山上,隆隆的大炮声已经响了好几天。人们感觉到压在百姓头上的天被掀翻了,地也花了,世道要变了。

白忠良揣着那封信到庆坪,过了几天就去找自己的堂叔,把信的事情告诉他。因为堂叔参加过甘南农民起义,是地下党,这时已经在区政府干事。他们在接管政权,建立新的人民政府。他看了白忠良怀里揣着的那封信,没有说什么,先让他回家去。过了两天,白忠良就被叫到庆坪区政府去。区政府设在庆坪新街的一个小四合院里,院子中间还有一个小花园,花园里长着一丛玫瑰和几株牡丹,还有一棵紫丁香和两棵柏树。

区政府里人出人进,门庭若市,区政府的干部们腰里系着皮带,有的还挎着盒子枪。一个游击队长跑步来到区长的办公室,双腿并拢,举起手,敬礼说:

"报告区长!我们在前面发现一批国民党军丢弃的枪支弹药,机关枪两挺、步枪三十二支、手枪一支、弹药三箱、手榴弹两箱,还有面粉和大米,请示处置。"

"你写个清单,马上送到留守连那里去。"区长说。区长头上戴着军帽,腰里系着皮带,挎着盒子枪,但穿着一条蓝裤子,扎着绑腿。他不像个区长,倒像个军人。

"这个……报告区长,我不会写字。"游击队长为难地说。他不好意思地摸着自己的脑袋,脸也发红了。"我们游击队的文书牺牲了,我认识的字还没有身上的虱子多,写不出来。"

区长被他的话逗笑了,抬头看了一眼这个上身穿着军服,裤子却是大裆裤的年轻战士。游击队长愣在原地,不知如何是好。站在一旁的白忠良把一切都看在眼里,走过去对游击队长说:"队长,你说,我帮你写。"

队长口述,父亲拿起毛笔书写,很快就写好了。白忠良把单子递到游击队长手里。

"谢谢老乡! 你叫什么名字,是渭源人吧?"游击队长说。

"你就是军送锅的那个小伙子吧,叫什么来着?"区长一时想不起白忠良的名字。

"我叫白忠良。"他说。

区长仔细打量了一眼父亲,思考着。这时一个战士十万火急地跑来,说:"报告区长,前面发现敌情!"

区长掏出手枪,又回过头来对父亲说:"你识字,就留在区政府当文书吧。"说完向外面跑去。

二十

往事

　　母亲生白采莲的时候更特殊。那是 1958 年,白忠良家的台阶上老鼠打了洞,庭房门只有一扇,孩子出生了门却关不上。白采梅和白采琴急得在外面团团转。那时大炼钢铁,有个小学女教师带着一群学生闯进张碧兰的家,把做饭的铁锅当场砸碎,把一柜子面粉全拿走了。但很幸运,有一口砂锅还在,白采梅和白采莲两个去食堂里偷了小米拿回家,用砂锅熬了一些粥给母亲吃。

　　那正是挖洋芋的时候,生产队长是自己的叔叔,他站在院墙外面破口大骂:"全家人吃饭,没有劳动的人。"

　　听到骂声,白采梅和白采琴去给食堂里担水,鞋子陷在泥中拔不出来,急得白采琴哭了。两人担水,白采梅总是把水桶往自己的一边挪。那时她们只有喝汤,没有饭吃。母亲艰难地熬到出月了,就去给生产队的食堂里担水,还修水渠。白采梅在家照顾白采莲,白采莲嘴一张就要吃,没吃的她就哭。食堂在李家窑,要走一公里路,每人每顿两碗饭,是菜汤。两位年幼的姐姐将自己菜汤里的面蛋蛋都给不满一岁的白采莲吃了，母亲见了制止说："各吃各的，不要给一人偏食。"但这两位姐姐还是偷偷地捞。白忠良回家拿来的饼干被母亲挂在高处，每次只取三块，一人一块，可是白采梅和白采琴自己不吃，嚼碎了给妹妹吃。

白采莲穿着花衣服，在院子里爬来爬去，没有吃上多少东西，却长得白白胖胖。她从来不哭，见了母亲就赶紧爬过去，抱住母亲的腿子，扬起头来笑。她有次爬出大门，到菜园里，那里有一片母亲种的小葱，她拨一把就吃，嘴角流着葱的汁液，恶心地吐起来。白采琴常去捡拾地软，白采莲也要跟上去，她想甩掉妹妹，可是白采莲死死地跟着，怎么也甩不掉。有一次白采莲出去不小心摔倒了，头恰巧碰在一块尖石头上，裂开一道口子，血往外涌，母亲烧了一疙瘩棉花灰想堵上，却填进去了，急得她抱着孩子去找邻居大伯，大伯好不容易才将血止住，白采莲却不哭一声。母亲特别喜爱这个从来不哭闹的孩子，昵称她为"我的尕把缸"。白采莲是两个姐姐用自己碗里的面蛋蛋养活大的。六〇年挨饿的时候，邻居家的大伯说："情况这么危机，你们要顾大人，不要管小孩子，不对就将她扔掉。"可是母亲不听他的，怎么也舍不得自己亲生的孩子。她不仅要养活孩子们，还要去挣工分。由于放心不下孩子们，母亲就将白采琴和白采莲锁在庭房里，姐妹俩从窗户进出。那段日子是在太艰难了，可是她们全度过来了。

到白采峰出生的时候情况大变样了。可是白采峰却常常哭泣，尤其到了半夜里就哭起来，怎么哄都不停下来。大门前的树上贴了喜帖，他还哭；拜了干爹，他还是哭。哭急了，母亲就打他两巴掌，哀叹道："我麻烦得活到哪里一天哩！"

白采梅去庆坪上学，白采琴却没有这个命，她在家领孩子。

先领白采莲，后来又领白采峰。白采琴去庆坪、梁家沟看戏，白采莲也跟着，去了却睡着，一句台词也没听过去，剧情一点都记不住。天黑了，她们走不到家里去，就去大湾的外婆家借宿。白采琴晚上还要学习做针线活，白采莲一直守候在旁边，妹妹睡着了她害怕。白采莲坐在身边，瞌睡得不得了，眼睛白瞪瞪的，头摆来摆去，像拜佛。有一次腮帮子上被戳了一针，疼得她哇哇叫。

白采琴只上过一学期的学。她是那么渴望上学。白采梅从学校里回来，就给村民们教她在学校里学唱的歌，可是偏偏不给白采琴教。她觉得妹妹什么也不懂，就冷落她。姐姐不教，白采琴就自己偷偷学，不会的歌词就胡乱编造。三爷听见了，笑笑说："招弟，你唱的是什么歌？"羞得白采琴撒腿就跑。

白采莲大一点了，可是母亲还是不让白采琴上学。因为弟弟平顺出生了。他生下来又黑又瘦，母亲格外疼爱。那时家景好转了，有了自留地，也不吃食堂了，白忠良调到黎家湾乡政府工作，离家近多了。有一次，白忠良把自己积攒的十几斤大米带回来，结果到家一看，袋子里的煤油瓶子盖盖松动了，煤油溢出来，湿了大米袋子。做饭时，那些大米被淘洗好几遍，但做出来的饭还是有煤油味儿。孩子们谁都不吃，母亲舍不得扔掉，自己一点一点将那些大米吃完了。生活好了，母亲的奶水也充足，白采峰长得又胖又大。母亲没有给他断奶，一直到白采红出生，他还吃奶。白采红也白白胖胖的，两个胖孩子，一左一右，抢吃母亲的奶。白采峰有时吃着奶，用手护住另一个奶，不让白采红吃，急得她哇哇大哭。母亲笑着把他的手挪开，白采红才能吃上奶。

白采琴可以去上学了，因为白采莲能够领弟弟和妹妹了。可是，白采红胖大，白采莲抱不动，刚抱起来走两步，不是被绊倒，就是把怀里的孩子扔掉,白采红挨了不计其数的绊。母亲觉得让白采莲领两个孩子不行,想把白采红送给后沟里的李贵,他的妻子没有生育。可是李贵来抱孩子的时候,母亲又不给了。她做出新的决定:白采琴继续在家领孩子,让白采莲去念书。白采琴把书包挂在脖子上往学里跑,她喊着要念书,母亲追上去强拉回来。白采琴的老师姓农,耳朵聋,去家访,劝导母亲,可是母亲没有办法,她要劳动挣工分,两个小孩儿没人管。白采莲上学迟了,那年已经十周岁了。白忠良用自行车驮着她去报名,别人还以为她是少数民族的孩子。

不久,白采萍也出生了。白采峰又和白采萍一起吃奶,他更霸道了,有时妹妹跟他抢着吃,他连推带搡,常常气得白采萍哭泣。他还想出了一个恶招:母亲为了挣工分,养了一头母猪,这头母猪性格极为温顺,一次产崽十二只。白采峰见猪崽们抢着吃奶,就唆使白采萍去吃猪奶,懵懂未开的白采萍就爬在母猪的肚子上吃猪奶。白采萍断奶了,可是白采峰还要缠着吃奶。直到上小学二年级,同学们知道这件事后取笑他,他才断奶。

白采萍出生那年,学校停课了,人们开始背诵《毛主席语录》。爱好学习的白采琴就跟着背诵,虽然认不得字,但会说会念,还会唱许多语录歌。白采琴扮演李铁梅剧中的唱词是别人在油灯下一句一句教给她的,她能将《红灯记》的所有台词背诵下来,可惜不会认字,也不会写字。

那年招工,要初中毕业生,白忠良给白采琴报了名,可是文化程度低,只作为预备生。不料那个要准备录取的是个色盲,公社书记把白采琴叫去,问她:"你会写自己的名字吗?多大岁了?一亩地下多少种子?"

　　"二十八斤。二十岁。"表上虽然填写的是二十岁，其实她才十九岁。白采琴回答了两个问题，又拿起笔工工整整地写下"白采琴"三个字，这就过关了，她被录取到靖远建材厂当工人。

　　白采琴没有念书，可是其他的事都做了。跳忠字舞、打太平鼓、踩高跷、吹唢呐，她样样都会。白忠良为她花三块五毛钱买了一把洋琴，她会演奏《东方红》《白毛女》《杨子荣》。那时生产队有演出任务，一些小节目都由她承担了。她知道羊皮鼓在火上烤一烤，打起来非常响亮，吹起唢呐来摇头晃脑。她修过梯田，当过民兵，背过半自动，还投过手榴弹。她在建材厂工作被评为劳模。

二十一

积 怨

"你们把我怎么弄成这个样子了？把我抬起转一下，你过来过去在干啥？我的儿子来了没有？"母亲叫嚷道。她觉得浑身不舒服，想转一下身，可是现在还不能转身，只能仰面躺着，她是伤口疼，心里烦操。她看见了杜兰溪，就来气。她一直不喜欢这个女婿，一开始就不想把三女儿嫁给他，后来勉强同意了，但心里还是不喜欢。即使病成这样，她也没有忘记几十年埋在心里头这股怒气。

"他到这里干啥来了？"母亲看着白采莲，严厉地质问道。她似乎想起了什么，接着说："你爸爸住院的时候，病刚好一点，杜兰溪一气，又重了；他躺在病床上连连叹息，我说：'你怎么不扇他两个耳光？'他说：'我一辈没有打过人。'你看把人气成什么样子了。"她气喘吁吁地说着，陷入另一个久远的场景里。听的人都摸不着头脑。杜兰溪又羞愧又莫名其妙，他觉得好像没有这回事情。妻子白采莲却不当回事，顺口对母亲说："唔——"

　　母亲说完,混浊的目光直直地看着屋顶,不再言语。她想不起别的事情,也不知说什么好了。大家在吃水果,杜兰溪也拿起一个香蕉吃起来,母亲看见了,生气地说:

　　"他还没有走吗?娃娃没有来,把你给来了,贵气得很,你跟上干啥来了?不要皮脸的!"

　　"真是爱果子不爱树。"白采莲听了笑笑,叹息说,"你为啥不骂你的儿子?"

　　"为啥不骂儿子,儿子给我给钱。"

　　"杜兰溪也给过钱。"

　　"来了不做一顿饭,抱着一只狗,没有用的东西。"母亲不知为什么突然又骂起儿媳妇秦芳芹来。她瞅了一眼杜兰溪,话题又转到他身上:"滚出去!"

　　"那就让我三姐也不要来了。"白采萍看不下去了,生气地说,"病成这个样子了,还嫌弃这个,厌恶那个。"对母亲的这种顽固和偏执,白采萍本来是不持意见的,但在这特殊情况下,即使自病危了还念念不忘陈年的积怨,她这个最有耐心、最不爱生气的人也被母亲的言行激怒了。但她就这么冷冰冰地说了一句,没有下文了。她对自己的克制,远远大于对别人的刻求。奇怪,神志不清晰的母亲,被白采萍这么顶撞一句,就不吱声了。

　　"那你就给我拿来十万元。"母亲让步了,接着又说,"你把我的女儿死皮赖脸地缠上去,你给我拿来十万元!"

　　"真贪。"白采莲微笑着说。她回头又对丈夫说:"你那时多借一点钱给她,就不会有今天的这些麻烦。"

　　杜兰溪并没有生气,他已经习惯了。他想对白采萍说:"没有关系。"可是,瞬间又觉得没有必要说,说了反而让人觉得别扭。

对于这件事,他也表示过不满,但结果就是和妻子闹矛盾,几天不说话,彼此伤害和被伤害。这是件得不偿失的事情,有过两次教训后,他就认命了,唯一的办法就是不予理睬。母亲说什么,他都装作没有听见,事情反而消失得快,过后也没有什么不良后果。一种难以接受的态度,重复了许多次,也就不再是原有的态度了,而是一种生活的佐料。在五个女婿中,杜兰溪是最不受欢迎的一个。和他处境相似的还有大女婿魏学义。这两个女婿丈母娘都不喜欢。但不知怎的,近年来母亲对大女婿不生气了,见了他就客气地说:"厨房有吃的,去吃上点。你看茶几下面有烟,你自己取上吃。"魏学义是吸烟的,母亲从来不反对吸烟,来了客人就首先让烟。唯独对三女婿的态度没有变,几十年了,她就是不喜欢这个女婿,有时还对人说:"我把他给整了一顿。"人与人之间的关系就是这样,有的相吸,有的相斥。每个人自身有一种磁场,向外界释放出一种信息,吸引或排斥对方,以此来疏远和亲近与自己相关的人。人的某种观念一旦形成是很难改变的,个性越强的人,这种改变的可能性越小。

白采红又哼唱起来:

世间事一桩又一桩,人间情一层又一层,
起风的大海,一浪又一浪,
摇醒黎明的双橹,荡开海面上的迷雾,
我的心寻找新的港湾……

"杜兰溪到哪里去了?刚才还在。"母亲心里还惦记着三女婿,她躺在病床上能看到病房里的各个角落。今天她又瞄上杜兰溪了。他运气不好。

"来了，又睡觉去了。"白采莲回答说。她替杜兰溪解围，怕丈夫心里不痛快。他正站在窗前眺望外面的雪景。虽然这些恩恩怨怨的琐事他们都习惯了，但一点小小的摩擦还会让人不痛快，一个人不痛快，一家子都不舒服，及时灭火是必要的，和睦相处对一个家庭是至关重要的。但母亲的抱怨将适才的温暖推向尴尬的境地。一个人若对另一个人有偏见，即使这个人在神志不清的情况下，也能发出排斥的讯息。杜兰溪和白采莲各自回到了久远的记忆中，母亲也因为刚才的口舌陷入了情绪的混沌中。

"你们把我从手上拉一把，我要起来！"母亲把手生伸出去，见没人拉，自己愤怒地在扶手上拍打了几下说，"你们把我抬起来，转一下，听见没有！转吗不转？"她恶狠狠地质问道。见母亲动怒了，白采红把手伸进母亲的身子下面，小心翼翼地抬了一下她的小腿，想应付一下，消消母亲的气。不料母亲更生气了，她大声说："你们把床板抬起来转，把我腿上的肉抬起来顶屁用。"白采红慌了，不知如何是好，为难地僵在那里。母亲提高嗓门吼道："让你把我的腿子抬一下，你们抬不抬？磨蹭个哟？"她觉得女儿们起不到作用，满足不了自己的要求，很失望，又追问道："儿子来了没有？你是谁？"

可怜的母亲，她居然没有认出眼前的这个人是谁。

"来了，还有媳妇都来了。"白采梅望着母亲凶狠的目光回答说。

"你把我的腿子来转一下，你们几个把我抬起来，我要坐一会儿。"母亲说。那口气像是祈求，又像是命令。见白采梅不动，她又说："你和孙女把我扶起来。"母亲这样反反复复地嚷嚷着，身边的人你看看我，我看看你，谁都没有动手。见女儿们迟迟不肯动手，犹豫着，母亲知道她们是指不住了，就说："儿子来了没有？把我扶起来坐一会儿，侧面睡一会儿，孬女呢？杜兰溪呢？我一直这样睡是睡不住的。"母亲以为儿子会听她的话，会把她扶起来，但白采峰到兰州处理自己的事情，那边也火烧眉毛。知道儿子也靠不上了，就连杜兰溪这个她最不喜欢的女婿，这会儿也叫起名字来了。看来，人急了会把盗匪当菩萨，会忘记恩怨，忘记过去和仇恨。

白采梅心疼母亲，千方百计减轻她的痛苦，轻轻按摩那条做过手术的左腿。母亲叹息着出一口长气，心里踏实了些，但还是不满意，对白采梅说："出上一点力，你吃饭了没有？你用力扣，使劲儿挖一下，像挠痒痒的，不用力就算了，滚一边去！"

人就是样，越难受越想用更大的难受去掩盖、去欺凌先前的难受，在新的难受中，获得了一丝快慰和战胜感。对于母亲的斥责，女儿们顿时悲从中来，可怜的母亲啊！如果责骂能让你的痛苦减轻，那么你尽管骂，骂他个天昏地暗。

白采莲在铺床。她把一个绿色行军床靠病床对面的墙根打开，没有褥子，就把一床棉被折叠起来铺开，准备半边当褥子，半边做被子。行军床的那个枕头只有砖头那么大一点，她把棉衣折叠起来摞在枕头上。母亲侧眼看见了，知道他们还不打算出院，心里就有气，牙齿上带着风，对白采莲说：

"把我拉到家里去。"白采莲不吭声，还在铺床，准备睡觉。

白采梅正在替母亲按摩，母亲觉得大女儿敷衍了事，故意应付，不耐烦地对她说：

"把我的腿子放在一块儿，迟了，咱们睡觉吧。"

"太热了,把你的毛背心脱掉,你看汗淌了多少!"白采梅看见母亲额上有汗,身上也热气腾腾的,忍不住劝母亲。

"别脱。"母亲生硬地推开三女儿的手。她的气不知有多少,也不知是从哪里来的,别人要她做的事,她偏不做;别人不让她做的,她偏要做。

白采梅的手机响了,她起身去接电话。

"你们把我管不管? 抬着转一下不行吗? 我翻不过身怎么办呢?"见白采梅转过身去,母亲就嚷嚷起来了。她怕白采梅走掉,丢下自己一个人。她自己也感觉到和几年前不一样了,她身边不能没有人。女儿们不按照她的意见办事,自己又没有能力,她突然伤心了,呜呜地哭起来,陷入一片绝望的境地。孩子们见母亲委屈地哭起来,一时不知如何是好,白采梅也愕然挂掉电话,望着哀哀哭泣的母亲。此时,病房里除了母亲的哭泣声,没有别的声音,只有无精打采的灯光照着这间悲哀的病房。

外面在下雪,没有一丝风,雪花不紧不慢地飘洒着。夜晚寂静的像一个疲劳的人睡着了,连呼吸也那么轻。

"尕女! 尕女! 你们把我不管了吗?"哭泣了一阵,母亲又哀求道。这时病房里的人不再沉默了,一个个抽泣起来,眼泪混合着几日的疲惫和纠结一泻而下。母亲被女儿们的哭泣吓了一惊,但她立即坚定地回到自己的愤怒中,继续叫道:"三女! 三女! 尕女! 尕女! 你们两个把我抬一下,一个人抬不动。你们跑到哪里去了? 我的腿子被压得很难受。你们到哪里去了? 我的三女来! 我的尕女来! 呜呜——"这位刚强倔强的老人,一辈子没有这样哭泣过,此刻却是如此软弱,一股悲凉的气氛笼罩在八楼十二号病房里,笼罩在儿女的心上。

在白家圪,谁家出了事情女人们就来找母亲倾诉;谁家有了困难,女人们也来找母亲解决;谁家用到什么了,就来寻找母亲;谁家两口子打架了,母亲就去劝解;谁家的孩子辍学了,母亲就去劝说;谁家的孩子做错事了,母亲就去批评教育。她心里装的不只是她的孩子们,还有全白家圪的乡亲们,还有远远近近的亲友们。她从来没有被困难挡住过,没有被困难吓倒过。可是现在,她躺在病床上下不来了。虽然她并不清楚自己的头脑已经有了故障,但她明白自己的身体不听自己的使唤了。一方面,她倔强的个性不允许她服输,不允许她倒下去;一方面,她的身体难以支持她的行动。她自身成了一对无法调和的矛盾。母亲哭泣不是因为她痛苦,而是因为绝望:对于无法自由支配身体的绝望;对于意念中的世界凌于她之上的恐惧;对于衰老剥夺了她劳动的权利的气愤。这些复杂的不可抗拒的因素让她痛苦。

隔壁病房的人扒在门玻璃上往里瞅,他们不知道里面发生了什么。一个老人摇摇头离开了。两个中年女人很想进来安慰这位老人,可病房里有好几个人,她们带着满腹疑惑回去了。

已经三天三夜了,母亲就这么不停地呼叫着,哀求着,责备着,哭泣着,她像一个生了病的小孩,情绪忽高忽低,喜怒无常,哀乐不定。而她的嚷嚷声像微弱的但不知疲倦的大海的波浪,持续不断地怕打着儿女们的心,他们的心像沙滩一样被淘洗得发白,没有一点尘埃了,也感觉不到大海的力量和它深沉的激情,他们只是被动地演绎着这经久不变的亲密。医学能延长生命的轨迹,同样,也能延长痛苦的时限。

二十二

警 车

定西市人民医院里驶进一辆标有"警察"的小轿车,驶进医院大门,车上下来两个穿警服的人,走进住院部,上了电梯,来到八楼十二号病房前。一个举手轻轻敲门。

白采萍开门,见来人是警察,吃惊地问:"你们找谁?"

白菜萍打开房门,他们向里面张望,没有回答就挤进来了。

"你是白采峰吧?"他们看着眼前这个身材高大的汉子,揣猜他就是他们要找的人,于是这样问他。

"是。你们是?"白采峰说。

"我们是省检察院反贪局的,请你跟我们走一趟。"警察说着随即掏出证件在白采峰眼前晃了一下,又慢条斯理地装进上衣的口袋,摆摆头,示意往出走。母亲从昏睡中惊醒,目不转睛地盯着来人,儿子回头看了一眼母亲,想说什么,但又没有说,就转身出了病房。白采莲想送送,但他们随手就把门关上了。她追出去,那些人根本不予理睬,她只好愣在在楼道里。

　　母亲挣扎着要起来,急切地说了声:"我的儿子!"她看见来人是两个冷冰冰的警察,知道事情不妙,但她还是显得非常冷静。她不知道自己儿子究竟干了什么,但她相信儿子不可能犯法,因而也没有过于紧张和慌乱。白采梅却嘤嘤地哭起来,她知道弟弟有些权力,担心被人利诱或利用。白采萍的脸色很不好看,但她一声不吭,低着头站在母亲身边。她担心母亲会有什么异常反应。

　　这天下午,按照大夫的要求又给母亲拍了片子,岳大夫高兴地来到病房里,举着片子向家属宣布,说:

　　"手术很成功,一切正常。"

　　大家的心里踏实了些。上午由于白采峰被反贪局带走的阴影还没有消散,姊妹们很少说话,都沉默着,病房里的气氛极为压抑。即使岳大夫带来这个大家盼望已久的好消息,也不能完全抹去他们心头担忧的阴影。听到岳大夫的话,白采梅微笑了一下,但笑容很快就从她的脸上消失了。她是个爱说话的人,但这会儿没有说一个字。白采萍脸上的笑容几乎看不出来,嘴噘得很长,只有白采莲微笑着,和岳大夫客气了几句,把他送到了楼道里。弟弟的事情,白采莲猜到了几分,但她看得出没有大问题,所以心里踏实。

　　反贪局的那两个人带着白采峰去了定西宾馆,在那里过了一夜,大家不知道他们在做什么,但能猜得出来,肯定没有什么好事。第二天中午白采峰回到医院里。大家问他发生了什么,他只是敷衍几句,并不愿意实说,其他人也不深究,只是他们心里充满了担忧。

　　从第四天开始,母亲的状态大不一样了,她喊叫的次数减少了，睡觉的时间增加了，饭吃得多了，晚上尿尿的次数减少了，神志清醒了许多，不再那么惊恐了。儿女们的心情好多了，大家已经看到了希望，但她自己悲伤起来。

可是到第六天。灰色的云彩遮住落日，只有云彩的边缘是淡蓝色的，看不见一点亮光，天变了，又要下雪的样子，气候格外寒冷。一个多么严寒而干燥的冬天。

母亲记得在她小的时候，每年冬天一场又一场地下雪，可是这些年不同了，冬天干燥而寒冷，却很少下雪。她回想着自己的父亲、自己的母亲、自己的丈夫，虽然只是瞬间的回忆，却让她难过得流下泪来。她仰面躺着，头略微偏向，双目紧闭，但泪水却从眼角流下来。一粒豆大的眼泪从眼窝里滚出来，顺着脸颊滚落到耳朵背后，在那里停留片刻，稍稍犹豫了一下，滚进了耳朵里，在耳窝里轻轻晃动了一下，才停下来。母亲伸手抹了一把耳朵，把脸扭过去。脑后的一缕白发露出来，它们卷曲着。

白采梅也悄然流泪。

夜已经很深了，杜兰溪看看手机上的时间，正是零点时分。他睡在行军床上，对着房门，一缕昏黄的灯光照进来。这缕光影让他睡不踏实，只是缩在床上迷糊一阵。好不容才睡着了，可是又被母亲的叫嚷声惊醒。整个晚上都是如此，反反复复。说也奇怪，他们几个轮流看护母亲，晚上睡不踏实或干脆不睡，第二天只觉得困倦、疲劳、萎靡、头晕，甚至恶心，但就是睡不着。瞌睡像只夜鸟只在夜晚伺机出动，控制人的神经和精神，把人带入幻境。但一到白天，它马上软弱无力，把空间让给一头叫亢奋的野兽。杜兰溪睡在行军床上，觉得眼睛干涩，脑袋肿胀，那一缕昏黄的光

警 车 | 177

像是麦芒,刺眼,锐不可挡。

今晚由白采莲和杜兰溪照看母亲,白采梅本可以去友谊广场杜兰溪的家里休息,但她坚持不去,要服侍母亲。这会儿和白采莲挤在一张病床上。姊妹俩一个头朝南,一个头朝北,屁股对着屁股睡。腿子蜷曲着,伸直了,一转身就碰到对方的鼻子。白采莲睡觉不安静,不时地转身,压得病床吱吱响,把脚伸过去,戳进白采梅的怀里。白采梅并不嫌弃,伸手把她的脚轻轻地抱住。小时候,白采梅常常搂着她睡觉,常常给她洗脚,妹妹的脚胖乎乎的,她非常喜爱,搂在怀里摸着她的脚很快就睡着了。朦胧中的白采莲不知自己的脚伸到了哪里,只觉得暖烘烘的,舒服极了,一缩脖子,睡得更香了。

黑暗中母亲"哼"了一声,接着大声叫道:"尕女、顺弟、改名,我的儿子来了没有?你们管不管!我要坐一会儿,你把我从胳膊上猛拉一下。哎呦!我的腿子痛。"

病房里所有的人都惊醒了,可是谁也没有动。杜兰溪把耳朵竖起来,听了听动静,觉得无异常,又收起耳朵。他始终没有睁眼,紧闭着。他是那么不愿意睁开眼睛,一睁眼那些从楼道里射进来的灯光就像飞镖一样向他的眼里钻,即使他紧闭双眼,还是有一片朦胧的亮光掀开他的眼睑扑了进来,他拉了一下被角,捂住眼睛。

白采莲听到母亲的叫声,偎偎身子,用被子捂住嘴巴。白采梅睁开眼睛朝母亲看了一眼,见她没有动,也就没有起来。其实她刚刚将母亲扶起来坐过一次,此时大家刚睡下,还不到二十分钟。他们实在无力起来,母亲也无需坐起来,她只是觉得难受而已。

不一会儿母亲睡去了。这是谁都希望的,她睡去就能安静地休息一下,她太疲劳了,而且形成恶性循环,越睡不着越疲倦、越难受;越难受,越睡不着。肌肤被割开,骨头被取掉一块,那是一种什么样的疼痛,那又是什么样的一种痛苦,好人是想象不出的。母亲被折磨得死去活来,她的承受力达到了极限,在生与死的博弈中苦苦挣扎着。已经是第六天了,但情况并没有得到根本性好转,即使睡去了,她的灵魂依然在挣扎。杜兰溪并没有睡去,他听到母亲又在睡梦中呼叫:"妈妈!妈妈!把我拉一把,我跌倒一个狭道里了,赶紧把我拉起来。"

母亲这样反反复复地叫喊着,那声音像一股股刺骨的寒气,吹进守护者的心里。白采莲终于听不下去了,转过身来,对着母亲说:

"妈妈,你今晚吃的啥?"

"我忘掉了。"母亲说。她被自己的叫声惊醒了,但不知道自己在睡梦中呼叫的事。原来那些恐惧的呼叫,她自己也不清楚。听到行军床响了一下,母亲发现那里有人,她扭头看了一眼,什么也没有看清楚,就问:"床板上睡的谁?"

无人回答。病房里又安静了一会儿。凌晨四点多,母亲又醒了,喊道:

"我要尿尿。"

白采梅、白采莲、杜兰溪都起来穿上衣服,慢慢扶她下床。见她往下坠,后面使不上劲儿,杜兰溪从前面抱她,准备抱到座便椅上,她左手用力一推,说:

"滚到一边去！"

杜兰溪见她坐好了，赶紧离开，走到门外去。等母亲解完手，白采莲说："进来。"他才走进病房，三人一起动手，将母亲扶到床上。大家准备关灯睡觉，母亲却说：

"我要喝水。"

杜兰溪倒了半纸杯开水，递到白采莲手中。她给杯子里掺了一些凉开水，尝了一下才给母亲。母亲接过杯子只喝了两小口就不喝了，却突然高声说：

"你们把我送到家里去！"

像是她在一直想着这个问题，又像是偶然记起的，说完，她低垂着头，目光盯住杯子不动，像是陷入了沉思，不吱声了。过了一阵，她又说：

"咱们这是在哪里？"

"在医院里，你的腿子绊坏了，给你看腿子。"白采莲像往常一样不愿撒谎，要把事情真实的一面告诉母亲。要是哄骗了，她终会明白，那她是不接受的。母亲气大，她非常清楚。

"又花了不少钱吧？"一听住院，母亲又担心花钱。

"国家给你报销，你不要担心。"白采莲解释说。

"那就买点肉咱们过年了吃，我的儿子来了没有？"她现在说话就是这样，跳跃性很大，不连贯，思维出现了故障，但有几件事情她是怎么也会忘记的，铭心刻骨。譬如儿子，譬如回家。病魔如何折磨她，这些符号也无法从她的脑海里删除。

"来了，亚男和酒泉的那个娃娃都来了。"白采莲说。亚男与满天星是去年国庆节结婚的，母亲参加婚礼了，但是这件事她也忘记了。只记住了其中的一个情节,国庆的前一天她的儿子到庆坪去接她,但她不愿离开家,即使给她的孙女举行婚礼,她也不愿意离开家。她要儿子在家里举行婚礼,在自己家里招待客人。不管怎样劝说,谁劝说,她的回答只有一句:"我不去。"直到天黑了,再不能等下去了,大家离开时,她拄着拐杖送到村头。司机说:"大娘,你就一个孙女,她明天结婚,你要是不参加婚礼,她会不高兴的。我把你今晚拉过去,明天婚礼结束后,我就把你送回来。"司机是渭源上湾人,口音母亲听得懂,他穿一身蓝色的新衣服,母亲一看他像个工作的人,又见他年纪不小,于是相信了他,说:"你有四十岁了吧。"

"我四十三岁了。"

"你明天真的要把我送回来,这家里没有人可不行。"母亲讲好了条件,被司机扶上车。亚男婚礼过后没有多久,母亲就骨折了,送进了医院,再没有回过家。每想到这里她就说:"给那个娃娃吃宴席后,我再没有回去。你看,我不来,他们硬把我拉来了,再没有回去过。"

母亲就这么絮絮叨叨说着,不知不觉天亮了。这一夜就这样过去了,护士走进来量体温,测血压。护士走后,母亲说:

"你们把我扶起来。"

白采莲把她扶起来,背后垫上枕头,还不行,就又把一个折叠好的被子垫在背上。见她坐安稳,白采莲端起床头柜上的纸杯递给她,说:

"妈妈你喝点水、吃点饭,这是陇西通安驿那位阿姨给的,她要早早吃了饭做手术,饭特别香,你吃点。"

　　母亲吃了两口就用手推开。她用舌头舔了一下沾在下嘴唇上的汤,没有舔着,伸手摸了一下,把手捏成一个拳头,揉了揉。

　　"你看我是谁?"见母亲今天精神好,杜兰溪斗胆子蹭过来,想试探一下她的记忆和态度,因此故意问。

　　"你是杜兰溪,还能是谁?"母亲抬抬眼皮,不屑地说。

二十三

烙 印

今天是手术后的第七天。母亲伸手要拔掉氧气管。

"把这些东西不拔掉,要它干什么呢?"她说了几遍见没有人理会,又生气说,"你们把我抬起来,我要坐一会儿。"

"你已经坐了两次了,不能再坐了。"白采梅说。

这下可惹恼了母亲,她气急败坏地用双手乱抓,结果什么也没有抓到,就噼噼啪啪地打自己的手。她气坏了,又没有办法,哼哼着,使劲儿捋自己的手指头。

"我把你的枕头往高里垫垫。"见母亲这样生气,白采萍不忍心,就走到她的床前,拿起另一个枕头垫在她的枕头下面。母亲这才安静下来。

"这一次得病的头两天就输液,还不见效果,左腿没有一点力量。是妈妈自己要求住院的,她说:'你们把我送到医院里去。'"白采梅对杜兰溪和身边另一个来看母亲的亲戚说。母亲也伸长耳朵谛听,她似乎听明白了一点,就说:

"你们把我送到定西来干啥?"

见没有人搭话,她又说道:"那个人叫啥来,他是个豁豁,没有地……是租的地,租种我舅舅和沈振华家的地。他有三个儿子,解放那年,两个开成兵(当兵)了,他们连夜跑了。第二天国民党来抓兵,扑了个空,气得那个长官把门前的草垛点着了,火势像白杨树一样高,场院周围的几棵柳树也被烧焦了,吓得树上的乌鸦呱呱叫,有一只被烧死了,从树枝头倒栽下来,重重地摔在地上。去年那个豁豁还到庆坪来了,说是要账来了。我给他说:'我的三女在定西,你有事去找她。'他来了没有?"

"认不得,没有来。"这些陈芝麻、烂谷子的事情别人是听不明白的,白采莲却知道一点,但觉得无意义,就随便应付了一句。

"定西干旱,咱们那边比他们这边好。"母亲脸色发黄,脸蛋略有些红颜色。她接着说道:"那时候你外公赶着毛驴往定西贩卖炭,去一趟定西要三天时间。驴身上驮着一羊毛口袋炭,有一百二十斤,他还要自己背五十斤。要在北寨梁上住一晚上,第二天才到定西,回来时驮着换的粮食。那边人吃的是和田面(几种杂粮面掺和在一起)的锅盔。你外公来时拿着几个让我们尝,一点都不香,干渣渣的。"

"你饿了没有,吃点馍馍?"杜兰溪问。

"我没有饿,刚才吃了。"母亲回答。这会儿她不讨厌这个女婿了,忘记或者记不起他是谁。

母亲安静地躺着,右腿抬起来,把被子顶得高高的。她的左手放在被子外面,指关节肿大。这双劳动了一生的手已经非常粗糙,可是摸上去却绵绵的。白采萍抚摸着母亲的手,听她讲过去的事情。杜兰溪在一旁打量着母亲:她满头的白发,眉毛全白了,满嘴只有一颗牙子,满脸的肌肉松弛了,有些浮肿,看上去是那么衰老,那么慈祥,那么深邃;她脸上的皱纹并不多,但锐利,像刀痕。杜兰溪感到自己的心刀割般疼痛,他想起自己去世多年的母亲,要是活着她已经九十岁了。他心潮起伏,突然悲伤起来。

就在这时,他听到白采红又唱起来了——

母亲这个给我们生命的人,
正经历着难以忍受的痛苦。
她的生命已接近尾声,
却还要在死亡线上备受煎熬,
我们心如刀绞,却不能替她分担。
啊,母亲,你是无尽的爱,
而我们是痛苦的记忆。

母亲这个给我们生命的人,
正经历着难以忍受的痛苦。
你的一生都在儿女身上,
你用乳汁哺育了未来和希望,
世界才如此鲜艳和精彩。
啊,母亲,你是无尽的爱,
而我们是幸福的记忆。

杜兰溪思绪万千,泪光莹莹,悄悄起身,走到窗前,见天际的残阳疲惫地落下去,有一缕照进病房,他顺着这缕夕阳回头一看,它正好落在母亲身上,她是那么灿烂,那么明亮,而又那么疲惫。

余晖越来越暗,只剩下一片红云。云彩淡淡的,却无限美好。

暮色从大地上浮起。路灯亮了,定西城里灯火通明,那没有融化的积雪在灯火的映照下美丽动人,放射出蓝莹莹的反光。

深夜,母亲睡去了。看护她的人也迷迷糊糊地睡着了,白采红睡在母亲旁边的那张病床上,杜兰溪睡在墙根的行军床上。灯也关了,只有从病房门的玻璃上照进来的一束灯光,朦朦胧胧地落在地上,病房里很安静,整个住院部大楼里都安静。今夜没有突发病人,或重伤的病人,没有喊叫的病人或哭泣的家属。

"我的妈妈哎!你给我一点啥药,我不活了,不再受这罪了,把我送回家去。"梦中的母亲突然喊道。白采红被惊醒。杜兰溪也醒了,他们都坐起起来,看着昏睡中的母亲。

"妈妈!妈妈!"白采红叫道。母亲醒了,把手从被窝里伸出来,向上一扬,似乎在驱赶什么,嘴里还发出微弱的抗议声。

"天又黑了,你们不准备吃饭吗?你们不做饭吗?"母亲说。她完全处于昏迷和失忆状态下,时间、地点、人物、事件、经过、结果都不清楚了,也不知道自己在什么地方,在做什么。

"今晚我们不吃了。"白采红打开灯,见母亲没有问题,故意逗她说。

母亲掏出自己装在内衣口袋里的钱包,打开纸袋,掏出所有的钱,左手捏着,右手一张张地数起来。她本来是想取出一张让白采红去买饭,可是又忘记买饭的事情了,认真地数起钱来。

"妈妈,把钱给我,我去给咱们买饭。"白采红继续逗她。

母亲不语,好像没有听见,过了片刻,她从中抽出一张十元的纸币,说:

"我给你些钱,你去买饭。"

"再不要了,不要你的钱,我有钱。"白采红说。

"把钱给我,我去买馍馍。"杜兰溪说。

"给你不给!"这时她的头脑清楚得很,突然生气地说,"你跟上干啥来了？不在你们家待着,跑到这里吃我们的来了。娃娃没有来,你来干啥呢!"

"那我也回去吧,看谁来管你。"白采红替杜兰溪解围说。

"回去,回去,凶得很,我有儿子呢,没有你们我还不活了!"母亲毫不示弱地说。

"把你的钱给我十块,我去给你买饭。"白采红说。

"把你自己的钱拿出来,我的钱没有零的,找不开。"母亲说。她改口了,显然是刚才白采红替杜兰溪说了话,批评了她,没有站在她的一边。

她靠在被子和枕头上坐着,说:

"被子压得我受不住了,你们把我整到哪里了？怎么没有到渭源？地里的苞谷草割了没有？"

"你有病,顾不上了,地让安祥种了饲草,他只种中间的,边子上不种,荒了。"白采红说。安祥是母亲在同村的堂侄子,母亲的土地留了一小部分种些蔬菜和玉米,其余的都送给他耕种。母亲是知道的。

"这里有你们,让你大姐去种地,把给安祥的地要回来,不种庄稼你们吃什么呢？终有一天要挨饿,那滋味可不好受,会饿死人的。"她喘口气继续说,"迟早会饿死人的,六〇年的时候,人们连榆树披都剥下来吃上了,我爸爸去寻找吃的,碰上大白雨(暴雨)从地埂上翻下去,再没有站起来。还有那个大个子光棍汉,平常吃饭不喝汤,爱吃干饭,每顿要吃三大碗饭,挨饿的时候第一个饿死了,没有棺材,用一片席卷起来埋了。"

　　母亲讲起这些往事来一套一套,记忆清楚,逻辑缜密。只是她体力不支,说一段就得停下来,歇歇气再说。也许,以前的记忆像烙印一样刻在她脑海中,无论疾病怎么蚕噬,它们依然顽强地附着在某个神经末梢,一触即发。

二十四

药　费

下午六点多,天色早已暗下来,要是没有通明的灯火,什么都看不见了。天气冷得出奇,戴着口罩的行人,呼出的热气在眉毛上凝结为白霜。他们的脸色冻得通红,没有戴手套的人把手伸进袖筒里,弯着腰走路,生怕脚下打滑摔倒。但病房里是暖和的,定西市人民医院里的暖气比家属区和办公楼上的暖气都热。

"我的腿疼得很,你们把我的腿子垫起来。"母亲说。

"已经垫上了。"白采梅说。为了减轻痛苦,使母亲感觉好受些,她把一个单人床单折叠起来垫在母亲的左腿下面,稍稍垫高一点,改变一下姿势,希望疼痛稍有减缓。这已经是最大的改变了,没有更好的办法了。

"再垫上些。"母亲嚷道。

白采梅把一件棉裤折叠起来垫上,问母亲:"感觉好了点没有?"

"慢一点了,把大夫叫来,给我把针打上,我的腿子疼得很!"

手术后已经七天了,但伤口还是疼得厉害,母亲不时地嚷嚷着。但不能再打镇静药了,它对神经不好,不能常用。母亲只有坚持挨痛了。

白采峰和秦芳芹来医院看望母亲,买了不少吃的东西。婆婆住院,不管真心实意,还是尽义务或略表孝心,母亲高兴,其他人心里也暖和。

这天母亲脸色有些红润,气色很好。对于住院时发生的事情自己又忘了,只是觉得这几天女儿们一个个都不听她的话,现在,儿子和儿媳终于来了,总算有个服侍她的人了,她的眉梢都挂着得意,说话声音又铿锵有力。

"你把我从胳膊上拉一把,把我拉起来,我坐一会儿。"母亲对白采峰说。这是她最希望的,今天终于可以实现了。白采峰不知道怎样拉,犹豫着扶着母亲的左胳膊,觉得自己一个使不力,就对妻子说:"你从那边扶住。"

秦芳芹从右面小心翼翼地扶住母亲的背,母亲吃力地坐起来,把头靠在儿媳妇的胳臂上。她觉得不稳,又朝后靠了靠,满足地闭上眼睛,嘴角扬起,脸上的褶皱因为开心变得舒展了。女儿们伺候了这么多天,她从来没有这样满意过,总是烦躁不安,可是儿媳妇仅仅这么搀扶了几分钟,她却陶醉了,变成了一个天真烂漫的孩子,享受被娇惯和宠爱的一刻。那样子有点娇滴滴的,令人不可思议,啼笑皆非。她幼稚而可爱,但没有几分钟,秦芳芹就支撑不住了,胳膊酸困起来,自己也坐在床沿上。白采峰也坐在床的另一边,用肩膀抵住母亲的背,勉强支撑着让母亲坐起来。母亲容光焕发,感到格外幸福,眼睛里流露出亮光,她甜丝丝地微笑着,憨态可掬,完全是一副自我沉醉的样子。儿子在她心目中的地位是女儿们无法比拟的,那个位置几乎就是神圣的,至高无上,不容侵犯。加上儿媳妇伸过来的手,她就觉得自己有靠山了。她要好好享受一下这份福,让女儿、女婿们也看看。

"妈妈,你吃点馍馍。"白采红说着把一小块馍馍喂到母亲嘴里,她没有牙齿,吃东西主要靠牙龈嚼。牙龈没有力量,吃馍馍的时候,母亲就先用手撕碎,然后送到嘴里。她吃东西很慢,嘴唇周边布满了一条条皱纹,那些皱纹随着咀嚼就有节奏地颤动着,像猫的胡须那样。

"那就吃点蜜吧。"白采峰把带来的一罐头瓶子蜂蜜打开,给馍馍上蘸上蜜送到母亲嘴边,她又吃了几口。"大家都吃点吧,这是真正的土蜂蜜。"白采峰说着把蜜罐子放在另外一张床铺开的报纸上。

"这个蜜真好吃。"白采梅吃了一口说。

"有点儿土蜂蜜的味道。"白采萍也吃了一口,仔细品味着说。

"我觉得一般。"白采红说。她的婆家里养蜂,吃的蜜是道地的土蜂蜜,也能辨别出蜂蜜的真假来。

杜兰溪也拿了一块馍馍去蘸蜜,手刚伸到蜜罐跟前,母亲突然给他一把掌,吼道:

"滚一边去,哪里有你吃的蜜!"

杜兰溪不好意思地缩回手,脸上露出尴尬的表情,脸红到脖子里。

"妈妈,你不准再对我姐夫这样。"白采峰生气地说。母亲见儿子不高兴,低下头不吱声了。站在一旁的秦芳芹偷偷地笑了。女儿们并不在意,继续品尝蜜。对于母亲的倔脾气,她们早都习惯了。

　　"妈妈喝点水。"白采梅说。母亲接过纸杯,只喝了两口就不喝了,再给时她就用手挡住。"不喝了,我要睡觉。"母亲坚定地说。白采红扶着她躺下,秦芳芹拉过被子给她盖上。母亲安静地闭上了眼睛,脸上没有表情,看得出心里还有什么不满意的地方。也许刚才那件事还没有化解和消散,但她不好说出来,就那么窝在心里。她不会睡得这么快。

　　白采萍侧身睡在空着的那张病床上,她很疲倦,脱去羽绒服身体的曲线显露出来,身材匀称又不乏韵致,一点看不出五十岁女人所有的赘肉。这大概源于她平常少吃肉又爱体育活动,打乒乓球、爬山、快走,这些运动让她比同龄人多了一份活力和轻俏。加上她天性谦和包容,整个人看起来温暖恬淡,给人一种岁月静好的感觉。她和母亲的个性恰好相反,处处能体谅人,处处能关心人。她的宁静创造出一种氛围,能及时排出那些令人不安的烦躁情绪,使人变得格外和气与理智。这氛围像一个使人懂得谦让、礼貌、祥和、温馨、平静、聪慧的磁场,美好和愉快的心情被吸纳过去,周围的人安静下来,他们的内心像一个碧蓝的湖泊,荡漾着美丽的波光,沉浸在淡淡的山岚和雾气之中。似乎她的言行释放出一种特殊的魅力,能够迅速融化凝结在人们心头的不和谐的块垒,让人变得如释重负,心平气和,变得大度和宽阔,深邃和敏锐。只是她的脸色黝黑,两颊下陷,头发也不整齐。这些天她是坚守最好的,也是最有耐心的,从不烦躁,不管做什么,发生什么,她都处惊不乱,从容地做着自己该做的一切。其实,她是一个异常活泼的人,喜爱音乐,爱唱爱跳,但她同时是一个能够控制住自己和局面的人。

　　白采峰打开一瓶矿泉水,扬起脖子灌下去,咕嘟嘟地发出响声。他不喝医院里的水,也不吃拿到医院里来的饭菜,即使水果之类的他也不吃,这源于他天生的自我保护和生活习惯所赋予他的洁癖。他兜里装着手纸,开门关门要在门把上衬上手纸,即使按一下电梯的按钮也要衬上手纸。这会儿,白采梅把一个洗干净的苹果塞到秦芳芹手中,秦芳芹觉得许多目光在暗暗注视着自己,她无奈地接过苹果,一小口一小口地咬着吃,倒是勉强把一个苹果吃完了。这完全出于对白采梅的尊重,不然她也不会吃拿到医院里的任何东西。就是去渭源,她也不喝家里的水,而是喝自己带来的矿泉水。她可爱的小狗雪纳瑞也不喝家里的水,也要喝矿泉水。

"好! 那你们就过来吧,我们在医院门口等,饭到兰州再吃。"白采峰在打电话,接他们的车到定西了。今晚,他们夫妻就回兰州了。

"妈妈! 我们先回去,天不早了,过两天我们再来看你。"白采峰手撑着床沿,俯下身对母亲说。母亲看着他,目光在他的脸上来回移动着,没有说话,像是没有认出眼前的这个人究竟是谁。

白采峰和秦芳芹背上各自的皮包走了。白采萍去送。

"你别送了。"白采峰出门时对白采萍说,但她还是坚持跟到大门外,直到他们坐上车,打开车窗挥挥手,一溜烟跑了。目送他们走远,白采萍才转身,把手放到嘴边呵呵,搓着手,往病房里走。

杜楠提着一锅蒸好的米饭和装在饭盒里的炒菜来到医院。她穿着一件紫色的羽绒服,红色长筒靴子。她身材苗条,走路很轻,走进病房时大家没有发现。

"哎呦,杜楠给咱们提的饭来了,快,那我接住。"白采梅高声大嗓地说。她说着站起来,从杜楠手中接过铝锅,打开盖子,放在

母亲的床头柜上。一股清香的米饭味儿和香喷喷的辣椒菜味儿散发出来。母亲嗅到了,高兴地说:

"是米饭吗? 这么香。"

"真香。"白采梅说着,拿起勺子给每个人舀饭。碗太少,她自己用纸杯吃,杜兰溪用饭盒盖子吃。杜楠也用纸盒吃,白采萍用饭盒的第二层吃。大家端着各自的饭碗,吃得津津有味。杜兰溪一口吞得太多了,扬起脖子往下咽。女儿看见了,担心地说:

"爸爸,慢点吃。"

"不吃了。"母亲对坐在床边给她喂饭的白采红说。白采红再喂时,她用手挡住。

"我要尿尿。"大家刚吃完饭,碗筷还没来得及收拾,母亲又嚷嚷起来。

"三姐夫你先出去,妈妈要尿尿。"白采红扭过头来对杜兰溪说。

杜兰溪起身到病房外面去了。

"咱们回家,让她们看着。"白采梅对杜兰溪说。七天之后,他们的分工更加明确了,轮流看护母亲,这样大家就能休息一下了。母亲的病一天天好了,可是服侍她的人一个个倒下去了。医院里待得时间太长了,好人也成病人了。今晚轮到白采红和白采萍了。

杜楠挽着白采梅的胳膊往外走,杜兰溪提着饭盒跟在她俩后面,走出了病房。他们坐电梯下楼,到大门口,有一辆黑颜色的私家车停在那里,这是一辆拉人的黑车。

"友谊广场,爸爸上车,价钱我讲好了,五元。"杜楠开了车门,让白采梅坐在前排,自己和父亲坐在后排。"时代的节奏年轻人能跟得上,年龄一大就迟钝了,反应不过来。孩子们很有头脑,比我们大人灵活。"杜兰溪暗想。汽车启动了。

"魏学义说庆坪的家里来了一只野兔,住在屋里了。"白采梅接完电话说。刚上车,魏学义就从庆坪打来电话,说家里钻进来一只野兔,是从排水洞里钻进去的。家里很久没有住人了,那个小院成了鸟兽的乐园,满院都是鸟和野兔的粪。魏学义去庆坪参加一个亲戚家的婚礼,在人家吃宴席,顺便去母亲家里看看。见家里一片荒芜,便留下来把里外打扫了一遍。

"给医院的钱不多了,他们已经打了四万多元,下一次该咱们打了。"白采莲对杜兰溪说。他们夫妇在家里又议论起母亲医疗费,谋划明天要做的事情。

"明天我把农行卡给你,那上面可以随便取,取上两万吧。"杜楠说。

"我存百万的梦想又被打破了,取过两万就不够了。"白采莲遗憾地对女儿说。他们家一直存不了钱,他们的收入仅靠夫妻两人的工资,生活非常拮据。这几年工资涨高了,女儿也参加工作了,家里的收入逐年增加,勉强存了一点钱。过去工资低,收入少,花费又大,积攒不了多少钱。早年,杜兰溪家里兄弟姊妹多,又是农民家庭,收入是有限的,作为家里唯一的工作人员,他的贴补是必要的。两个弟弟念书,后来又娶媳妇又盖房,花去一笔又一笔钱,父亲虽然一直在弟弟家里生活到去世,但基本的生活费都是由杜兰溪夫妇提供的。直到近几年小两口才开始存钱,这不刚刚存了一点,母亲就连连害病。不过他们没有为钱的事情发生过矛盾,有多少用多少。白采莲从未因为杜兰溪的家庭穷而抱怨过。女儿在长沙上大学的时候,第一年每月只给六百元的生活费。钱不够用,女儿决定利用假期打工挣钱。两口子急了,半年没有见女儿的面,想死了,打电话让她赶紧回来。第二年开始每月的生活费就增加到八百元。妻子多么希望能存一点钱,就这么一个孩子,手头不存下几个钱,将来女儿结婚陪嫁什么呀?她叹息道:"我这命薄,存不了钱。"

"不要紧,咱们再补,下一月就能补上。"杜兰溪安慰妻子说。他也希望有一天能满足妻子的这个愿望,存够一百万元。

"弟弟不是说要请大夫吃饭吗?怎么没有请?"杜兰溪问白采莲。

"岳大夫说人不全。"白采莲说。给母亲治疗的这些大夫人好,对病人负责,又不收黑钱,家属们过意不去,就想请他们吃顿饭,但他们总是找理由推脱。眼看要过年了,这个心愿都实现不了,家属们心里不踏实。

"大夫同意了再请,现在吃饭也是违反规定的,被抓住是要处理的。"杜兰溪担心有人暗地里告状,把照片发到网上,不能因为吃一顿饭给大夫带来麻烦。

白采梅欲言又止。"规定属规定,但这是个人行为,不是公款吃喝。"她思考着。

二十五

牵　挂

　　"楠楠二十四岁了吧？"母亲像是在自言自语，又像是对大家说。她不等回答，陷入思考之中。她说不清她所想的和她惦记的，刚刚记起一件事情，很快就又忘记了。她不能连贯地思考，也不能连贯地表述。这让儿女们心里难过，也为她着急。

　　外孙女杜楠每次来看她，母亲就要说到她。但母亲又不能准确说出要说的事情。她日日牵挂着她的孙子和外孙子们，目前，渭源有两个，定西一个，兰州一个，其余的远在西安、北京、珠海和美国。渭源的两个外孙女因在身边，日子过得蛮好，她不过分牵挂。最小的三个还没有成家，因而，她格外惦记。但这一个个香甜的果子，她已数不清了，常常混淆。

　　母亲所念叨的就是她放心不下的。

　　这天下午，杜兰溪到医院里去的时候，母亲正安详地坐在轮椅上，低头想着什么，或许她什么也没想，只是安静地坐着，双手不停地彼此抚摸着。杜楠来就坐在母亲身边的扶手上，抚弄着母亲的鬓发。

母亲与自己的记忆展开了搏斗,她还是记起了眼前的这个孩子是谁,说出了她的名字。萎缩的脑神经删除了大量信息,而她也在全力地抵抗和搜寻着。

"你在定西?"母亲问。

"对。"杜楠回答说。

"定西比渭源更干旱。"

"采峰在兰州。"母亲停一停又说。

"你尕姨娘的那个儿子在哪里?"白采萍的儿子是母亲最喜爱的一个外孙子,但她已经记不清他在哪里了,也叫不上他的名字。

一束阳光从窗户外面照进来,母亲用手护住眼睛,她的眼睛受不了那些光芒的刺激。

"锹峪的宴席在哪一天呢?"

这个问题她已经问了好几次,也有人及时地作了回答。特别是到吃饭的时候,她反复地问。谁在身边,谁就予以回答,但她转眼就忘记了。真是可怕! 一个不识字,全靠记忆力记录人物事件的母亲,到了如此健忘的地步,令人不寒而栗。

她又转过身来对杜楠说:"人家两个个子大,今年二十四岁了,你二十二岁了。"

杜楠的年龄比两个表弟大一岁,二十八岁了。两个表弟也二十七了。三个在母亲怀抱中长大的孩子,都超过二十四岁了。母亲的记忆却逗留在几年前,在那儿徘徊着。

"我的儿子知道我在这里吗? 你们电话上说了吗? 不然我就回家去。昨天锹峪的人来请,说是要吃宴席。"母亲问。

母亲说的家,是庆坪的老家,也就是她的家。锹峪的人请她吃宴席(参加婚礼)也确有其事,但那是2014年12月的事情,不是现在。那次是白采梅替她去锹峪吃的宴席。曾经逃难到锹峪的张家人已经发展到十几户,是一个大家族。他们是母亲的娘家人,这几年走动得勤,往来不断。

母亲坐在窗子跟前,拿着一小块馍馍,边吃边讲自己的家史:

"我爸爸卖炭,从南山往定西贩运,两个驴驮着二百斤,回来时带着定西的白面锅盔。驴驮着炭,自己背着一疙瘩炭。"

"自己的孩子自己疼爱,折花炕子,拿来了我们吃。"她喘着气补充着。

母亲突然回忆起了自己的童年,她的父亲是个卖木炭的,每次都带些白面馍馍回来给孩子们。往事历历在目,她记得很牢。母亲兄妹三个,她的父亲很疼爱他们。她继续说:

"那一年,村里发生了疫情,迅速蔓延开来,一家一家地死人,整户整村地死。我们家里的人都死了,仅剩我爸爸。疫情来了,大家都在逃命。叔叔们一看没有什么希望,丢下他,卷起行李外逃。他们来到渭源县锹峪乡定居下来。后来,我爸爸打听到了锹峪,拖着一条瘸腿去找他们,叔叔们认了他,但要他继续去庆坪大湾打工,答应在他成家的时候给一些财物。他又瘸着腿来到庆坪乡大湾,在那里给人打长工。东家有个女儿,十七八岁了,还没有人来求亲。她的父母虽然看不上这个瘸腿的小伙子,但见他心地善良,勤快能干,人又聪慧,就勉强接受了,把女儿嫁给了他。锹峪那边的叔伯们也给了他二十块银元。我长大后也常去锹峪,我爸爸就把我放到驴背上。那驴沿着山路往前走,不偏不离,一直走到锹峪的亲戚家。回来时我又被舅舅放到驴背上,驴又驮着我回到庆坪的家。那头驴既机灵又乖巧,它熟悉路,也很懂事,不用大人跟着就能从庆坪走到锹峪的娘家去,也不用大人跟着就能找到庆坪的家。"

每当说到这些往事,母亲的记忆就格外清晰,也说得津津有味儿。母亲在娘家是老大,备受父母疼爱。她在叙述中重温着那遥远的亲情。

床头柜上放着一根香肠,是魏芝芬给狗买的。母亲取开一根自己吃起来。"就是个咸和甜,没啥吃头。"母亲说。

母亲听说白采峰要来,要白采梅去外面买了两个馍馍回来,"来了还没个吃的。"母亲为难地说。其实,病房里有很多吃的东西,再说白采峰不吃拿到医院的东西。

白采峰果然来了。吃饭的时候,母亲说她碗里的饭太多了,要给白采峰捞一筷子,但他哪里会吃,推来挡去,母亲嘟嘟囔囔地吃起来。吃过午饭,母亲让白采梅铺好那个行军床,对白采峰说:"睡去,床铺好了。铺好了,你去睡,去睡一会儿。"

母亲呼吸很粗,说话时擦音重,咝咝响,但还清晰响亮。她急切而诚恳地对白采峰说:"去睡一会儿,走累了。"

但白采峰不想睡,歪在凳子上。不一会儿就和白采梅一起去了杜楠家里。屋里又剩下母亲、白采莲和杜兰溪。母亲仍坐在轮椅上不想上床。

"我十三岁就出嫁了。我有两个娘家,一个在大湾,一个在锹峪。"母亲自己介绍说。

不管过去如何,母亲很爱自己锹峪的娘家人,他们常常集合起来到庆坪来看这位姑奶奶,这两年又到渭源来看望。多少年来,没有间断过。红白喜事都来庆贺,走得很勤。母亲就说:"亲戚越走越亲。人的一生就是恩恩怨怨的一生,不计较就过去了。

灾难中,能活下来就是造化。"

母亲自己家的日子并好过,她刚刚嫁到白家叿的几年里,父亲卖炭,挣了几个钱就接济他们,但那终归不是长久之计。要解放的那一年,她的裤子膝盖上磨破了,开了一个大窟窿,怎么也找不到一块布作补丁,腿上的肉就那么露到外面。

母亲喜欢讲自己的身世和家史,但如今已不能完整地讲了,说到哪里了,自己也忘了。她安静地坐在轮椅上,揣摸着自己的手,似在认真地回忆,但接不上茬。

母亲掏出兜里的钱,仔细地数着。"这是五十元的吗? 还有娃娃给的二十块。"她认不清面值了。

去白采莲家的人还没有回来。杜楠用手机上上网。

"咱们面有呢,擀一点饭吃,楠楠,你会擀饭吗?"母亲说。她忘记这是在医院里,还以为在渭源白采萍家里。

"大姨娘做好饭了,一会儿就送来了。"

晚饭后,白采琴打来电话,母亲拿着手机跟她通话:"你们在哪里呢? 腊月十几我就到家里去呢。你们过年来吗? 夏天来,冬天把你们冻住了。你给儿子说吗?"

"今年咱们就在渭源过年好了。"母亲说,"你们不去,我一个人回去。锹峪的宴席在哪一天呢?"

夜已深了,多日想说的话也都说得差不多了。白采莲催促母亲早一点睡觉。

"你问问儿子,看睡了没有? 人家睡了没有? 睡了,那咱们也睡会儿。"母亲对白采莲说。

"娃娃"成了母亲对儿女们,也包括孙子们的代称。她记不起孩子们的名字、工作地点和什么工作了,一遍又一遍地问。但刚刚问过,又忘了。她唯一能确定的是:眼前这几个孩子是她的孩子,是她孩子的孩子。

　　一种不可言传的悲哀情绪在亲人之间弥漫着,形成一股压力,常常使大家喘不过起来。每当看到母亲的这种情景时,儿女们彼此苦笑一下。

　　母亲的身体状况并不十分差,她能自己在便椅上上厕所,还可以坐在轮椅上移动了,吃饭、说话、走路、思维都渐渐恢复起来。她的生命在顽强地抵抗着疾病的侵袭,她的意志一直在坚持,这是她一生最宝贵的财富。

　　在老年人身上,往往能清晰地看到他们一生的精神状态,坚持到了最后,保持着一生的节操。此刻,母亲的一举一动、一言一行都体现着她的一生。白采萍把母亲的一生归结为四个阶段,短暂而快乐的童年、痛苦的青少年、艰辛的中年和幸福的晚年。

　　母亲十三岁就嫁人了,还没有长大就离开了父母,来到一个陌生的家庭,当了媳妇,挑起了一家人生活的重担,而与她患难一生的父亲那时还是一个不懂事的孩子。那个时代的阴影深深地烙在母亲身上。繁重的体力劳动,一贫如洗的家境,低下的社会地位,一天天折磨她,但她顽强地活过来了,还把孩子们一个个拉扯大,把兄弟姊妹们抚养大,把婆婆养老送终。她做了她该做的一切,也尽了该尽和不该尽的义务。她的孩子们个个成材,兄弟和妹妹们都有出息。

　　如今,八十四岁的母亲,依然在为自己的孩子们操劳着。虽然自己力不存心,但她的精神鼓舞着儿女们。

　　衰老是无法阻挡的,疾病是难以排除的,母亲的生命与之顽强地斗争着。

二十六

迷 糊

定西火车站候车室里,杜楠和杜兰溪坐在椅子上,眼睛望着大屏幕上滚动的车次。杜楠要去兰州培训,定西食药局还没有建立起食品检测中心,准备春节后建设,人员先在兰州集中培训。她星期五回来看外婆,星期一又去兰州培训。他们到火车站时迟了,那趟227次列车本来是赶不上的,可是它偏偏晚点了,正好不用改签了。杜楠说:

"晚点了。"

"这就跟坐班车的差不多了。"杜兰溪为女儿送行。

"爸爸你回去吧!天这么冷,下午你还要去看奶奶,奶奶说啥你不要在意,她现在脑子不清楚,对一个失忆的老人要理解。"杜楠说。奶奶在医院里的一言一行,她都知道了,怕父亲心里难受,特意安慰他。这孩子极为细心,很有头脑,人多的时候不说这些事,现在才安慰父亲。

"好。听你的,我不会在意。我都是三十多年的老女婿了,还在乎这个。"杜兰溪不忘提醒女儿说,"零下二十度了吧,你自己也注意保暖,你上车我再回去。"杜楠听后笑笑。

一阵巨大的轰鸣声,火车进站了,一股强烈的风吹来,气浪波及到站台上候车的人们。车门打开了,乘务员先下来,站在月台上,紧跟着下车的是提着大包小包的旅客。下车的人不多,很快就下完了。上车的人把车票给乘务员看,乘务员歪戴着大沿帽,接过票潦草地看一眼,示意乘车人上车,杜楠上车了,火车徐徐开动了,接着快速奔跑起来。从定西到兰州只要一个多小时,现在七点钟,八点半上班完全跟得上。

杜兰溪瞅着迅速远去的火车,瞅着铁轨和车厢,心里突然想起安娜·阿尔卡季耶夫那·卡列尼娜。这些天他为了稳定自己的情绪在读列夫·托尔斯泰的长篇小说《安娜·卡拉尼娜》。刚才他要告诉女儿安娜的故事,但天麻麻亮就谈这个话题,时间又紧迫,也不吉利,因而没有谈。其实女儿早读过那部长篇了,根本不需要他告诉她。平常有机会的时候,他们父女已经交谈过了。此刻他想着安娜的命运和最后的选择。

杜兰溪出了火车站,来到公交车站点,乘1路车去市人民医院。

"我要在轮椅上坐一会儿。"母亲说。她已经起床了,昨晚睡得较好些,头脑清醒些,人也精神,不那么烦躁了。

"刚坐过,再不能坐了,人家要轮椅。"白采梅说。但母亲坚持要坐到轮椅上,白采梅只好示意杜兰溪将母亲慢慢抱到轮椅上,再推她到窗前。母亲希望看一眼外面的情景,窗户紧闭着,但还是有冷风吹进来。

"左手上戴的是啥?我要取掉。"母亲向窗外看了一眼,又低下头来看着自己的手腕,上戴着写有名字与床号的标签说。母亲的注意力还是不集中,急于要做的事情很快就忘了,再想不起来。

岳大夫来看病人,母亲安静下来,不嚷嚷了。他没有做检查,见母亲坐在轮椅上,知道一切正常,对病人安慰了几句就出去了。他刚走,住在隔壁的那个陇西通安驿的女人来了,她穿着红色的羽绒服,短发拢着那张黑红的脸,那对明亮的大眼睛闪烁着亮光,她也伺候自己刚刚做完椎间盘手术的老母亲,这会大夫查房,她便来母亲的病房闲谈。她有时还把从家里带来的馍馍拿来一块儿给母亲。病人的家属爱串门,主要是心急。他们串串门,问候问候,表示一下同情,了解一下别的病人的情况,心里就踏实了。在医院里,尤其是病人和病人家属,很容易沟通和理解,疾病使人们变得宽容和慈善人。

"你是我的芬芬吗?"母亲问道。母亲以为她是自己的大外孙女魏芝芬,她认不出来了。

"你看像不像?"她开玩笑地说。

"你不是我的外孙子,我的芬芬比你年轻,我的芬芬在渭源文化馆工作。我要回家去了。"母亲说。她从年龄上分辨出来了。不过,她的外孙女魏芝芬的确要比眼前的这个女人年轻些,她看得没错。母亲又要挪动,白采梅和这个女人从两边把她扶到床沿上,她自己撑着双手慢慢挪动。

"妈妈你睡一会儿,我要去开会。"白采莲说。这些天单位的会很多,一个连一个,不能请假,若有人请假,投票时票数就受影响了,不能请假。白采莲一边向母亲告别,一边系围巾,从衣架上取下羽绒服穿上,想拉上拉链。拉链接口毛了,几次也没有拉上,她低头收拾着,刺溜一声拉上了。

"你走了我们吃啥呢?"母亲焦急地望着白采莲说。她担心三女走了自己没有吃的,母亲这一辈子吃饭是她的头等大事,她怕挨饿,所以牢记在心,也许,饥饿给他们这一代人留下太多记忆,所以食物对母亲来说不仅是物质的养份还是精神层面的支柱,它们能将她心中那头叫饥饿的野兽驱赶。

"让杜兰溪到医院的食堂里去买。"白采莲说。她提上自己灰白色的小包出去了。

"我一个人在家里,我的儿子只看见了一面,他到哪儿去了?你们离这里近吗?"母亲说。她的心头掠过一个可怕阴影,也不知道它是何物,她急忙躲避,又想看清它,却又模糊不清,只是让她觉得害怕。要是儿子在身边,她就不害怕了,可是儿子不在。他的记忆中儿子是在这里的,可是怎么就不见了?

"对。"陇西女人说。她不知怎么就说出这么一个没头没尾的词,自己也没有搞清楚。

"我的娃娃全在外面工作,一院房子锁着门,明天我要回家去。"母亲给这个陇西女人介绍自家的情况。母亲一提到孩子们就高兴,就自豪起来。她又记起自己的那个家了,觉得门老是锁着不像个样子,家里就得有人。

"大娘你歇着,我要去看我妈妈了。"陇西女人说着站起身来,向母亲告别。

"你要去做饭吗?"母亲问。

"没有地方做,我要去买。"陇西女子回答说。

"天黑了还不给饭吗?"母亲转过头来对杜兰溪说。

"大姐去买了。"

"你大姐还在上班吗?"母亲问杜兰溪。白采梅退休十多年了,母亲还以为她在上班。

"退休了。"杜兰溪解释说。

"那你们的娃娃在哪里工作呢?"母亲又问。她是问杜楠在干啥工作,在哪里上班。

"在定西食药局工作。"杜兰溪认真地说。

"这里是啥地方?"母亲问。

"定西,定西市人民医院。"杜兰溪回答说。

"天黑了,娃娃怎么还不来?"母亲问。她口里的娃娃是指杜楠。

"她去兰州培训了,一周才回来一次,今晚不回来。"

"明天早晨有去庆坪的班车吗?"母亲问。她又想家了,又要嚷着回去了。

"有。"杜兰溪不敢忽悠母亲,担心她会骂他,只好老老实实回答。跟前没有别人,只有他一个人的时候,母亲的对他的态度有所改变。

"明天就去庆坪,家里啥都没有人管。"母亲牵心自己的家,知道家里没人,多么凄凉呀,那是她不能接受的。

母亲躺在病床上,铺着一条新换的淡黄色的床单,盖着毯子,毛毯上套着浅红色的被套,这都是从家里带来的。医院的白色的被子堆放在床的另一端,盖在脚上。氧气嘶嘶作响,病房里安静下来。这是一间东西方向的房子,窗口对着西面,太阳落山之后屋子里的光线明显暗下来。母亲戴着深蓝色的帽子,穿着青布衫子,呼吸不顺畅,嗓子里咝咝响。

她的左手在毯子下面动了动,杜兰溪觉得母亲脸上呈现出健康的颜色,不再那么苍白了。平心而论,母亲手术后身体恢复得很快，要是其他人不可能像她这样。想到这里，他心里暗暗高兴，母亲与死神做了一次严肃坚苦的斗争，现在看来她胜利了。

"你在电话上问，看他们到哪里了?"母亲催促杜兰溪给她的儿女们打电话，她的孩子们不在身边她就着急。

"去买饭了，很快就回来。"杜兰溪解释说。

医院楼房的轮廓灯亮起来了，那些光也从窗户里照进来一些，白色的灯光格外柔和。母亲若有所思地说:

"明天买点馍馍，早点坐车走，等着还不来?"

"再耐心点，大姐很快就会来的，你不要催。"杜兰溪解释说。

母亲感到有些热，把盖在身上的被子卷起来，让胸部透透气。她咳了两声，用右脚蹬掉被子，接着大声咳起来。白采梅回来了，她自己先在餐厅里吃了晚饭，才给母亲提着饭回来，所以需要半个小时的时间，母亲已经觉得很长了。白采梅回来，先去卫生间洗手，母亲生气地责备她说:

"又跑到哪儿去了?"

这个下午白采梅一直待在病房里，没有到别的地方去，听她这样说，好像白采梅已经出去很长时间了。白采梅听后只是笑笑，说:

"这会儿吃饭的人多，得排队，慢了一点。"

母亲坐在轮椅上自己端着碗吃饭，不一会儿，她就吃完了给她的半碗饭。

"杜兰溪，你去把白采莲叫来，吃不罢了? 又喝酒了吧?"白采梅刚给母亲揩完嘴，母亲就提高声音对杜兰溪说。杜兰溪正在给白采莲打电话。母亲就那么嚷嚷一声，静静地坐在轮椅上看着自己的手，右手抚摸着左手，又换过来用左手捏右手的指头。捏了一阵儿,母亲突然又说:"到这会儿了,还没来吗?"

她知道白采莲爱喝酒,早在村学当民办老师的时候,就爱喝酒。有一次,白采莲喝得大醉,回不了家,被人背回来了,母亲很生气,等她酒醒后狠狠收拾了她一顿。可后来她当乡长、副县长,喝酒的机会多,虽然喝醉的时候极少,但母亲知道她爱喝酒,怕她又喝醉了,被人背回来,那是多丢人的事呀!

这时岳大夫来到病房,查看母亲的病情,与她交谈起来。他拉着母亲的手为了试探母亲,说了一句很例外的话:

"你去世了请不请阴阳?"

"不知道,阴阳念经,喇嘛念的经更多。"母亲回答说。请不请阴阳,在母亲看来那是儿女们的事情,她说了不算数,所以这样回答。她知道阴阳是干什么的,丈夫年轻的时候学过阴阳,但她并不注重这些事情,母亲好像天生是个唯物主义者。

"我妈妈脑梗前啥都做,脑梗后啥都不做了。以前,下午四点左右要睡一会儿,然后再做饭,晚饭后看几个小时的电视节目。脑梗后不睡午觉了,也不看电视了。最近她早早地就起床,要摔的前几天极勤快,不上床,总想干活。"白采梅向岳大夫介绍说。

"明天还有个做手术的病人,我去看看。"交谈了几句,岳大夫起身告辞了。

岳大夫走了,母亲也不说句客气话,要是在平常她是很注意礼仪的,她的大脑考虑不到这些了,过了一阵儿,她记起了白采莲还没有来,就说:

"今晚没开会,她们吃饭去了?"

二十七

热　炕

新的一日,母亲的病情也跟前一天不一样了。

母亲向右边侧睡着,按照大夫的嘱咐,她的腿只要不跷起来,就可以侧身睡了。一种姿势母亲实在受不了。翻不过身的时候她只有忍耐,可是一旦在别人的帮助下能翻过身,她就总想活动,嚷嚷起来:"我的腿子疼得不行了,压麻了,你们管不管?"扶着她,让她慢慢转身,把右腿放平,左腿搁在上面。可是母亲总想着自由行动,想怎么伸腿就怎么伸腿,想怎么转身就怎么转身。她的左脚爱往右腿下面伸,不注意就把左腿跷起来了,还想转过身去睡,这样容易脱臼。

这会儿白采梅正在给她喂饭,她吃了几口就不想吃了。

"你再吃一点。"白采梅说。

"我不吃,饱了。"母亲说。

"你不吃伤口长不好,大夫说要多吃饭。"白采梅说。母亲吃得真不多,可是要她多吃一点,她总是拒绝。她感觉不到饥饿,特别是感觉不到口渴。大夫嘱咐要让病人多喝水,可是她偏偏不爱喝水。要不提醒她,她一这天也不喝水,真拿她没有办法。

"这是洋芋,还是红薯? 甜甜的。"母亲拿着一块红薯,咬了一口,用舌头舔舔嘴唇问白采梅,她自己分辨不出来。

"妈妈近来爱吃甜的,不爱吃酸的。"白采梅回头对白采萍说。

"你们把我拉起来。"母亲嚷嚷道。

"把这些红薯吃完了再拉你。"白采梅想让母亲多吃一点。

"大姐,你把这些搅团吃上。"白采萍端着半碗搅团,递到白采梅眼前。

"我不吃。"

"你是伢女吗?"母亲问白采萍。白彩萍就站在她眼前,她没有认不出来,可是从声音听出来了。

"嗯。"

"你要叫我'妈妈'! 你是我亲生的,不是抱养的,你为啥不叫我'妈妈'呢?"母亲突然说。

白彩萍却一声不吭,低下头来。

"生了你,家里太困难了,我确实想把你送人,有几次我都想把你埋掉,"母亲陷入久远的回忆和极度痛苦之中,过一会儿继续说,"那么多孩子,缺吃少穿,你爸爸多的时候不在家,我拉扯你们六个,还要挣工分,拉扯不过。"母亲叹息一声。"我就想,要这么多孩子干什么? 要是搞不好会死掉,不如送人算了。可是你三姐每天死死盯着我,我没有机会送掉你,也没有机会埋掉你。但你是我亲生的,那一年你大姐去延安串联,几个月不回家,我想去陕西寻找,可是你那么小,我放不下,就想埋掉、送掉,后来你大姐回来了,你也长大了一点,我就舍不得了。你是我亲生的,应该叫我

'妈妈',可是你自会说话就不叫我'妈妈',怎么教你也学不会。如今你都五十岁了,没有叫过我一声'妈妈',我心里有多难过。"母亲说到这里,啜泣起来。

白彩萍起身跑到窗子跟前,捂着脸哭泣。白采梅也啜泣着。白采萍想起自己八岁那年逃跑的事情:那一次,母亲就因为她不叫"妈妈"打了两巴掌,她跑到邻居家去躲避,结果出了大事。邻居家的孩子换秀比她大三岁,叫她去讨饭,她不假思索就跟去了。第一天她俩就走了四十多里山路到了会川的梁家坡,那里有换秀的姐姐,她们住了两天。姐姐让她们回庆坪,可是她俩第三天去了田家河,去了白采梅工作的乡政府。白采梅问她俩是怎么来的,干什么来了,一听是学习要馍馍的,做乞丐,可吓坏了。她赶紧给庆坪乡邮政所打电话,一问才知道这三天家里已经翻天了。白采萍失踪了,母亲发疯般求人四处去寻找,可是周边的山山岇岇,崖畔谷底都找遍了,就是不见白采萍的人影。虽说和换秀在一起,但母亲三个晚上没有合眼,以为白采萍不是被人骗走了,就是被野兽吃掉了。白忠良也赶回家来寻找失踪的女儿。接到白采梅打来的电话,一家人才松了一口气。后来,在田家河又玩了两天,白采梅把她们送回家来……

病房里气氛异常凄凉。过了会儿,为了打破这种沉郁尴尬的局面,白采梅说:

"妈妈,你再吃点儿。"

她把勺子伸到母亲嘴边,逼着她吃。

"我再不吃,吃饱了。你们吃过了把我拉起来。"母亲说。

"我来扶。"杜兰溪要去拉她的胳膊。

"滚开!"母亲用手一拨他的胳膊厌恶地说。她连自己最疼爱的白采峰也认不出来,可是把杜兰溪一眼就认出来了,而且,永远带着反感的情绪,永远没有好的态度,永远是那么生硬的语言,永远无法消除怨气。一个人最初的影响原来是那么深刻,不管后来发生什么样的变化,也很难改变最初形成的看法。

"人家有力量你不让扶,我们没有力量扶不起你。"白采梅不满地说。她对母亲的这种态度有些不解。

白采红走过来,她一手搂住母亲的脖颈,一手抱起她的腿子,把母亲抱起来,放在床沿上,让她坐在那里。

"现在坐起来了就再吃点。"白采梅抓住机会,她还是想让母亲多吃点,吃得多了,身体就恢复得快一点。

"我不吃了,前头吃饱了,太满了没处去。"母亲说着把头扭过去,

"你左手吃来,还是右手吃来?"白采梅说。

"我又不是尕娃娃,我的棍来?"母亲说着,左右看看,要她的拐杖。

"要棍干什么? 有棍也不能走。"白采梅说。她的声音高,即使在楼道里也能听见。她向来嗓门大,声音又亮豁,母亲一听就生气了。

"明天我跟顺弟回家去,把炕烧得热热的。"母亲赌气地说。别的女儿一般不会顶撞她,唯独白采梅在她固执的时候偏偏限制她的行动,母亲的意思很明显:"我就是不听你的,我还有别的女儿,你不管我,还有她们。"

"妈妈现在啥都不知道,连住院的事都不知道。"白采梅对白采红说。

白采萍还在抽泣,听她这么说,点了一下头。可是,她真的什

么都不清楚吗？

"还有公家每月给我的一点钱呢！我要睡。"母亲的意思是说，你白采梅不管我，我也有办法生活，国家给我钱，不靠你生活。的确，她有遗属补助，加上粮食直补和老年补助，一年共有三千多元。母亲有这笔收入，气很粗，心也定。但她的思维真的有些混乱，前后不一致，忽东忽西，无法集中一点去反驳人。她记得最牢的一个是家，一个是钱，一个是杜兰溪。这三样东西只要有条件，她就能记起来，并能较快做出反应。其中家在她心目中的位置最突出，那是最温暖最靠得住的地方，她一旦受到一点点委屈就想回家去，谁不顺着她的意思她也要回家去。那里是她的地盘，她的根据地，是她发号施令的地方，是不受人气的地方。只有在那里她才是自由的，幸福和愉快的，别的地方她做不了主，因此她念念不忘庆坪的家。

"再坐一会儿，你还要吃一点。"母亲吃得太少了，白采梅催促说。

"我不吃了，我要睡觉，不睡再做啥呢？"母亲不想吃东西，以睡觉来推脱。

"再坐一会儿。"白采梅说。她觉得母亲像个不听话的孩子，在故意耍赖。可是，她也没有办法。白采萍这会儿不出声，坐在窗子跟前的凳子上，低头看她的手机，但眼角还挂着一颗泪珠。下午，她和白采红出去给自己买了一个新手机，正在选屏幕的背景。白采梅对她说：

"让妈妈听听歌曲。"

白采萍很快选了一首歌曲播放，那首歌叫《万里长城永不倒》。病房里想起了优美的歌声，大家的情绪一下子高亢起来，心情舒畅多了。白采红跟着唱起来。她的嗓音很美,不过因为没有睡好,嗓子有些涩,唱了一句就得清一下嗓子。姊妹五个中,除白采梅之外,她们都喜爱音乐,也擅长音乐。白采琴会唱戏。白采萍爱唱陕北民歌,在师范学校读书的时候也常登台表演。白采红几乎熟悉当代所有著名歌唱家和他们演唱的歌曲。她会唱许多流行歌曲,还把几首录制成"全民K歌"在微信上播放,那声音听起来细高,非常秀丽,明星一般。白采莲是个民歌高手,只是没有上音乐学院,浪费了一副好嗓子。她最擅长唱的是山西民歌,尤其是那首《人说山西好风光》,她的演唱几乎和歌手们媲美了。

白采梅的手机响了,是白采莲打来的。白采梅对电话那边说:"白采萍去买了个新手机,妈妈正在听歌呢,牛奶没有顾上喝,那就留到明天吧。"

母亲躺在病床上,问白采萍,说:"你们的娃娃在哪里工作?"

"在北京。"她伏在母亲跟前说。这句话说过无数遍了,但是刚刚说过,母亲转眼就忘了。眼下母亲的情形就是这样——发生在眼前的事情她很快就忘记了,只有过去的事情才记得清楚,但要是没有人问,她也记不起说。

白采萍和白采红要去友谊广场白采莲的家,收拾起东西来。

"你们坐到这里来,怎么都走了?"母亲见他们往外走,焦急地说。

"她们回去睡觉。"白采梅说。

白采红、白采萍和杜兰溪手里提着各自的包,三人准备往外走。杜兰溪见母亲望着他们,有些不自在,就凑近了安慰她,说:"你今年多大岁数了?"

"八十多了。你大姐都六十岁了,我还没有八十岁吗?楠楠有二十岁了吧?"母亲回答说,她很快就反应过来了,回答他的问题,也向他提问。

"对。"杜兰溪点头回答说。

"二十岁过了就要找个女婿,改名几个月没有见,到哪里去了? 我回家去,把炕烧热……"母亲说。她一连提出几个问题,此刻她的头脑虽然有些混乱,但提的问题都很重要,她关心自己外孙子女杜楠的婚姻大事,只要有机会就提醒女儿和女婿,不要耽误了孩子们前程,不要误了他们的终身大事。

"你的腿子还没有好,还不能回家去。"杜兰溪安慰说。

"这条腿子没治了。"母亲失望地说。

"这不是我的改名吗?"母亲看见白采莲走进病房,高兴地说。白采莲解开裹在头上的红围巾,把它折叠起来,放在另一张病床上,又脱去紫色羽绒服,把它挂子在衣架上,搓了搓手,上前拉住母亲的手,说:

"妈妈,你今天好吗?"

母亲看着她,嘴唇动了动,想说什么却没有说出来,只是动了动嘴皮,但是混浊的眼球上闪动着喜悦的亮光。

二十八

保　姆

　　这天晚上,白采莲他们几个人又开起家庭会来,议题是母亲手术后得感谢大夫。手术费三千元,这是规定的,给人家就行了,但还有其他大夫,白采峰谋划着给几个大夫每人一份小小的礼金,说是人情费。白采峰提出请护工,他工作忙顾不上,所以主张请护工。他知道这样做姐妹们是不会同意的,但还是提出来了。他是不会护理的,其实姐姐、妹妹都没有让他护理的意思,但他既要表现出护理的意思,又要找个借口。他们讨论的时间很短,最后在两个姐姐和两个妹妹的反对声中做出决定:按照医院的要求付各种费用,不单独出资,不请护工,由四个女儿轮流护理。除白采琴之外,其他几个女儿都在。服侍母亲的确用不到白采峰,原因是女儿们服侍方便。母亲又是那样一个固执的人,不允许男人接近她,更不允许男人们在她大小便的时候出现在病房里。但白采峰还是坚持请护工,厕所的墙上写有许多护工的联系电话,他已经联系好了一个。在姐妹们的反对下,他只好说:

"过几天再说吧,反正我没有时间,只有靠你们了。我看就把先前说过的马善莲叫来,护理费我出。"

白采峰这样坚持,白采红也支持请保姆,而且自己已经偷偷联系了一个。大家反复讨论,要找个保姆可以,但必须是一个脾气非常好的人。马善莲的性格是好出名的,白采莲知道这些情况,在她的说服下,白采峰和白采红找的保姆就被排出在外了。

这样就在母亲手术后的第八天,请来了保姆马善莲——她是杜兰溪的亲戚。这个已经六十九岁的女人,她高个子,身材端正,整个人看起来还很精神。不过她也有了许多白头发,说话时露出一颗金牙。她一直在外面打工,曾在临洮县太石镇石建全的荒山绿化工地上放羊,有段时间给打工的人做饭,后来在兰州西固一个公园里打扫卫生。她不愿留在家里种庄稼,是因为有儿媳妇和儿子干活,但家里缺钱。白采峰从兰州来,路过临洮,专门去接马善莲。马善莲微笑着走进病房,一进门就憨厚地微笑一下。杜兰溪给她事先介绍过母亲的有关情况,她是有心理准备的。她的行李在车上,手里直拿着一个紫色的小包。白采莲第一个迎上去,姊妹中只有她见过马善莲。她叫声"姐姐",赶紧让座,倒了一杯递到她手中。

来了新的客人——不,准确的说是保姆。大家都向她问好,打量着她。白采梅以为她很老了,不料一见面觉得跟她差不多,心里稍稍踏实了些。她担心请来的护理是一个老太太,行动迟钝,自己走路都不稳了,还服侍什么人?但白采梅心里还是担心母亲不会接受这个保姆。过了几分钟,白采莲把马善莲领到母亲的病床前,微笑说:

"妈妈你看,这是杜兰溪给你找的保姆,她是杜兰溪的一个远方亲戚。"

母亲转动一下混浊的眼珠，冷漠地看了一眼马善莲。她的嘴唇翕动了一下，脸上的肌肉颤动着，心里很不高兴。她眼睛盯着马善莲，却对白采莲说：

"我生下你们六个还要别人来伺候吗？"

谁也没有想到母亲会来这么冷冰冰的一句，马善莲的脸立刻红了，她不好意思地低下头，脚尖使劲踩了一下地板。白采莲见状赶紧打圆场，说了几句好听的话。母亲"嗯"了一声，说：

"那就赶紧喝一点，吃上一点，走了这么远的路。"

白采梅的心里七上八下，知道母亲的一关没有过，心里很不是滋味。要是母亲不接受马善莲，白采莲、白采萍、白采红还在工作，服侍母亲的任务就又落在她自己的肩上了。如今国家放开二孩儿生育，她的孕女魏芝芳眼看又要生孩子，亲家母的女儿也要生孩子，伺候月子的事落在自己身上了；大女儿魏芝芬的独生女儿夏洁也没有人做饭，此刻，白采梅的心里已经乱成了一堆麻。她们姊妹几个之所以勉强同意白采峰请护工的建议，就是想如果母亲接受马善莲的话，出院后也让她照顾母亲，这样大家就能安心工作，稍微休息一下。尤其是白采梅和白采萍，她们的身体几乎到了危险的地步，迫切需要休息，迫切需要调理和保健。

"吃过饭了就回去。"母亲终于弄明白了保姆的事。

"人家刚来，你就让回去。临洮远得很，今晚走不到，要住下来服侍你。"白采萍劝母亲说。

"我不让她服侍，你们六个难道就没有一个服侍我的吗？"母亲的眼里流露出不满的情绪，她不让外人掺和到自己的家里来，那样会带来许多麻烦。

这一晚,马善莲没有在医院里服侍母亲,睡在友谊广场杜兰溪家里,白采莲怕她计较,安慰道:

"我母亲年纪大了,做了手术脾气大,也失忆了,你不要在乎,听我的。"

第二天吃过早点,马善莲就来到医院里。她赶紧收拾房间,像个小保姆,勤快而和气。她想赢得母亲的好感,早日被母亲接受。自她走进病房之后,母亲的眼睛就一直盯着她,别的什么也不顾了。几次她都想开口,但还是忍住了。等到马善莲来到病床前,要准备收拾一下床头柜上的东西,母亲忍耐不住了,大声说:

"你不要收拾,让她大姐(白采梅)来收拾,你吃上一点了就回去。"

马善莲微微一笑,说:

"我要留下来服侍你,你病成这样,你的娃娃们都要干公家的事,顾不上服侍你,我来照顾你,你就会早一天健康,早一天回家。"

马善莲一边说,一边收拾柜子上的东西,也就是几个装食品的塑料袋。母亲见马善莲还不停下来,就大声说:

"给你说不要动,不要动,你偏要动,耳朵反长了吗?"

马善莲吓得停下来,向后退了一步,笑嘻嘻地看着母亲。白采梅忙说:

"我来收拾,你先歇歇气。"

母亲轰开了马善莲,若有所思地望着天天花板,她在思考着这件事,看得出她也很为难:不让马善莲服侍她,孩子们顾不上;让她服侍吧,自己又不舒服。她最担心的是这个女人会影响到她的家庭,偷她家里的东西。但马善莲是在白采峰的坚持下,由白采莲和杜兰溪请来的,母亲一向信任白采莲,觉得立即赶走马善莲又不好意思。

中午饭是从医院食堂里买来的。马善莲吃了一碗牛肉面,还不觉得饱,又吃了一个馒头。这一天,母亲并没有再赶马善莲走,却暗自观察。她发现这个女人心情温柔,做事细致,这是她喜欢的。可是,她不爱说话,老像是有心思。这在母亲看来她是一个很有心计的人,不可捉摸的人。母亲还发现马善莲很能吃,这样的保姆一天几乎要吃她两倍,而且娃娃们拿来的好吃的,给她她就接住了,一点也不推辞。这让她很生气,一个刚来的陌生人,一点也不谦虚,脸皮真厚。她一心一意注视着马善莲的一举一动,不再喊叫腿子疼,也不嚷着回家,有时悄悄摸一下衬衣上装钱的口袋。

这天晚上,见马善莲出去了一阵,母亲赶紧掏出自己的钱包数钱。母亲数钱无非是摸一摸,看一看,她并不清楚自己身上究竟有多少钱。一百的面币她认识,因为颜色格外鲜艳,图像大,毛主席是她记得最清楚的国家领导人。一元的、五元的、二十元的、五十元的,特别是十元的,她认不出来。但她要认真地数一遍,一张一张地仔细数,嘴唇动着,她在计算数字。可究竟是多少,她不知道。但外人一看,还以为她真的在数钱呢,默默记在心中。数完了她想把钱装进钱包——那个手纸塑料包,可是手发抖,几次也装不进去。

马善莲走进来,悄悄站在旁边看了几秒钟,说:"我给你装。"说着就伸手去拿钱。母亲被吓了一大跳,她以为有人来抢钱,大声喊道:"你这个贼,滚出去。"

母亲声音很高,正颜厉色,吓得马善莲赶紧把手缩回来,脸

"唰"地一下红了,心怦怦乱跳。她不知如何是好,想给她解释,可是嘴唇动了动,却没有说出一句话来。她本来就不善言辞,遇上这样尴尬的局面不知所措,僵在那里。

"你还不滚远。"母亲见马善莲还站在眼前,怒不可遏,又大喝一声。马善莲吓得后退两步,浑身在哆嗦。她不知道自己做错了什么,这老人怎么会这样对待她。母亲赶紧把钱包装好。听到母亲在骂人,在隔壁病房里探望陇西那个老人的白采梅赶紧过来,弄明白是怎么回事后,安慰了几句马善莲,说:

"姐姐,你别往心里去,我妈妈就是这样,老糊涂了,她怕你抢她的钱,你喝点水。"

开始马善莲只是恐惧和害怕,脸色苍白,嘴唇发青。白采梅这么一安慰,她突然转过身去,眼泪扑簌簌流下来。

"妈妈也真是,人家来服侍你,一点不领情,还骂人家,谁稀罕你的钱。"白采梅生气地说。她双眼狠狠地盯着母亲,说一句,鼻子吸一下。她清楚母亲的脾气,知道她不接受别人,可是弟弟硬要雇保姆,结果却是这样,还没有服侍两天就开始骂人了。她替马善莲难过。

"我生了你们六个没有人服侍我,还要雇保姆,我不要!"母亲声音很高,有力,语气坚定,好像非要把马善莲赶走不可。马善莲转过身子,坐在靠窗的那张病床上,心里五味杂陈。

当晚,马善莲去友谊广场杜兰溪家睡。白采梅照看母亲。第二天早晨,马善莲就来了。可她刚进门,上完厕所正在提裤子的母亲就看见了,她以为这个人又要来偷她的钱,劈头盖脸地骂:

"不要皮脸的,你又干啥来了? 又来偷我的钱!"

马善莲站在门廊里,不知如何是好。白采梅回头看了马善莲一眼，生气地说：

"妈妈，不许你随便骂人！"

可是，母亲根本不听白采梅的，又恶狠狠地骂道：

"你一顿吃那么多，自己有家不待着，却来我们这里，这里有你的啥？"她大声质问还在发愣的马善莲，"你是不是要偷我的钱？不要脸的东西！"

马善莲突然转过身去。

"妈妈——"白采莲大声制止母亲。

白采莲来了，马善莲悄悄把她叫出病房。过了一会儿，两个人进来了，白采莲对白采梅说：

"人家要回去。"

"回去，谁来服侍妈妈？怎么回去？临洮那么远。"白采梅一听白采莲这么说就急了，她正想着要是马善莲习惯了，她就回渭源去给夏洁做饭，送她上学。

"人家坐班车回去。"白采莲说。

"刚来就回去？"白采梅着急地说。她转身把手搭在马善莲的肩上，说："我妈妈就是这个脾气，她人好着呢，你不要计较，过几天熟悉了，她就会慢慢接受你。"白采梅接着举了几个类似的例子，说了许多安慰她的话。可是，等她说完了，马善莲还是摇摇头，坚决要回去。她到病房里还没有换衣服，连棉衣的扣子也没有解开，手套也没有脱，包还提在手里，转身就要走。

"这样走不行。"白采莲说，"要走也要等到明天，我弟弟的车来了，把你送回去，临洮路远，你年龄大了，坐班车我们不放心，再说已经来了四天，工钱也要结清。"

"那就明天走吧。"马善莲小声说。

这件事就这样决定了。马善莲才放下包,脱下棉衣,拿起笤帚打扫卫生,收拾病房。她的眼窝里还留有泪痕。白采梅看着她,深深叹息一声。白采莲打电话与在兰州的白采峰通话,商量让他明天来顺便把马善莲送回临洮。这一天,马善莲做什么母亲都不管,她知道这个保姆要走了,心里踏实,因而沉默着,她在等待明天的到来。母亲就是样,有些事情她怎么也弄不明白,有些事情却清清楚楚。她的家里,她的身边都不要外人,男的、女的都不要,老的少的都不要。

第二天白采峰从兰州来,下午回的时候,马善莲就乘车回去。临走时,白采莲给马善莲装了一些水果,并给了三百元的工钱。白采梅加了一箱牛奶。白采萍又加了一铁盒儿子文翰从北京带来的糖果。白采峰给了她两瓶葡萄金,说:

"要过年了,给你个礼物。"

白采莲一直把马善莲送到车上,她打开车窗,眼含着泪水,却勉强微笑了一下,向送行的人挥了挥手。

母亲见马善莲走了,才感到轻松了些,但还有气。见白采莲回到病房里,她略加思索,说:"你们再不准把我拉到医院里。"她是说:"连你们也不愿伺候我,还要雇人,我活着还有什么意义?"母亲很有个性,也很固执,白采莲只好顺着她,说:

"再不拉了,村医看看就行了。"

"亚男结婚时,在渭源吃过宴席之后再没有见过。"话题转移了,母亲又牵挂起她的孙女来。

"对,国庆节吃的宴席。"白采莲说。

"咱们哪一天回家呢?"母亲说。她的目光中充满期待和疑问,过一段时间总会想起家,她觉得住在啥地方都不如自己家里好。白忠良去世后，几个孩子都想把她接过去住，几个孩子都愿意要她，可是她哪里也不去。即使被哪个女儿叫去小住，不管理由如何，过一段时间她就要嚷着回家。后来，白采梅回庆坪的家里看门种地，她的态度变了一点儿。白采莲在渭源工作的时候，母亲在渭源县城住过一年时间，给外孙子杜楠做饭，期间也回过几趟家。母亲是个通情达理的人，理由充足了，她还是随着孩子们，但条件是她的家必须得有人看。后来，白采莲到定西工作，住在单位的宿舍楼里，母亲又去定西住了几个月，那是四楼，上下不方便。后来，白采莲他们又买了房子，是五楼，装修成后母亲去看了一次。她是两手抓着楼梯的扶手爬上去的，对房子是满意的，可是楼层太高，她很不高兴地说："你们也有老的时候，看你们怎么上去。"

后来，白采梅来定西看望母亲说几天前的一场大雨把家里菜园里的围墙冲垮了，母亲一听就待不住了，嚷着要回去，并威胁说：

"你们不送，我就自己坐班车回去。"

如果有人给她看门，守护着那个家，她愿意到处走走，看看孩子们工作的地方和环境。但是庆坪的家如果没有人管，她就要回去，自己看家。自那次脑梗后，母亲已经忘记许多事情了，连自己孩子的名字都叫不上了，但是如果说到家她就来劲儿了，就激动起来，嚷着要回去。这阵子她又记起家了，嚷嚷起来。

"再住几天，等腿长好了之后就回家去。"白采莲安慰她说。跟母亲来硬的是不行的，那样肯定会激怒她，她即刻就会跟人闹起来，还会做出一些出人预料的事来。母亲气大，气急了她会晕过去，女儿们知道母亲的脾气，顺着她，哄着她。

二十九

外 孙

蒲文翰从北京来定西看外婆。他是白采萍和蒲伟宏的独生子,从北京航天大学毕业后在一家军工企业工作。听闻外婆住院就坐软卧赶来定西。到的时候刚好是早晨,几个孩子在一起嘀咕要欢迎他。蒲文翰、沈智远、杜楠三个孩子从小一起长大,感情很深,彼此关心和爱护。现在蒲文瀚到定西来,杜楠肯定是要表现的。这也好,大人们就少操一份心。孩子们自己有收入,想吃什么随他们。他们可能早都计划好了。年轻一代就是这样,活得潇洒愉快。蒲文翰先到杜楠家休息了一个上午,等歇过乏气,就和杜楠一起来医院看奶奶。

蒲文瀚只穿一件毛衣,一件外套,没有穿棉衣。这么冷的天,他穿得这样单薄,别的人替他担心,但他自己感觉不到冷,脸上红扑扑的。一进病房的门,他就脱去外衣,里面那件毛衣是两种颜色组成的,黑袖子,灰白色的背心,看起来非常时尚,新颖别致,又落落大方。杜楠把头发梳成两个辫子,平日里她总是披着头发,今天来看奶奶,特意把头发扎起来。她的棉衣下面是一件红运动衣,走进病房她就把棉衣脱掉了,但母亲并没有认出她。两个孩子来到母亲的病床前。母亲看着这个头发乌黑发亮的男孩子发愣,虽然戴着眼镜,但蒲文瀚眼睛里藏着的微笑还是那么明亮。他伏下身去,拉着奶奶的手,杜楠站在一旁叫了一声"奶奶",她一张口,就露出那一排排雪白的细牙。

"你是蒲文瀚吗?"母亲望着眼前的这个女孩子,心里热乎乎的,眼珠子也灵活地转动着,但她不敢肯定她是谁,因而试探着说。文瀚是她最喜爱的一个外孙子,平常总是溺爱他,可是今天居然没有认出来。不过,她还是有些影响,觉得眼前的这两个孩子中有一个是文瀚。

"奶奶,我是杜楠,奶奶认错人了。"杜楠笑着说。

"奶奶你看我是谁?"见奶奶没有认出自己,蒲文瀚把胳膊放在病床上,微笑着对奶奶说。他的脸一笑更加灿烂,是个非常英俊的小伙子。

"你是儿子。"母亲瞅了几眼浦文翰,但还是没有认出来,把外孙当成他的舅舅了。

"我是文瀚。"蒲文瀚只好自我介绍。

"你是我的文瀚吗?"母亲一听是蒲文瀚,心里似乎明白了一些。

"嗯。"蒲文瀚回答说。

"沈家沟里的那个娃娃怎么没有来?"母亲确定眼前的这个男孩儿是蒲文瀚,又记起还有一个跟他差不多一样大的孩子,他就是沈智远。文瀚、智远、杜楠,这三个外孙子是母亲看着长大的,影响极深。看见眼前的这一个,想起了另一个。可见母亲的记忆或隐或现。记起智远，本来没有什么，这也是一个老人常有的情景，可是白采红一听不高兴了。三个外孙子中，母亲就偏爱文瀚，这大家都是知道的。天下的老人都是这样，在一大群儿女中总有一个特别喜欢的，在一大堆孙子中也有一个特别偏爱的。世上老的偏爱小的，有什么办法呢？大家都习惯了，并不在意。可是，白采红偏偏计较这一点，以为母亲偏心眼，对她的儿子不关心。这会儿白采红听母亲这么说，就有气了，脸色陡变，一脸的云雾。她死死盯着母亲看了一会儿，不出声地转过身去，向窗外眺望。

"奶奶，那是智远，在张掖，过两天就来了。"杜楠凑近奶奶解释说。小时候杜楠见奶奶偏爱文瀚也不高兴，但她长大之后，不计较这个了。她已经成熟了，了解到人性的特点，也知道奶奶对他们三个孩子实际上是一样疼爱，不责怪奶奶了。他们在病房里待了一会儿，看过白采萍的手机就要回友谊广场的家里去。

"奶奶你歇着，我们回去了。"文瀚和杜楠来到病床前，弯下腰对奶奶说。他们在病房里待了一会儿，见没有什么可做的事情，就向大人们告别。孩子们要单独待一会儿，他们还有自己的话要说。文瀚和杜楠道别后穿上外衣出去了，母亲目送他俩走出病房的门，好一会儿脸上还洋溢着幸福的微笑。

"我要起来，你们把我扶起。"母亲说。

杜兰溪将她拉起来。白采梅将她抱到轮椅上，没有坐稳，杜兰溪又抱起来往后挪了一下。母亲本来就胖，这几天体重不仅没有减轻，反而又增加了。她的衣服被卷起了一点儿，杜兰溪往展里拉了一下。

母亲看着他，突然说：

"你是杜兰溪吗？是三女婿吗？"一连两个问号，流露出来的不满和敌意,听的人心里总是不舒服,疙疙瘩瘩的。世间之事总是难尽如人意,理想的生活不多,理想的人更少。

"是的,我就是。"杜兰溪说。他知道又要挨骂了,往后退了半步。果然,母亲生气地质问道:

"你在家里不待着,跑到这里干啥来了?"

"帮助你看病来了。"

"你把我的三女子死皮赖脸地缠上去,今天你给我十万元。"她变了脸色,好像是开玩笑,又像是真的,惊得所有的人都转过头来,看一眼母亲,又看一眼杜兰溪。但他们知道母亲的脾气,也就那么一说,不会有事。这都是老生常谈了,他们都习以为常了。

白采萍抬头看了一眼母亲,也看了一眼杜兰溪,又低头看她新买的手机,她正在听贝多芬的曲子。为缓和紧张的气氛,她把一个新曲子给杜兰溪听。杜兰溪坐在床上仔细听。母亲坐在轮椅上瞅着窗外绚烂的灯火。刚刚发生的一幕,她已经忘记了。

白采梅提着饭走进病房,她看了一眼大家,说:"你们吃饭。"她从医院的食堂上买来两碗牛肉面,都装在塑料袋子中。白采梅把饭给杜兰溪。

"我不吃,你们吃。"杜兰溪说。

"姐姐,吃饭。"白采萍接过装在塑料袋子的饭,倒在碗里,递给母亲。

母亲不让别人给她喂饭,自己端着碗,手颤巍巍的,但没有淌在外面,她艰难地一口口吃,吃了几口就不吃了。白采梅接过碗,又给她喂饭,"不吃了。"母亲不耐烦地说

"再吃一点。"白采梅说着,又夹起一筷子饭,伸到母亲嘴边,母亲急忙用手捂住自己的嘴巴,把头扭过去。

"妈妈吃得太少了。"白采梅回头对白采萍说。

过了几分钟,白采萍从白采梅手中接过碗,捞起一筷子牛肉面,给母亲喂,母亲又吃了两口。再喂时,白采萍说:"不吃了,哄着喂,不要硬来。"

"我坐不住了,你们把我搀到床上去。"母亲说。

杜兰溪伸手去推轮椅,母亲右手一甩,生气地说:"你过去。"

"人家不让你推了。你回去吧,迟了。我来推。"白采梅说着,从杜兰溪的手中接过轮椅,灵巧地转过去,推到床前。

"你还不去要干啥呢!"母亲见杜兰溪还站在那里,生气地说。但她咬字不真,唾液掉在嘴皮上,自己伸手抹了一把。

"好!我这就回去。"杜兰溪说着,转身向病房外走去。他并未多想,这种情景已经延续三十多年了。

"你现在挣多少钱?一千吗?"母亲瞅着白采莲说。

"多着呢,三千块。"白采莲回答说。她没有想到母亲会问这个问题,觉得有些出乎意料。她的身体刚刚开始恢复就想到钱上去了,刚才向她的男人要钱,这会儿又打听自己的工资,不知她究竟要干什么。

"那你给我三百元。"母亲说。白采莲看了一眼母亲,觉得她不是开玩笑,也不是糊涂,她处于半清醒状态,"可怜的母亲。"她在心里说。

"我给你拿着,你用的时候我就给你,现在给你,你也拿不住,就会丢掉。"白采莲安慰母亲说。母亲的口袋里有几百元,是大家给的,做手术以后很少再提到过钱的事情,今天又怎么想到钱上去了?母亲揭起自己的衣襟,摸了摸衬衣口袋里的钱,觉得钱还在,才放下衣襟,对白采莲说:

"我有钱,公家给我也给一点,不要你们的钱。"但她担心地说,"你的钱是不是被杜兰溪花完了?让他给我十万元。"

"好,你现在睡觉,明天他来了我给你要。"白采莲这样安慰她。但她仍然坐着,瞅着远处的杜兰溪。杜兰溪从手提包里掏出二百元,给母亲,她拿着钱问:"这是多少?"

"是二百。"

"一张一百吗?"

"对。"

母亲瞅着这两张红色的纸币,然后把它装进自己衬衣的口袋里,这才躺下。她用舌尖舔了舔干裂的嘴唇,嘴唇是灰色的。

三十

要　钱

白采琴从珠海打来电话。白采莲接电话。

"是二姐吗?"

"妈妈现在怎么样?"

"妈妈很好,我们正在准备回渭源过年,顺平、顺弟、文瀚、智远、楠楠都回来了,我们大家要去渭源,在采萍家里过年。"

"妈妈的腿子怎么样?"

"跟前几天一样,不能走路,但能坐轮椅了。"

"你把电话给妈妈,我跟她说两句话。"

"妈妈,是珠海我二姐的电话,你给她说几句话。"

母亲手抖着接过电话,喘息着说:

"你是老二吗? 快过年了,过几天我就到家里去,割上三十斤肉。你也回来,咱们去庆坪过年,把炕烧得热热的。"

"妈妈你的腿子怎么样?"

"腿老是发软,走不成路。"

"还疼吗？"

"疼是不疼，就是发软，不能走路。昨天还好好的，今天突然就走不成路了。"

"那我明天回来看你。"

"你跟孩子们一起吗？尚德武在吗？你们都好吗？"

"我们都好！"

"我明天就回家去，你们也回来，咱们一起在家里过年。"

"好。"

白采莲从母亲手里接过电话，说：

"二姐你不要回来，有事我们会叫你的。你安心在珠海过年。明天我们就出院回渭源去了。你到春暖花开的时候再来渭源。"

"嗯。"

放下电话，白采琴发愣，泪水在眼眶里打转，她哭泣着，突然又扑哧一声笑了。母亲就要出院了，她感到心情格外激动。原以为母亲会病逝在医院里，没有想到她居然又活过来了，能坐轮椅了，又要回家了。

母亲坐在轮椅上，白采莲把轮椅推到病房的窗子跟前，让她晒晒太阳。今天天气不错，阳光虽然乏力，但毕竟是自然界最美的光，看起来总是那么亲切。和天气一样，母亲的心情看起来不错，精神也好。她掀起外衣的衣襟，从内衣那个神秘的小口袋里掏出钱，数了数，特意把那张红钞票举起来看了看，她认识那是毛主席的头像，用手一遍遍地抚摸。像是想起了许多往事，又像是什么也没有想到，只是下意识地抚摸着。她把钱收起来，装入内衣的口袋里，放下外衣的衣襟，压了压。觉得没有问题了，她松开手。

母亲用眼目光扫视了一遍病房,发现白采莲和杜兰溪在说话。她盯着他。当杜兰溪拿起一块白采萍买来的红薯正要吃的时候,母亲突然大声说:

"到你们家里去,吃那么多!"

不过这一次她不像是生气,而是有意揶揄。她本想开个玩笑,但内心那份厌恶的情绪又往上蹿,话说出来带刺。不知怎的,她还是不满意这个女婿。早年的那些影响难以抹去,它已经沉淀在心底,难以改变。听母亲这么冷冰冰的一句,正在吃红薯的杜兰溪一惊,被噎了一下。他忘记了自己在什么地方,抬头看了一眼母亲,见母亲与往日不同,她嘴角的皱纹是散开的,而眼角的皱纹是蹙在一起的,说明母亲并没有真正生气。所以他没有紧张,而是故意张大嘴巴,狠狠地又咬了一大块红薯,嚼起来。

"你给我十万元。"母亲说。

见母亲这样说,杜兰溪被逗乐了,他从兜里掏出两张人民币,一张是二十元的,一张是十元的,塞到母亲手里。

"少了我不要,就要十万元。"母亲并没有看杜兰溪手里有多少钱,就这样说。看来她的头脑是清楚的,知道这个时候杜兰溪拿不出十万元,而是拿几张小钱忽悠她。所以,她看都不看,而且把双手抱在胸前,态度坚决。杜兰溪一直冰凉的心开始温暖。他记得刚开始认识她的时候,母亲是热情真诚的。白采莲也愿意与杜兰溪交往,但当涉及婚姻时,母亲并不愿意,当面谢绝了。她觉得杜兰溪人不错,但身材单薄,不够魁梧,不是她理想中的男人,加上他的姊妹兄弟多,家又在农村,将来负担一定很重。因而母亲明确表示:"我不同意"。此后母亲就坚决拒绝杜兰溪进她家的门,可是,杜兰溪死死咬住不放,非白采莲不娶。纠缠了几年,杜兰溪的母亲突然去世了,白采莲出于同情才勉强答应了这门亲事。可是母亲还是心存怒气,如今三十多年过去了,她还是站在女儿一边,本能地保护她,才有这样的举动。母亲头脑里有些封建的残余,但不多。她是旧社会生长起来的人,没有受过教育,她判断事物依据的是事实,凭借的是一颗善良博大的心。她的一些新思想、新观念、新举措都是随着新中国的发展而慢慢形成的,她的聪慧和敏锐使她能够紧跟这个飞速发展的时代,而不被它淘汰。丈夫虽然一辈子只是个乡政府的文书,但带给她大量信息,她的能力就是将这些信息加工成生活的向导,把孩子们一个个培养成人。母亲为人处世的基本态度是:急人所急,乐于助人,善于助人,但不强加于人。

"就要十万元,你给我去借。"母亲微笑着说。

"好,我给你去借。"杜兰溪兴奋地说。这是丈母娘第一次这么风趣地跟他开玩笑,几十年了,他由一个二十多岁的小伙子变成了一个五十多岁的中年人,第一次看到丈母娘眼里的微笑。他的眼眶里含着热泪悄然转过身去,偷偷抹了一下泪水。

"你给妈妈多给一点钱。"白采莲提醒丈夫说。

杜兰溪拿过自己的提包,从一个装文件的塑料袋里去出三百元给母亲。母亲说:"就这么一点吗?你再去借。"她接住了钱,要是以前,她是绝对不会要的;就是真正缺钱,也只有她的女儿给的时候她才要。今天是破天荒。看来母亲的病情大为好转,危机的时刻已经过去了。他的心里顿时轻松了。看着母亲和三女婿对垒,其他人都不吱声,静静地观看着,脸上的神情由紧张变得松弛,最后变成了微笑。但那三百元钱,母亲并没有和她的其他钱装在一起,而是把它放在床头柜上。她对白采萍说:"我在你们家里住了这么长的日子,这个钱给你。"

母亲坐在轮椅上,她穿戴整齐。那顶蓝帽子严严实实地把头发收进去。她的上衣还是大襟子,裤子也深蓝色的,下面是保暖裤,鞋子是一双蓝色的棉鞋。穿戴整齐的母亲,看不出腿被摔坏过,也看不出她做过一次大手术。她的面颊瘦了,也变成了土色的,没有红晕了。这才是她的本色,是健康的肤色。她把两只手放在胸前,左手捏着右手,安静地看着大家吃晚饭。白采莲让她先吃,但她坚持后吃。这是老习惯了,几十年没有改过,这辈子是不改了。大家吃罢了,母亲才端起碗来,说:"太多了,我吃不上,给你捞去一些,肉我也咬不动。"

白采莲把饭盒里几块牛肉捞到自己的碗里。母亲很快吃完了。"妈妈,给你再添一点。"母亲用手蒙住碗,说:"我饱了,你们吃。"她端着碗,里面还有几根饭,这时白采莲也吃罢了,把碗筷放在窗台上。白采萍接过母亲的碗,给她又添了半碗饭,夹了几片牛肉。母亲接过碗,大口吃起来。"给我一点汤。"她对正在吃饭的白采萍说。白采萍给母亲添了些从食堂里要来的面汤,母亲用筷子搅动着,一口一口地喝起来。她喝完了面汤,伸长舌头,把碗添得干干净净。白采萍接过母亲的碗准备要去洗。

"你三姐给饭她不吃,你给,她怎么就吃了那么多?"杜兰溪不解地问白采萍。

"她怕饭不够吃,知道我是最后一个吃饭的,见我的碗里满满的,她就知道饭还多着呢,就吃起来。"白采萍小声对杜兰溪说。他抬头看了一眼母亲,她正端详着大家,脸上是那么平静和安详,没有一点烦躁和不安。她知道自己的病好了,快要出院了。

"你是什么时候来的?"母亲问白采峰,"我怎么不知道?"

"昨天晚上来的,你睡了,没有打扰你。"

"你赶紧吃上一点。"

"我已经吃了。"

"再吃上一些,咱们家里的馍馍香。"

白采峰带着女儿和女婿来看望母亲。他们自己驾车,车是向朋友借来的一辆高级越野车。后备箱里装有很多东西,病房的一角堆满了各种水果和糕点。

亚男和满天星衣着很讲究,一身黑。亚男还戴着一顶有帽檐的黑帽子,纷披的长发像流苏一样从帽子下面从垂拂下来。

"你现在一月拿多少钱?"母亲突然问白采峰。

"一万多块钱。"白采峰说了个约数。

"多少?"母亲进一步追问。

"两万。"

"那你给我给上三千元。"

"这是一万元,你拿着。"白采峰取过钱包,拿出一叠崭新的人民币塞到母亲手里。

母亲转过身对白菜萍说:"我在你们家里吃住了那么长时间,这些钱给你。我出院就到庆坪去,在家里过年。"

三十一

再 病

十五天了，母亲基本恢复到骨折前的状况了，大家决定明天出院。晚上六点到烤鱼火锅店会餐，招待一下有关的医务人员。这是白采峰极力主张的，白采莲提出了异议，但白采梅支持，白采红、白彩萍没有意见，她俩随大流，事情也就这么定了。

五点半，大家就从医院里出发，去陇西路瑞丽家园附近的一家烤鱼火锅店。母亲坐在轮椅上，由白采峰推着，路虽然不远，但有些上坡，杜兰溪帮着推，很顺利地来到烤鱼火锅店前。有烤鱼店的台阶很高，店里出来两个穿黑裤子、红上衣、戴着高帽子的小伙子，四个人一起动手，才勉强把母亲和轮椅抬上去。

他们预定的是一个豪华型套房，中间隔着一道木门，其实是一个雕花的朱红门框，没有门扇。屋子里有盆花，有金鱼缸，有麻将桌，包厢十分讲究。两间包厢里各有一张巨大的餐桌，准备大夫和护士坐一桌，家属们坐一桌。里间留给客人，家属们坐在外间。母亲坐首席，她的身后是本地知名画家的一幅山水画，母亲脸有喜色,端端正正地坐下来,一句话也不说。右边是白采梅,她身边是魏学义,其次是白采莲和杜兰溪。左边是白采红,依次是白采萍和丈夫蒲伟宏,下来是白采峰,他和杜兰溪并排坐着。服务员给白采峰沏了一杯三炮台,其他人都是白开水。大家一边喝茶聊天,一边等待大夫们。可是大夫们直到八点半点钟也没有来一个,白采莲给岳大夫打了两次电话,第一次说在等一个人,就来;第二次说突然来了一个重病人,定西到通渭的公路上出了车祸,一死三伤,两个重伤,一个轻伤,要做手术,他的一班人马都不能来了。"我本来是一定要来的,可是,你看……"他在电话里无奈地说。

"既然如此,那咱们就开始吧。"白采峰提议。

烤鱼端上来了,白采峰提议给母亲敬一杯,可是母亲哪能喝酒。她端起开水与大家碰杯,喝了一点点。吃完烤鱼,火锅开了,蒲伟宏将牛羊肉分别下在鸳鸯锅里。大家动筷子,吃起来。第一锅,很快就吃完了,第二锅白采峰筷子在锅里搅动了一下,一转手腕就捞光了。他经常在单位的食堂里吃,没有吃上几顿好饭,回家来吃得又香又多。

大家轮流给母亲敬酒,她一次次举起水杯。完了,白采莲提议给白采梅敬一杯,这几年她服侍母亲有功。白采红提议给白采萍敬一杯,她服侍母亲、招待客人任劳任怨。白采峰提议给白采莲敬一杯,说她有主见,在大事情上能够做主,使母亲能够及时住院治疗,得以康复。魏学义不大喝酒,可是经不住白采峰的劝,也喝了几杯,脸红得像上了色。蒲伟宏有病,只喝了半杯。杜兰溪皮肤过敏滴酒不沾。喝得最多的是白采莲和白采峰。白采峰借酒消愁,所以大部分酒都被他喝了。他们共喝了一斤"祖师爷",

那瓶子上贴着一个帖子，上面写着：解放前的味道。酒味还真不错，这一桌人中，能够品出味道的要数白采莲。她喝了不少。

十点多回到了医院里，大家分头休息。病房里留着白采萍和白采红。第二天一大早白采萍就给白采莲打电话，说：

"昨晚妈妈气喘，抽得很厉害。"她在电话里带着哭声，"这一回跟前几次不一样，你赶快来。"

白采莲和杜兰溪赶到医院的时候，母亲正发病。她坐在病床沿上，脸色发青，嘴唇更是像蓝墨水一样，大张着口，却出不来气，总是想呕吐，又吐不出来，急得双手乱抓，说："赶紧，我气上不来了。"这阵子抽过之后，她显得软弱无力，精疲力尽地躺在病床上，闭着眼睛，连说一句话的力气也没有了。

岳大夫已经检查过了，接下来又做了几项检查，心脏的、肺部的，还抽血化验。很显然与骨折没有多大关系，是肺部和心脏的问题。岳大夫和心内科的贾大夫会诊。贾大夫个头很高，戴着眼镜，刚退休不久，又被医院返聘。他们推断可能是昨天晚上出去受了风寒，马上开始给母亲输液治疗。输完液已经是下午三点多了。白采梅从医院食堂里打来了饭菜，可是母亲只吃了一小口，米汤也只喝了几口。再喂，她就推开了，垂下头，看起来没有一点力气了。可是让她上床歇息，她不去，说："我怕睡着了就再醒不来了。"她坚持在椅子上坐到了天黑，晚饭几乎没有吃就睡了。可是半夜又抽醒了一次，加上呕吐，一次次地小便，完全和刚做过手术的时候一样。看来一时出不了医院，魏学义和蒲伟宏回渭源去了，其余的人留下来守护母亲。

这天晚上，由白采萍和白采峰守护，哮喘最严重的时候，母亲的口大张着，两鬓剧烈疼痛，要爆炸似的；双手发颤，身子抖得非常厉害,面部全青了。"这口气上不来了!"白采萍一边着急地拍打着母亲的后背,一边用肩上的衣服擦眼泪。白采峰叫来大夫,护士给母亲打了一针,不一会儿就不那么喘了,才勉强躺下。可是没有睡上一个小时又起身尿尿,她撑着两边的床沿挪到坐便椅上,没有多少尿,尿完自己又回到床上躺下了。

天一亮,白采梅就赶到医院里了。魏学义从渭源打来电话询问病情,他说:

"我算了一卦,老人不行了,你们赶快想办法送回家,不然就去世在外面了,灵魂回不了家,就变成孤魂野鬼了。丧事也不好办,老人的尸体不能进家门。"

白采梅把魏学义的建议告诉了白采峰,他沉思了一下说:

"那就雇一辆车,把母亲送回家去。"

一听要把母亲送回家去,白采萍急了,赶紧打电话给白采莲,要她到医院里来。白采莲一进病房的门就扑倒病床前,拉着母亲的手仔细观察。她觉得母亲的气色虽然不好,但还没有到奄奄一息的程度,就去找岳大夫。岳大夫也觉得病情危急,他请来了贾大夫,俩人正在商量治疗方案。

下午,魏学义又打来电话,要他们在晚上十二点以前必须赶到庆坪,否则就进不了家门。白采峰找来一辆车,等候在住院部大楼的下面,对白采莲和白采萍说:

"车来了,咱们走吧。"

白采萍低头沉思了一下,抬起头来用询问的目光看了一眼白采莲。

"不要走,看看再说。"白采莲正俯在母亲身边,听见白采峰的话,直起身来,看了一眼母亲,才盯着白采峰说。她觉得母亲还有希望,不赞同白采峰和魏学义的意见。

"拉上走,妈妈已经不吃饭了,再不回去就进不了家门。"白采梅说。

"不要拉,什么进门不进门的,那个家就是我们自己的,是妈妈自己经营了一生的地方,怎么就不能进去? 就是死在医院里也能拉回家去办丧事。谁说不能进门?"

"我也说不要拉,拉回去就没有一点希望了,不仅家里台阶高、门槛高,进出不方便,又是炕,上下也不方便,而妈妈要不断上厕所,怎么办? 乡下又没有看这类病的大夫,庆坪离渭源要四十里山路,大家还要挤时间上班,能守护母亲的只有大姐一人……"双方意见相左,僵持不下,白采萍表示了自己的态度。

"拉到庆坪去就等于去送死,妈妈身体这样差,平素好的时候,走那段山路都晕车,吐两三次,现在身体这个样,拉不到——说不定在半路上就要了她的命。"白采莲不等白采萍把话说完就接上了茬。杜兰溪想说几句,但没有吭声,眼巴巴地望着他们几个,他的意见和白采莲是一致的,他是个无神论者。白采莲的态度是坚决的,语气也强烈。白采峰不吭声了,白采梅妥协了,她说:"那就再等等看。"

白采梅一个人躲到病房外面去给魏学义打电话,说明这边的情况。魏学义听后极不满意,可是又鞭长莫及,在电话里给白采梅发了几句牢骚就重重地挂电话了。

经过四天的抢救,母亲不喘息,也不抽了,但是非常疲劳,特别是每顿只吃一两口,水喝得很少,整天低垂着头坐在椅子上不敢上床,一会儿不省人事,一会儿又清醒过来,她怕自己睡着了就再醒不来。液体里加了利尿的药,她上厕所的次数增多了,不过每次都是她自己挣扎着上，别人不帮助也能行。

这天晚上刚八点钟，她就嚷着要睡觉，自己爬上床睡了，一夜没有醒来，直到第二天早晨十点多才醒来。起床时软弱无力，眼睛也不愿意睁开，早点几乎没有吃什么东西，只喝两了一小口小米粥。白采梅感到非常惊讶，小声与白采峰嘀咕了几句，然后给珠海的白采琴和刚刚回到张掖的白采红发了短信，要她们火速感到定西市医院里来。

"妈妈不行了，没有一点力气了，饭也不吃了，岳大夫也阴沉着脸，查房时连一句话都没有说。妈妈真的不行了，怕要过世了，得赶快往家里拉。我给采琴和采红发了短信，让她们回来，不然迟了就见不上人了。"白采莲天亮去了一趟单位，到医院里时已经十点多了，一进门见病房里静悄悄的，觉得不对劲儿，还没有来得及问话，白采梅就一口气说了这么多。

白采莲听她这样说，没有回话，走到母亲的病床前，俯下身子，用手摸摸母亲的额头。母亲睁开眼睛，见是白采莲，说：

"我还有希望吗？不行的话就把我拉到家里去。"母亲很吃力地说出这句话，用她那混浊发黄的眼睛望着白采莲。

白采莲心里一阵难过，眼泪已经流出来了，但她抑制住了，没有让它流下来，而是使劲儿咽下肚去。她知道母亲虽然这样说，但母亲希望大夫再给她看看。白采莲去找岳大夫，可是岳大夫今天有手术，又去找贾大夫，贾大夫去兰州开会了。无奈之下，她去中医科找马谨彦大夫，很不巧，他出诊去了。白采莲只好回到病房里来。

"咱们把妈妈往家里拉吧，不要让她殁在外面。"白采梅对白采莲说。

"暂时不要拉。"白采莲说。

"拉上走,再不拉就来不及了。"白采峰也催促道。

"不要拉。"白采莲心情很沉重,不想跟他们解释,更不想跟他们争辩。她想着该如何办才好。

"魏学义已经到庆坪去了,炕也烧上了,买了一袋子白面,还买了清油和一些蔬菜,那边啥都准备好了,咱们走吧。迟了就不能进家门了。"白采梅又催促了一遍,没有新鲜的东西,还是那个莫须有的理由。

"你就这样急吗?"白采莲生气地说,"就是殁了,拉回去又能怎么样? 怎么就不能进门? 那是自家的门,怎么就不能进? 什么叫孤魂野鬼? 你见过吗?"

"那就暂时不要拉。"白采梅见白采莲发火了,又一次妥协了。白采峰见自己的意见被否决了,正好有一个战友叫他,就过去了。

虽然拉回庆坪的意见又一次被白采莲阻挡住了,但母亲没有一点好起来的迹象。回了一趟渭源的白采萍也回到定西了,看到母亲这样的状态,又看到姊妹们意见不一,转过身偷偷地抹起了眼泪。

天一亮,白采红就从张掖赶到定西来了,她以为母亲已经去世了,一路流着眼泪走来,可是进门见母亲还活着,又破涕为笑。她走到母亲的病床前,弯下腰,把脸贴在母亲的脸上,拉着母亲的手,说:

"妈妈,你怎么样?"

"就这个样子,恐怕治不好了。"母亲停了一下又说,"你是哪一个?"

"我是你的五女。"白采红见母亲的头发乱糟糟的,就用手指头梳理起来。

"我的手机来?你来了,咱们就到家里走,把炕烧热,把你哥哥叫来,割些肉,美美地吃几顿……"

"手机、钱、儿子,这三样是妈妈的宝贝。"白采红听了苦笑一下,回过头来对白采萍说。

白采萍笑了一下,但笑得很难看,比哭还难看。

下午六点多,白采琴也从珠海赶到定西来了。可是,她一进医院的门就咳嗽起来,路上感冒了,浑身发烧。见母亲还活着,她心里悬着的那块石头才落下来。大家让她睡在旁边的那张床上先休息一下。母亲的六个孩子都齐了,她一个个地瞅着,辨认着,但还是没有分清楚。今天的晚饭她还是没有吃多少,水也不喝,话也不说。她还坐在椅子上,坚持不上床。虽然兄弟姊妹们都齐了,但大伙的精神还是振作不起来,个个像霜煞了似的。

天黑的时候,魏学义又打来了电话,催促尽快将老人拉到庆坪去,他已经与庄上的乡亲们联系过了,一旦母亲回到庆坪,提前半小时打电话,他请了二十几个人在村头迎接。阴阳也已经联系好了,母亲走到渭源,他就从祁家庙出发。现在村路全都硬化了,阴阳有小车,二十几分钟就能赶到庆坪,不会误事。他已经做了周密的安排,可是守候在医院里的人们心里沉甸甸的,大家都不说话,各自在心里盘算着:"母亲该怎么办?"

睡了一会,吃了些饭,白采琴坐起来了。她虽然昏昏沉沉,但心里一直在想母亲的事情,经过观察,她觉得母亲身体很差,不如让母亲回到老家去,在那里修养,她那么爱自己的家,临终前再让母亲住上几天。因而,她也主张将母亲拉到老家去,说:

"妈妈一辈爱自己的家,几个月没有回去了,现在眼看不行了,不如让她回去看看自己日夜思念的家,在家里过世也踏实。"

"就是。"白采梅支持她的观点。

"家是妈妈的根据地,从十几岁就到咱们家里生活,感情太深了,让她回去,要不然过世到外面,灵魂也没有个归宿。"白采峰说。

"没有人伺候,我一个人伺候。"白采琴补充说。

白采红不知说什么好,过两天她还得回张掖去,这件事她也做不了主,一会儿看看白采峰,一会儿看看白采莲。白采萍是不赞成就这么将母亲拉回老家去的,但大多数人主张拉回去,她也不好反对。

"你们说得都有道理,"白采莲听了大家意见说话了,"拉回去多容易,雇一辆车,医院里就有,两三个小时就到家了,可是母亲身体这个样子,能支持住吗? 恐怕拉不到家就在途中过世了。"她停顿一下,思索了片刻继续说,"人一口气断了就什么也了结了,妈妈活着是咱们大家的精神,妈妈去世了,咱们的精神支柱也就倒了,鬼不鬼的,谁见过,你们相信,我不信。灵魂在哪里? 谁能说清。眼下要紧的是妈妈还有没有救,我看妈妈还有救。就是万一去世了,等她在医院里咽了那口气往回拉也不迟,咱们自己的家,自己的老人,拉回去谁能说什么? 至于灵魂的事,难道人去世了还要在家里去住吗? 就是有灵魂恐怕也要到墓地——它的新家里去住,而不是继续居住在老家里。"她看一眼白采琴,说:"有两种可能就要将妈妈拉回去,第一种情况就是她已经去世了;第二种情况就是她完全好了,回去看看家。现在这两个条件都不具备,拉回去干什么?"

她这么一讲，大家心里似乎明白了，白采萍首先说：

"我支持三姐的意见，暂时不要往庆坪拉，住在医院里，不要往没有大夫的地方跑，那不是白白送死吗？"她一向说话柔和，今天却一点也不客气。

"那就再等等。"白采峰说。

但是，白采梅悄悄给渭源县人民医院打电话要了救护车，让他们明天到定西来接母亲回庆坪，租费和人员都协商好了。趁白采莲和白采萍出去买东西的时候，她对母亲说：

"妈妈，明天咱们就回庆坪去，车我联系好了，再不听任何人的话，你就按我说的办，早上咱们就走，不然你就进不了家门了。"

母亲疲倦地望着白采梅，她听明白了大女儿的话，她想侧过身来，但是没有一点力气，只好把脸稍稍转向白采梅，用舌尖轻轻添了一下嘴唇，吃力地说：

"我不去。"

白采梅以为母亲听了她的话会很高兴，没有想到她这么干脆地否决了。母亲说完，转过脸去，不再理睬她。白采梅愣在那里，不知如何是好。

"这个妈妈。"她觉得母亲不可思议，只好给渭源县医院回电话，说情况有变化，暂时不要来定西。

当天晚上，中医科的马谨彦大夫回来了，他连自己的办公室也没去，就直接到八楼十二号病房里来看望母亲。他个头不高，留着短发，脸上像害羞的样子。他早先在庆坪乡卫生院工作过，后来才调入市人民医院。因此早先就认识母亲，并拜白忠良为干爹，他们有深厚的友谊。

马谨彦查看了各种机检的单子，用中医的方法给病人做了详

细检查,最后出了一口长气,抬起头来对白采莲,也对在场的病人家属说:

"我看干妈的身体还可以,不吃饭可能是因为这两天治疗哮喘息的结果,这种治疗的结果会导致病人的食欲下降,不吃饭、不喝水,体力自然下降,我少少地开点药,让干妈服下,估计饭量就会增加,我再针灸一下。"说着,他取出药箱中的银针,消毒后在母亲的右脚上扎了几针。

母亲没有认出眼前的这个大夫是谁,但她感到亲切,积极配合治疗。马大夫取出处方纸,从衣兜里摸出笔,脱去笔帽,准备开药。

"马大夫你不要开药了,我妈妈要回庆坪去,我大姐夫算了一卦,说她寿命已经到头了,如果再吃了药,就会拖延时日,给老人增加痛苦,不如让她早一天离去。"站在一旁的白采峰突然冒出这么一句,说完这句话,他的脖子都红了。

马谨彦拿着处方纸的手哆嗦起来,手中的中性笔掉在地上,他弯下腰捡起来,脸涨得通红,他看了白采峰一眼,又看了一眼白采莲。

"开上。"白采莲说。

"不要开了。"白采峰说。

"开上,或许母亲有救。"白采莲解释说。

"不要开了,拉回庆坪去,让母亲安息在家里,如果再吃药,无非是拖延几天,多受几天罪,看是看不好了,母亲的寿数到了。"白采峰坚持说。

"你这人怎么是这种态度?"马谨彦怒不可遏,冲着白采峰吼起来,"救死扶伤是我们大夫的天职,我要尽到自己的责任,这处方我开定了,让吃不让吃随你们兄妹。"马大夫迅速开了处方,扬长而去。"没有见过你们这样的子女!"临出门他丢下这么一句愤慨的话。

马谨彦走后,病房里静了几十秒钟,之后,白采萍拿起处方走出病房,不一时取来了药,让母亲喝了。兄妹们各自休息了,没有人再说一句话,心里都百感交集,揣摩着刚才发生的一幕。

这一夜,母亲睡得很沉,居然没有起夜,一直睡到早上八点半。起床后,白采莲打来洗脸水让母亲洗脸,她把手伸进水中,撩了一下,说:

"水这么冰,洗啥脸哩。"

白采莲用指头试试,发现水真的不热,又添了些热水。母亲自己洗了脸。洗完脸,白采莲给她梳头。母亲很少洗头,头脏了主要用篦子篦。所以她梳头很仔细,先用篦子梳两遍,再用木梳梳两遍,才把头发从中间分开,梳成两个辫子,辫梢垂到腰间。她的头发有三分之一还是黑的。梳好辫子然后再盘起来,戴上那顶蓝帽子。白采莲给母亲擦了些抹脸油,见她的脸蛋上有些黑红的颜色,就轻轻拍了两下,在额头上吻了吻。

白采梅从医院的食堂里端来了小米稀饭和馒头,母亲喝了半碗稀饭,吃了半个馒头,还喝了半杯牛奶。中午又吃了两个韭菜包子,喝了半碗鸡蛋汤。晚饭吃得不多,但这一天吃得已经不少了。晚上睡了八个多小时,上了三次厕所。第二天,母亲已经精神多了,她坐在椅子上头抬起来了。到第七天母亲恢复到了要准备出院时的状态。

"这是啥地方,怎么跑到这里来了?"母亲问道。

"这是医院,给你来看病。"白采莲说。

"跑到医院里干啥来了？我的袜子来？腿子光溜溜的。"母亲说。

"妈妈，你觉得轻松些了吗？头脑清醒些了吗？"白采莲问。

"我啥都不知道，腿子疼，别的都好。"

白采梅和白采萍昨天晚上守护母亲，白天到白采莲家里休息。白采峰坐高铁回兰州了。白采琴坐班车去了渭源，她浑身发抖，不敢再待在医院里。母亲的病情一好转，大家的情绪也稳定下来了。下午，白采莲困得不行，上床睡了。她给母亲穿戴整齐，让杜兰溪推着母亲去散步。母亲嚷着要去住的地方——她以为还在渭源，要去白采萍家里。杜兰溪推着轮椅坐电梯下了楼，来到院子里，天气晴朗，阳光照亮了定西城的整个天空，天不算太冷。杜兰溪把她推到对面的生态园里散步。他们沿着蜿蜒曲折的小路漫步，虽然母亲没有搞清楚推车的是谁，但很她听话，只是嚷着要到白采萍的家里去。因而杜兰溪与她交谈起来，有意分散她的注意力。

"妈妈，六个孩子中，你最喜欢的是哪一个？"杜兰溪斗胆试探着问。

"我一样喜欢。"

"你不是最疼爱你的儿子吗？"

"我个个都疼。"

"你为什么不喜欢三女婿？"

"开始我的女儿不愿意，我就不成；后来他死乞白赖地把我的三女儿缠去了，还说通了我的丈夫，我没了主意，只好同意。我不同意他也会娶走，不如同意。女大当婚，世上的事情没有完美的，不能过分要求。杜兰溪办事粗心，没有二女婿和尕女婿细心。"

杜兰溪听着心里直打颤，母亲是如此清醒，而他还在问这些。他闭口不问了,安静地推着丈母娘在生态园里转了一大圈。估计白采莲睡得差不多了,天气也冷了,他们准备回医院。

吃过晚饭,母亲又摸她的钱包,可是没有摸着,焦急地说:

"我的钱包到哪里去了?"

白采莲过去揣了揣她的钱包真的不在了。

钱包丢了,十分着急。她用手摸着母亲的衣襟,回头找了几个地方还是没有找见,疑惑地自言自语道:

"钱包到哪里去了!"

母亲十分着急,坐在病床上左寻右找,可就是不见钱包。它会到哪里去呢?病房里没有来外人,出去散步时也未带钱包。杜兰溪弯着腰在床底下寻找,被子下面,枕头下面,折叠起来的衣服下面都翻遍了,床头柜里、窗台上、饭盒下面都找遍了,就是不见钱包。母亲急得额头上渗出了汗,她哭泣着说:"我的钱包呢?我的钱包呢?"她见杜兰溪站在窗前东张西望,非常生气,突然间认出来了,愤怒地质问他:"你就是杜兰溪吗?不在自己家里待着,跑到这里干啥来了?"

杜兰溪无言以对,继续寻找钱包。

"这不是吗!"白采莲从母亲的身子底下找见了。母亲接过钱包,掏出里面的钱数了两遍,才小心翼翼地装进去,装到衣袋里,又在上面压了压,才放心地睡下。她很疲劳,早早地睡去了。

本来是住十五天医院就可以出院的,可是又因为这场哮喘病延长了一个多星期。眼看就要过春节了,医院里实在待不下去了,岳正一和贾大夫决定让母亲出院。

三十二

回　家

母亲要出院了。白采萍办理完出院手续，就乘坐满天星的车和白采峰一家提前赶往渭源，她要去收拾一下母亲的房间。其实蒲伟宏早已把屋子收拾好了，他是个细心人，这方面早有考虑，不用别人吩咐自己就做好了。白采梅和白采莲忙着去和大夫、护士们告别，表示感谢。白采红收拾病房里的东西，杜兰溪去联系救护车。一个多小时候后，母亲乘坐定西市人民医院的救护车出发了。

救护车开出定西市人民医院，行驶在中华路上，屋顶和路旁有一堆堆的积雪。街道两旁的槐树上挂上了大红灯笼，过年的气氛异常浓厚。车子从大十字拐弯，上了立交桥，一列火车正好从桥下飞奔而过，它拉响汽笛。母亲听见了，惊喜地说："火车!"

救护车在高速公路上行驶。穿过陇西隧道，渭河出现在眼前，坐在车上的人们把目光投向外面，一个个脸上露出喜色。汽车从路园下了高速，在国道上行驶。这段路还没有修好，颠簸得厉害了。母亲侧身睡在床上。她身材大,半个身子在床外面,母亲坚持着。白采莲用膝盖顶住。

白采红的头朝前,低垂着。她感冒了,头发凌乱,无精打采,一路无声。

过了河口,上了梁家坪,渭源县城已经出现了,大家的情绪立刻高涨起来,白采莲情不自禁地说:"到渭源了。"

母亲听说,立刻转过头来,问:"到家了吗?"

"到了。"白采莲回答说。

白采红咳嗽一声,唱起来了——

> 痛苦和忧伤已随风飘去,
> 阳光又照进我的心田,
> 积雪虽然还没有融化,
> 但我已经听到春天走来的脚步声……

母亲想看看窗外,但这是救护车,看不到。她东张西望,像是看见了什么。车子停在一中附近的家门口。车门打开,大家纷纷起身,收拾东西下车。司机跳下车,来到车后,把床架撑起来,几个人把母亲放下车,推着往前走。

听说母亲要回来,魏学义从早上就忙乎着。他专门到家具市场买了一张没有桌屉的桌子,一个人扛在肩膀上搬回家,把它摆放在二楼的第一间房子里。桌面上铺了一张报纸,靠墙立了三张剪过的红纸,纸前献上纸钱等供品,摆放上香炉,燃香跪拜。他跪在供桌前,口中念念有词,但不知念叨些什么,大概是祈求神灵保佑、祈求祖先平安之类的话。

做完后起身拍拍裤外腿上的土,来到院子里。见白采萍还在忙乎,硬声硬气地说:"赶紧不到门外去迎接还磨蹭什么?"

魏学义急急忙忙往外走,白采萍微笑着跟在后面。

魏学义在门前点燃了一堆火,火苗跳跃着,青烟升起来了,一股烟味儿飘过来。母亲咳嗽了一声,白采红打了一个喷嚏。几个亲戚等候在门前迎接母亲的到来。母亲的妹妹张碧桂也站在大门口迎接。白采琴挣扎着从床上爬起来,穿上棉衣到房门口迎接母亲。

"这是到哪里了?"母亲问。

"回到渭源的家里了。"白采莲回答说。

母亲疑惑地张望着,她辨不清在哪里。"到家了我就下来走几步。"大家急忙劝阻,不让她下来。可是,母亲一把推开了一旁的白采梅,生气地说:

"躺着出去,要走着进来。我要走回家去。"

她不知哪来的力量,扶着平车的床沿站起身来,大家急忙将她搀扶住。白采莲对前来送病人的岳大夫说:

"能让她下来走几步吗?"

"可以,但要扶好。"岳大夫肯定地说。

大家将母亲从平车子上搀扶下来,放到轮椅上。母亲熟悉轮椅,她自己搬动轮子,三女从后面推着。母亲说:

"你不要推,我自己能行。"

大家彼此看看,笑笑。迎上来的张碧桂拉住母亲的手,响亮地叫道:"姐姐。"

母亲看了她一眼,拉住她的手站了起来。大家从另一边扶住母亲。母亲离开轮椅,走起来。她一步一步地走进大门。岳大夫

一直看着母亲的每一个行动,脸上露出了笑容。一家人随着母亲进了大门。母亲看看大门,看看大家,说:

"一个人可不能没有家呀,没有家就没有回去的地方了。"

"妈妈!"白采萍从屋里跑出来,紧紧拥抱住母亲。

五十年了,这是她第一次叫"妈妈",母亲听了浑身哆嗦起来,伸出双臂抱住她心爱的尕女。母女俩拥抱着,彼此都流下了眼泪。

2018.7.2